이상
적인

생활

3

「카를로스 젠키치 카파」.

이것이 아이,

카파 왕국 제1 왕자의 정식 이름이다.

渡辺 恒彦
와타나베 츠네히코
illustration 아야쿠라 쥬

「ㅋ

·······!」

群
龍

군룡이다.

병사의 몸을 짓밟으며
그것들은 길에 모습을 드러냈다.
전신을 녹색 비늘로 감싼
2족보행형 중형 육식용.

「마력 출력 조절 훈련을 시작하죠」

옥타비아 부인의 마법 수업. 말없이 미소 짓는 것만으로도, 따스한 친밀함이 스며 나왔다.

이상적인
기둥서방생활 ❸

슈퍼모델도 울고 갈 것 같은 장신의 미소녀, 파티마 기젠. 젠지로의 눈길을 끌려고 애쓰는 것도 모두 오빠의 명령 때문이다.

「……훌륭해요」

「배불리 먹었니?
그래, 배가 부른 거구나.」

그럼 나머지는 「아빠 몫」이네.

있는 힘껏 젖을 빠는 아들과 아들을 안은 엄마.

그리고 그런 엄마와 아이를 조금 떨어진 곳에서 지켜보는 아버지.

온화하고 따뜻한 시간은 아들이 아우라의 젖에서 입을 뗄 때까지 계속됐다.

이상적인 기둥서방 생활

INTRODUCTION

3

잉꼬 부부의 비결

【잉꼬부부】——라이트 노벨과는 왠지 거리가 먼 듯한 이 단어가,

이 이야기의 주인공 야마이 젠지로를 보면 자연스럽게 떠오른다.

촐싹대는 자리를 노리는 미소녀, 청초한 유부녀, 다양한 타입의 시녀들······.

얼마든지 불장난을 칠 수 있는 환경에서도, 완고하리만치 아우라 생각뿐.

아무리 아내가 최고의 이상형이라도 그 완고함은 「기둥서방」답지 않다.

풍요로운 생활을 위해 노력하고, 성실하게 마력 습득에 정진한다.

그리고 모든 일에서 아내를 내세워 주고, 실수하면 바로 사과한다.

그 솔직함이 이세계에서도 부부 사이를 원만하게 하는 비결인지도 모른다.

이상적인 기둥서방 생활
❸

와타나베 츠네히코

길찾기

CONTENTS

일러스트 아야쿠라 쥬 **장정·본문 디자인** 5GAS DESIGN STUDIO
교정 아이카와 카오리(도쿄출판서비스센터) **편집** 다카하라 히데키(주부의 벗)
한국어판 번역 이기진 **로고** 박재성 **교정** 정성학 **마케팅** 이승우 **편집·주간** 박관형

[프롤로그] **2년만의 시작**

카파 왕국의 여왕 아우라가 첫 아이를 무사히 출산한 지 딱 한 달이 되던 날 밤. 왕국 수도는 밤의 어둠을 몰아내는 불꽃과 떠들썩한 활기로 가득 차 있었다.

대로의 교차로나 공원에는 커다란 화톳불이 불타고 있었고, 밤거리 여기저기에도 햇불을 든 종자를 거느린 순찰병들이 돌아다니고 있었다.

번화가를 둘러보면 거의 모든 음식점이 호롱불을 여러 개 밝히고 임시 심야 영업을 하고 있는 것이 보였다.

평소에는 조명 비용이 드는데다 화재가 날 위험까지 있는 심야 영업을 하는 가게가 거의 없지만, 오늘만큼은 예외다.

카파 왕국 국민의 태반이 목 빠지게 기다렸던 길보, 제1 왕자 탄생을 축하하는 기념해 마땅한 밤이었기 때문이다.

"아우라 폐하의 건강을 축하하며!"

"카를로스 전하의 탄생을 기뻐하며!"

"카파 왕국의 미래를 위하여!"

"건배!"

주점마다 환성과 함께 술이 든 목제 잔이 부딪히는 소리가 울려 퍼졌다.

주점의 조명은 네 귀퉁이에 놓인 호롱불뿐이었지만, 분위기는 그 약한 불빛도 '밝다'는 착각이 들게 할 정도로 들떠 있었다.

오늘밤은 왕자 탄생을 축하하는 축제의 밤이다. 실제로 태어난 날은 한 달 전이지만 의술의 발달이 미약한 이쪽 세계에서는 왕족이라고 해도 아이가 무사히 자란다는 보장이 없었다. 때문에 관습적으로 탄생 축하 잔치는 실제 태어난 날에서 한 달이 지난 뒤 벌이는 것이 보통이다.

그리고 오늘밤이 바로 그 날. 왕국 수도는 불야성을 이루었다.

단, 이 자리에 있는 취객이 왕자의 탄생을 축하하고 있는 건 사실이지만, 사실 그들 대부분은 단순히 '공짜 술'과 '공짜 음식'에 들떠 있을 뿐이다.

그렇다. 이날 밤에 소요되는 광열비와 식비는 그 대부분을 왕실이 부담한다.

왕실은 화톳불용 장작과 기름을 마련해 거리에 불을 지피고 음식점에도 사전에 은화를 나눠줘 술과 음식을 제공하도록 하며, 화재나 싸움이 일어나지 않도록 순찰병을 배치했다.

전후 복구 중에 있는 왕실에 있어 결코 가볍지 않은 부담이지만, 이런 경사를 가볍게 넘길 수는 없는 노릇이다. 게다가 이렇게 커다란 잔치를 벌이면 부차적인 효과로 왕국 수도의 경제가 일시적으로 활성화되는 것을 기대할 수 있었다.

아무리 왕실이 '공짜 술'과 '공짜 음식'을 제공한다 해도, 왕실이 내는 술과 음식은 값싼 과실주와 큰 솥에서 한꺼번에 만든 싸구려 수프 정도였다.

그런 술과 음식으로도 취할 수 있고 배도 부르지만, 술기운이 돌아 대범해진 사람들 중에는 쌈짓돈을 꺼내서라도 좀 더 맛있는 술과 음식을 찾는 자도 나오게 되는 법이다.

결국 음식점들은 왕가에서 나눠준 돈을 빼고도 꽤 큰 폭의 흑자를 낼 수 있는 것이다.

"그건 그렇고, 요즘은 경사스러운 일이 줄을 잇네. 전쟁에는 이겼고, 아우라 폐하의 국혼도 있었고, 그 1년 뒤에는 왕자 탄생이라니, 너무 일이 잘 풀리는 거 아냐?"

가게 안의 의자에 다리를 벌리고 앉은 체격 좋은 근육질의 사내는 커다란 목소리로 그렇게 말하고 빈 잔을 기세 좋게 테이블 위에 내려놓았다. 목제 잔이 나무 테이블에 부딪혀 따악 하는 경쾌한 소리를 냈다.

"뭐, 지금까지 오랜 세월 전쟁을 하느라 힘들었잖냐. 쌓여 있던 '좋은 일'이 한꺼번에 터지는 거겠지."

그렇게 대답한 것은 건너편에 앉은 남자였다. 정면에 앉은 남자와 비교하면 좀 여리고 마른 편이지만, 자세히 보면 그 남자도 노동으로 단련된 다부진 몸을 갖고 있다는 걸 알 수 있었다. 아마도 두 사람은 이 도시에서 일하는 육체노동자이리라.

마른 사내는 커다란 나무 숟가락으로 뜨거운 수프를 떠서 입으로 가져갔다.

수프의 건더기는 요리용 바나나를 대충 썬 것과 값싼 잎채소에 체면치레를 할 정도의 폐룡 고기(늙어서 노동력이 없는 주룡이나 둔룡 고기)가 들어 있을 뿐이었지만, 소금과 향신료로 간을 세게 해서 뜨거울 때 먹으면 충분히 맛있었다.

소금, 향신료, 그리고 흑설탕. 이것들은 카파 왕국에서는 결코 값비싼 물건이 아니다. 때문에 카파 왕국의 음식은 이런 서민요리라도 꽤 맛이 진했다.

날이 더울 때 향신료가 잔뜩 든 수프를 마시고 땀을 흘린 뒤, 흘린 땀만큼 물을 마신다. 이것이 카파 왕국의 일반적인 더위 대책이었다.

"뭐, 그렇긴 하지. 그 힘들었던 전쟁을 끝낸 뒤니까. 조금쯤은 좋은 일이 이어져도 벌을 받지는 않을 거야."

체격이 좋은 남자는 마른 남자의 말에 그렇게 동의를 표했다. 두 사람 모두 나이는 30대 중후반쯤일까. 자세히 보면 둘 다 옷자락 사이로 보이는 팔이나 가슴께에 칼자국이나 활에 맞은 상처가 슬쩍 비쳐 보이는 듯했다. 나이대로 미루어 보면 지난 대전에서 병사로서 전쟁터의 진흙을 핥았던 경험이 있을 것이었다.

그렇게 생각하면 이 사내들의 말에 현실감이 배어 있는 것도 당연한 일이다.

"그건 그래. 하지만 모처럼 나라에서 내려주는 공짜 술과 음식이니 낮부터 먹었으면 좋았을 걸. 왠지 반나절을 손해 본 기분이야. 뭐, 이렇게 한밤중에 먹는 밥도 풍류가 있어서 좋지만."

그렇게 말하고 목제 수프 접시에 숟가락을 놓은 마른 남자에게 체격 좋은 남자가 뿜어내듯이 웃어 보였다.

"하핫! '풍류' 따위 읊조릴 얼굴이냐, 네가. 뭐, 하고 싶은 말이 뭔지는 알겠다만, 아이라는 건 하늘이 내리는 선물이거든. 때를 골라서 태어나 주거나 하지는 않는다고."

보통 왕자 탄생 축제는 하루 종일 열리는 것이지만 공교롭게도 지금은 1년 중 가장 더울 때다. 혹서가 이어지는 이 시기에는 한낮에는 가능한 한 실내에 얌전히 있으면서 체력의 소모를 피하고, 어쩔 수 없이 바깥에 나갈 필요가 있을 때는 후드가 달린 외투를 입어 몸을 직사광선에 노출하지 않도록 해야만 한다.

외투는 주로 두꺼운 천으로 만든다. 삼베처럼 통기성이 좋은 옷감이 시원하게 느껴지는 것은 기온이 체온보다 낮을 때 얘기다. 아무리 바람이 잘 통하는 옷을 입었다 해도 불어오는 바람의 온도가 체온보다 높다면 바람이 불면 불수록 더워질 뿐이다.

그런 의미에서, 이 주점에서 환성을 지르고 있는 남자들이 모두 민소매 셔츠와 얇은 바지 차림인 것은 역시 밤엔 비교적 '시원하다'는 반증이다.

그렇다고는 하나 그건 한낮의 살인적인 더위와 비교했을 때의 상대적인 평가일 뿐, 밤에도 더운 것은 틀림없는 사실이다.

뜨거운 수프를 다 먹은 마른 사내는 옷자락을 펄럭여 봤지만 그 정도로 시원해질 만큼 귀염성 있는 열대야가 아니었다.

"이거야 원, 못 참겠네. 어이, 물 좀 뿌리자. 괜찮지?"

더 이상 참을 수 없어진 마른 사내는 의자 위에서 몸을 비틀고는 뒤쪽 벽에 세워둔 나무 바가지를 손에 들고 가게 안에 울려 퍼지도록 큰 소리로 그렇게 말했다.

"어어, 뿌려, 뿌려!"

"그래, 이건 정말 덥구만!"

"아무도 반대할 사람 없어!"

남자의 말에 대해 주점에서 시끌벅적하던 취객들은 일제히 동의의 뜻을 전했다.

"좋았어, 간다."

가게 안의 손님들의 동의를 얻은 사내는 의자에서 일어나 자루가 긴 커다란 바가지를 손에 들고는 주점 구석에 놓인 좁고 긴 목제 수조 쪽으로 걸어갔다.

가게 안에 물을 채운 수조를 설치해 두는 건 이 주변에서 장사를 하는 점포라면 어디든 하고 있는 서비스다.

이렇게 가게 안에 물을 놓아두는 것만으로도 실온이 다소는 내려가기도 하고, 지금 사내가 하려는 것처럼 그 물을 가게 바닥에 뿌리면 그 기화열 덕분에 꽤 시원해진다.

물론 일시적으로 가게 안 돌바닥이 움푹 파인 곳 등에 물웅덩이가 생기거나 손님의 신발이나 바지 자락에 물방울이 튀기는 하겠지만, 여기에 그런 사소한 데까지 신경 쓰는 인간은 없었다.

한밤중에도 35도가 넘는 고온이면 그 정도의 물 따위는 눈 깜짝할 새에 말라버리는 것이다.

오히려 한 술 더 떠 손님 중 하나가 사내에게 말했다.

"아아, 감질나네. 끼얹어 버려!"

끼얹어라.

요컨대 찔끔찔끔 발밑에 뿌리지 말고 좀 더 호쾌하게 자기들 머리 위로 물을 뿌려라, 라고 말하고 있는 것이다.

바닥에 물을 뿌려서 시원하게 하는 정도라면 모르겠지만, 가게 안에서 직접 머리 위로 물을 끼얹는 행동은 카파 왕국에서도 다소 품위 없다고 여겨지는 짓이다. 그러나 여기는 변두리의 술집. 그런 난폭한 제안은 박수갈채와 함께 받아들여졌다.

"그래, 끼얹으라고!"

"이대로 있다간 더워서 미쳐버리겠어!"

"잠깐 잠깐, 음식에 뚜껑 덮을 때까지 기다려!"

능숙하게 테이블 위의 수프 접시나 얇게 구운 빵이 든 그릇에 뚜껑을 덮는 걸 보아하니, 아무래도 이렇게 물을 '끼얹는' 일이 꽤 일상적인 모양이다.

그 증거로, 카운터 안쪽에서 큰 솥 앞을 지키고 있던 주인장도 그 갈색 얼굴에 주름을 지으며 쓴웃음을 지을 뿐, 제지하려는 생각은 눈곱만큼도 없어 보인다.

　그러기는커녕,

　"호롱불에는 튀지 않게 조심해 줘."

　라는 말로 허가를 내리는 판국이다.

　그 말을 듣고 사내는 "알겠소."라고 크게 웃으며, 바가지 끝을 사각 수조에 담갔다. 그리고,

　"준비 됐지? 간닷, 하나, 둘!"

　오른손 한쪽으로 호를 그리듯이 물이 든 바가지를 휘둘러 밤의 주점에 비를 뿌렸다.

　공기 중에 흩어지는 물방울이 네 귀퉁이에 세워져 있는 호롱불 불꽃에 반사되어 반짝반짝 빛났다.

　"우왓, 차가워!"

　"히야, 살 것 같네."

　"쪼잔하게 굴지 말고, 좀 더, 더 뿌려!"

　취객들이 저마다 제멋대로 떠들었다.

　"아아, 시끄럽네. 좀 기다려."

　사내는 바가지로 퍼낸 물을 자기 머리에 끼얹어 자신의 더위를 식히고는 이어서 쉬지 않고 몇 번이나 몇 번이나 바가지를 휘둘러 가게 안에 물을 뿌렸다.

　"후우, 기분 좋아! 여왕폐하, 만세!"

　"오오, 카를로스 전하 만세!"

　"카파 왕국 만세!"

물을 뒤집어쓰고 기분이 좋아진 취객들은 또 한 번 기세 좋게 만세 소리를 높였다.

"그리고 하는 김에, 그러니까, 어라? 뭐라더라? …… 아아, 아무튼, 아우라 폐하의 바깥양반도 만세다!"

아무래도 여왕 아우라의 남편인 '젠지로'의 지명도는 술로 사고력이 탁해진 변두리 동네의 서민들에게는 그 이름이 쉽게 떠오르지 않을 정도로 낮은 모양이다.

------------◆------------

밤이 새면 아침이 온다.

불꽃과 술이 어우러졌던 축제는 하룻밤으로 끝났다.

작열하는 태양이 지평선에서 얼굴을 내밀면 그때부터는 평소와 같은 일상이다.

특히 지금은 1년 중에서도 가장 더운 시기. 아침 해가 떠올라 주변이 환하지만 아직 기온이 본격적으로 올라가지는 않은 이 시간대는 매우 귀중하다.

희뿌옇게 날이 밝은 왕국 수도의 거리에서는 사람들이 이미 활발하게 일을 시작하고 있다.

이 시기는 열사병을 피하기 위해 가장 기온이 높은 한낮에는 실내에서 낮잠을 자며 체력 소모를 피하는 습관이 있다. 때문에 아침, 저녁 시간대에 할 수 있는 만큼 해 놓지 않으면 시간이 모자라게 된다.

분주하고도 활발하게 움직이기 시작한 왕국 수도의 아침. 그런 수도의 한가운데 있으면서도 유일하게 그 떠들썩함과는 인연이 없는 후궁의 한 방에서 젠지로는 오늘도 평소와 다름없이 여유로운 아침을 맞이하고 있었다.

이국적인 분위기가 풍기는 클래식한 가구와 일제 양산품 가전기기가 함께 있는, 언뜻 보기에 통일성이라고는 없는 방에서 젠지로는 커다랗게 기지개를 켰다.

창을 가린 나무문 틈새로 비쳐 들어오는 아침 해가 유일한 광원인 실내는 벌써 아침인데도 어슴푸레하다기보다 아예 캄캄했다.

"후우…… 크으……!"

실내복 삼아 흰 티셔츠와 주름을 두 줄 잡은 검은 마직 바지를 입은 젠지로는 양팔을 높이 뻗고 빙글빙글 고개를 돌리며 거실의 나무 창문을 열어 젖혔다.

정밀한 조각이 새겨진 창문을 열자 들어온 것은 아침 해라고는 여겨지지 않을 만큼 강렬한 태양광과 무더운 바깥 공기였다.

"우왓!?"

젠지로는 비쳐 들어오는 강렬한 빛과 흘러 들어오는 공격적인 열기를 저도 모르게 고개를 돌려 피했다. 어두움에 익숙해진 탓에 눈부신 아침 햇살을 받자 눈이 시렸지만 그 이상으로 강렬한 것은 열기였다.

"굉장하네 이거. 덥다거나 기분 나쁘다거나 하기 이전에 생명에 위협이 느껴져."

젠지로는 저도 모르게 정색을 하고 그렇게 내뱉었다.

공기가 지나치게 더운 나머지 마치 산소 농도가 희박해진 것처럼, 크게 심호흡을 해 보아도 더욱 숨을 쉬기가 힘들게 느껴졌다.

젠지로가 평소에 생활하고 있는 이 거실과 옆의 침실은 매일 밤낮으로 물통과 선풍기를 사용해 열기를 식히고 있다.

요즘은 별실에서 자고 있는 작은 왕자님에게 우선적으로 얼음을 가져가고 있기 때문에 전에 비해 거실의 온도는 높은 편이었지만, 그래도 바깥과 비교하면 하늘과 땅 차이만큼 다른 쾌적한 기온이었다.

열어젖힌 창문으로 가차 없이 들어오는 열기에 얼굴을 찡그린 젠지로는 1초라도 빨리 창문을 닫기 위해 재빨리 일을 해치우고자 서둘러 도구를 가져왔다.

젠지로가 거실 구석에서 가져온 도구들은 디지털 탁상시계, 샤프펜슬, 디지털 카메라다.

"좋아, 마침 좋을 때로군."

젠지로는 사각형 탁상시계를 창틀 위에 놓고 그 디지털 표시를 보며 작게 끄덕였다. 창틀 가운데에는 바늘같이 가느다란 못이 수직으로 박혀 있다.

젠지로는 그 가느다란 못이 창틀에 떨어뜨린 얇은 그림자와 디지털 탁상시계를 동시에 지켜보면서 그대로 때를 기다렸다.

"...... 좋았어, 지금이다."

7:00

탁상시계의 액정이 그 시각을 표시한 순간, 젠지로는 창틀의 그림자 윤곽을 따라 샤프펜슬로 선을 그었다.

그리고 곧바로 그 모양을 디카로 찍었다. 디카 특유의 순간적인 타임 랙 뒤에 찰칵 하는 셔터음이 울렸을 때, 디카 내부 시계는 7시 00분 09초를 표시했다.

이것이 최근에 젠지로가 생각해 낸 아침 일과다.

"으음, 역시 조금씩 엇갈리네. 문제는 내 지식으로는 이 엇갈림의 원인이 '하루가 딱 24시간에 들어맞지 않는' 탓인지, '매일 일출과 일몰 시각이 변하는' 탓인지 판단할 수 없다는 점인데 말이야."

디카에 사진을 띄워 보고 젠지로가 그렇게 웅얼거렸다. 이 일과를 시작한 지 아직 며칠 되지 않았지만 매일 같은 시간에 같은 그림자의 선을 기록하는데도 그 선은 날마다 조금씩 옆으로 이동하고 있다.

이세계로 온지 2년째. 아우라가 왕자를 낳게 한다는 가장 큰 임무를 달성한 젠지로는 조금씩 이쪽 세계에 흥미를 품을 정도의 여유가 생기기 시작했다.

이 일도 지금이 그런 때이기 때문에 조사해 보고 싶어진 것 중의 하나다.

즉, '이쪽 세계의 달력은 어떻게 되어 있는가?'

"뭐, 어쨌거나 지구에서 가져온 시계를 조정하지 않고 1년이 지난 지금도 쓰고 있으니까, 하루가 거의 24시간이라는 건 틀림없는데."

젠지로는 그렇게 혼잣말을 했다.

그렇지 않다면 저쪽 세계에서 가져온 시계는 벌써 예전에 쓸모가 없어졌어야 한다. 만약 하루의 길이 차이가 1분밖에 나지 않는다 해도 365일이 지나면 그 차이는 365분이 된다. 365분, 쉽게 말하면 약 6시간이다.

시계가 6시간이나 어긋나 있다면 아무리 기준이 일출이나 일몰처럼 막연한 것밖에 없다고 해도 틀림없이 알아챌 수 있다. 즉, 원래 있던 세계와 이쪽 세계의 하루 길이에 차이가 있다고 해도, 약 1년을 여기서 보낸 젠지로도 눈치 챌 수 없을 만큼 아주 짧을 것이라는 추측이 가능하다. 그러나,

"딱 1년 뒤의 그림자 위치를 측정하면 날짜에 의한 오차를 제외한 하루의 오차를 측정할 수 있겠지…… 문제는 1년이 365일이라는 보증조차 없다는 거야."

젠지로는 한 번 더 한숨을 뱉었다.

이쪽 세계의 달력은 한 달이 29일인 달이 6개월, 30일인 달이 6개월, 합계 12개월이다. 요컨대 1년은 354일이다. 그러나 그렇게 하면 명백하게 절기에 어긋나기 때문에 몇 년에 한 번씩 윤달을 넣어 1년이 13개월인 해를 만들어 조정을 하고 있는 모양이었다.

그런 이 나라의 달력을 젠지로가 대략 계산해 본 바로는 이쪽 세

계의 1년도 약 365일인 것 같았다.

"어떻게든 이쪽 세계가 지구와 같은 24시간, 365일이라는 확신을 가질 수 있으면 조금쯤은 도움이 되는 제안도 할 수 있을 텐데."

젠지로는 양손으로 창문을 닫으면서 그렇게 웅얼거렸다.

물론 이미 왕국민의 생활에 침투해 있는 현재의 달력을 자기 고집으로 변경하게 할 생각은 없다.

단지 어느 정도는 정확한 태양력을 만드는 것이 가능하다면 틀림없이 여러 가지로 도움이 될 것이다.

몇 년에 한 번 윤달이 들어가는 지금의 달력으로는 어떨 땐 절기가 30일 가깝게 어긋나기도 하는 것이다.

작년 4월 1일이 올해는 5월 1일이 된다고 생각하면, 이 달력에 '계절'을 알려주는 역할을 기대하는 것이 얼마나 무의미한 것인지 이해할 수 있을 것이다. 적어도 파종이나 치수공사의 시기를 가늠하는 지표가 되기에는 적잖이 부적절하다.

덕분에 현재 카파 왕국에서 파종이나 수확 시기는 농부들의 경험과 감에 좌우되고 있다.

"뭐, 베테랑 농부의 경험치를 축적된 데이터에 의한 추측이 앞서려면 몇 십 년이라는 시간이 걸리겠지만. 그래도 이쪽 세계엔 온도계도 없는걸."

그래도 올바른 달력 제작과 그에 따른 연간 기상 데이터의 축적은 장래 어떤 식으로든 도움이 될 터이다.

그렇게 자신을 다독이며 젠지로가 6개의 LED 스탠드 라이트의 스위치를 올리고 실내를 인공적인 백색 빛으로 밝게 비춘 그 때였다.

똑똑, 하고 출입문을 노크하는 소리가 넓은 거실에 울려 퍼졌다.

시녀라면 노크한 다음에 바로 용건을 말했을 것이다. 그러지 않았다는 것을 보면 지금 노크한 사람은 단 한 명밖에 생각할 수 없었다.

젠지로는 반사적으로 시계를 보았다.

"어라? 요즘엔 이 시간이라면 벌써 왕궁에서 회의 중일 텐데. 뭐, 아무려면 어때. 네, 들어오세요."

고개를 갸웃하면서 젠지로가 말하자 문이 열렸다. 그 건너편에 서 있던 사람은 젠지로가 예상했던 인물이었다.

"안녕, 젠지로."

작은 아기를 보물처럼 단단히 그 풍만한 가슴께에 안은 체격 좋은 미녀가 뒤에 두 명의 시녀를 거느리고 미소 짓고 있었다.

"안녕, 아우라."

젠지로는 그녀에게 지지 않을 정도로 다정하게 웃어 보이며 자신의 아이를 품에 안은 아내를 방으로 들였다.

"실례하겠습니다. 이 자리면 괜찮겠습니까?"

1년 새에 완전히 익숙해진 시녀가 냉장고의 금속 대야에서 커다란 얼음을 꺼내 젠지로와 아우라가 앉아 있는 소파 옆에 놓았다. 뒤에서 돌아가는 선풍기에서 딱 좋은 각도로 바람이 나와 소파에 앉은 젠지로에게 냉풍을 전해 주었다.

건너편 소파에 앉은 아우라에게는 간접풍밖에 닿지 않았지만 지금은 그걸로 됐다. 아우라의 가슴에는 생후 1개월의 아기가 안겨 있는 것이다. 아기의 부드러운 피부에 직접 냉풍이 닿는 것은 별로 좋지 않다.

"응. 수고했어. 물러가도 좋아."

"네, 실례하겠습니다."

시선을 가슴에 품은 아기에게 향한 채 그렇게 말하는 여왕의 분부를 받고 얼음과 선풍기를 설치한 두 시녀는 꾸벅 하고 작게 고개를 숙인 후 방에서 나갔다.

탁, 하는 소리가 나며 문이 닫힌 거실에는 한 쌍의 남녀와 아기 한 명이 남겨졌다.

자신의 아이를 안은 엄마와 그 엄마를 바라보는 남편. 이 세상에 널리고 널린 광경이지만 젠지로 가족의 경우는 그렇지만도 않았다.

"평소대로라면 벌써 오전 조의가 시작됐을 시간인 것 같은데, 오늘은 어쩐 일이야?"

시녀가 물러간 거실에서 젠지로는 대면하고 앉은 아내에게 그렇게 물었다.

카파 왕국에서도 특히 더위가 기승을 부리는 이 시기는 왕궁에서도 몸의 안전을 위해 한낮에는 긴 휴식시간을 뒀다. 그 공백을 조

금이라도 보충하기 위해 조의를 일찍 시작하는 것이다.

젠지로의 말대로 평소대로라면 아우라가 이렇게 여유를 부릴 수 있는 시간이 아니었다.

그러나 아우라는 양팔에 안은 아이를 어르면서,

"으응, 오늘 조의에는 가질 변경백이 안건을 제출했거든. 당사자인 가질 변경백의 도착이 늦어지고 있어서 조의 시작이 미뤄졌어."

그렇게 기쁜 표정으로 대답했다.

"아, 그렇구나. 그거 잘 됐네, 라고 말해도 되는 건가?"

"그렇게 좋은 일은 아니지. 의제가 해결된 게 아니라 뒤로 미뤄지고 있는 것일 뿐이니까, 오히려 난감한 사태죠. 하지만 모처럼 생긴 빈 시간이니 최대한 활용하지 않으면 손해잖아. 그치? 카를로스?"

한 순간 쓴웃음을 지은 아우라였지만 곧 만면에 웃음을 되찾고 그렇게 말하며 품에 안은 아이의 얼굴을 들여다보았다.

"아, 아."

생후 1개월의 아기——카를로스는 엄마의 얼굴을 올려다보며 즐겁다는 듯이 웃었다.

태어났을 때 젠지로가 '비루먹은 원숭이 같다'고 생각한 그 얼굴은 자취도 없고, 엄마와 유모의 젖을 먹고 무럭무럭 자란 어린 왕자는 뺨도 배냇저고리의 소맷자락 사이로 들여다보이는 손도 토실토실 둥그스름해져서 그만 콕콕 쪼아버리고 싶을 만큼 사랑스러움으로 넘치고 있다.

윤기 나는 짙은 갈색의 곱슬머리. 동글동글하고 커다란 검은 눈동자. 갈색과 황색의 중간 정도인 피부. 분명 부모의 눈이라서가 아니라, 이보다 더 사랑스러운 생물체는 이 세상에 존재하지 않는 것이 아닐까? 젠지로는 진심으로 그렇게 생각하고 있었지만, 구태여 '부모의 눈이라서가 아니라'를 덧붙인 대목이 제대로 팔불출이라는 사실을 정작 본인만 눈치 채지 못하고 있었다.

"카를로스~? 봐라, 울룰룰루…… 까꿍!"

"아아? 꺅꺅!"

건너편 소파에서 익살스럽게 울룰룰루 까꿍을 하는 아빠의 얼굴을 본 젖먹이는 순간 눈이 휘둥그레지더니 곧 재미있다는 듯이 높은 목소리로 웃었다.

아들의 반응에 기분이 좋아졌는지 젠지로는 그 뒤로도 몇 번이나 몇 번이나 반복했다.

"오오, 웃었다. 재미있니? 봐라, 우룰룰루…… 까꿍! 우~룰룰루룰루 까꿍!"

"꺅꺄, 꺅꺄!"

아기는 즐겁다는 듯이 계속 웃었지만, 쓴웃음이 섞인 불평을 해 온 것은 아기를 품에 안은 엄마였다.

"젠지로. 카를로스를 웃게 하고 싶은 건 알겠지만, 너무 그런 '괴상한 얼굴'을 연발하지 말아 줘요. 아이 엄마로서는 그렇다 쳐도, 당신의 아내로서 조금 서글픈 기분이 드니까."

"우르…… 웃…"

순간적으로 '우리가 서로 폼 잡을 사이인가'라며 반론하고 싶어진 젠지로였지만, 입장을 바꿔놓고 생각해 보니 아우라가 한 말도 조금은 이해가 되었다.

아무리 두 세계를 통틀어 가장 사랑스러운 생명체──카를로스를 웃게 하기 위해서라고 해도, 사랑하는 아내가 눈앞에서 입술을 부르르 떨거나 코와 턱에 닿을 기세로 혀를 날름거리면 젠지로도 분명히 그만 하라고 말하고 싶어질 것이다.

친한 사이일수록 예의를 지켜야 한다.

지금은 가족이라도 원래는 남남이었던 '부부'라는 관계를 오랫동안 원만하게 지속하기 위해서는 잊어서는 안 될 격언이다.

마뜩찮아 하면서도 '괴상한 얼굴'을 거두어 준 남편에게 여왕은 아이에게 향할 때와는 다른 친애의 미소를 향하고는 조금 놀리는 듯한 투로 말을 건넸다.

"그리고 그 호칭도 어떻게 좀 안 돼요? 이 아이의 이름은 '카를로스'만이 아니잖아. '또 하나의 이름'을 정확한 발음으로 불러줄 수 있는 건 당신뿐이니까, 당신은 그쪽 이름으로 불러주는 게 좋지 않을까?"

아내의 말에 젠지로는 조금 허를 찔린 듯한 표정으로 끄덕였다.

"아아, 응, 그렇지."

확실히 이 아이에겐 이름이 하나 더 있다. 젠지로가 지어 준 일본풍 이름이다. '카를로스'라는 이름에 비교하면 세간의 인지도는 현격히 떨어지지만, 그렇기 때문에야말로 젠지로는 적극적으로 그 이름을 불러주어야 할 것이다. 그 이름도 이 아이의 일부임에 틀림없으니까.

"…… 젠키치."

크게 숨을 들이쉰 젠지로는 가슴 한가득 머금은 공기를 살짝 내뱉듯이 작은 목소리로 그 이름을 불렀다.

젠키치(善吉).

그것이 여러 모로 생각한 끝에 젠지로가 아이에게 지어 준 또 하나의 이름이었다.

젠지로는 알기 쉽게 자신의 이름에서 한 글자를 따오기로 하고, 처음엔 요시히코(善彦)나 요시토(善人)처럼 비교적 무난한 이름을 제안했지만, '표의문자'라는 것을 알지 못하는 카파 왕국 사람에게 '젠'과 '요시'가 같은 글자라고 설명하는 건 상당히 어려운 일이었다.

결국 젠지로가 아이에게 지어준 이름은 젠키치였다.

'카를로스 젠키치 카파.'

이것이 이 아이, 카파 왕국 제1왕자의 정식 이름이다.

카를로스라는 이름은 카파 왕국에서는 비교적 흔한 이름이다. 역대 왕 중에 두 명, 왕이 되지 못한 왕족을 포함하면 가계도에 남아 있는 범위에서만 해도 10명이 넘는 동명이인이 있었기에, 두 이름을 줄여서 '카를로-젠 전하'라고 부르는 사람도 있었다.

어쩌면 장래에 그가 왕좌에 올랐을 때에는 '카를로-젠 왕'이라고 불리게 될지도 모른다. 그래도 일반 서민에게는 오로지 '카를로스 전하'로 통하고 있기 때문에 단순하게 '카를로스 3세'라고 불릴 가능성도 충분히 있지만.

그러고 있는 사이에 작은 왕자님은 갑자기 조금 전까지의 웃음을 싹 거두고 보채듯이 울기 시작했다.

"흐앙…… 흐앙…… 흐에에에……"

"어라, 왜 그러지? 젠키치? 카를로스? 카를로? 왜 그러니?"

걱정스러운 듯이 소파에서 일어나 말을 거는 젠지로에게 아이를 안은 아내는,

"아니, 괜찮아, 젠지로. 이 울음은 젖을 먹고 싶다는 거예요."

그렇게 동요하는 일 없이 대답했다.

"아, 그렇구나."

아내의 말에 안도의 한숨을 내쉰 젠지로는 문득 깨달은 것처럼 물었다.

"어라? 그런데 어떻게 잘 아네, 아우라. 혹시 울음 소리만으로 젖이 먹고 싶은지 기저귀가 젖은 건지 구별하는 거야?"

남편의 물음에 여왕은 끄덕였다.

"으응. 요전번에 카산드라한테 배웠어요. 하지만 그녀처럼 응가와 쉬야의 차이까지 울음 소리로 구별하거나 하지는 못하지만."

평소에 아이를 돌보는 일을 맡기고 있는 유모의 이름을 입에 올

렸다.

아기를 돌본다는 것은 여왕의 격무와 겸임할 수 없는 대단한 일이다. 그도 그럴 것이 아기는 하루 종일 민폐 따위 아랑곳 않고 젖을 먹고 싶어 하고, 대소변을 싸고, 그 욕구가 채워지지 않으면 마구 울어대는 작은 폭군인 것이다. 여왕의 책무를 다하면서 아기를 스스로의 손으로 키운다면 터프한 아우라라도 닷새 정도면 쓰러져 버릴 것이 분명했다.

그래도 아이를 셋이나 낳은 카산드라의 말에 따르면 카를로스를 돌보는 일은 놀랄 만큼 편하다고 한다.

그건 카를로스가 특별히 손이 가지 않는 착한 아이라는 의미가 아니다. 모든 것은 젠지로가 원래 세계에서 가져온 모유 냉동용 밀폐용기나 젖병같은 도구 덕분이다.

낮에 짜 놓은 젖도 얼려 두면 하루 정도는 먹이는 데 문제가 없다. 그렇게 얼려서 보관하던 모유를 체온 정도로 녹여서 젖병으로 먹이면, 유모는 밤에도 아기가 울면 벌떡 일어나서 수유를 해야 한다는 중압감에서 해방될 수 있는 것이다.

피곤할 때나 너무나 졸릴 때는 시녀 중 누군가가 유모 대신에 젖병으로 젖을 먹이면 된다.

다행히 카를로스의 빠는 힘에는 문제가 없어서 유모의 젖이든 아우라의 젖이든 젖병이든 아무런 문제 없이 먹어 주었다.

"그러니까 이제 젖을 먹여야지. 젠지로, 나는 보다시피 두 손을 쓸 수 없으니까 미안하지만 뒤로 돌아가서 드레스 여밈 좀 풀어

쥐요."

"응, 알았어."

아내의 말을 듣고 젠지로는 재빨리 아우라가 앉은 소파 뒤쪽으로 갔다. 얼음 선풍기의 냉풍에서 벗어나니 미지근한 공기가 피부에 닿아 기분이 별로였지만, 지금은 그런 걸 신경 쓸 때가 아니었다.

한시라도 빨리 아이의 배를 채워주기 위해 젠지로는 소파에 앉은 아내 뒤에 서서 붉고 긴 머리를 틀어 올린 아내의 어깨에 손을 올렸다.

아우라가 지금 입고 있는 건 양쪽 어깨 위에서 앞판과 뒤판의 천을 여민 빨간 민소매 드레스다.

"아우라, 조금 고개를 옆으로 기울여 봐."

"응, 이러면 돼?"

순순히 고개를 오른쪽으로 숙인 아우라의 왼쪽 어깨로 뒤에서부터 손을 뻗은 젠지로는 그 위에 묶여 있는 매듭을 풀었다.

평소에는 좀 더 단단히 묶여 있지만 지금은 간단히 나비 매듭으로만 묶어 놓았을 뿐이었다. 아마도 처음부터 여기서 젖을 먹이게 될 것을 예상하고 있던 것이리라.

드레스 한쪽 자락이 사뿐하게 떨어지고 아우라의 커다란 젖가슴 한쪽이 드러났다.

"고마워. 자, 카를로스, 젖을 먹으렴."

한쪽 젖가슴을 드러낸 여왕은 그대로 그 커다란 젖을 아이의 얼굴에 가져다 댔다.

"흐에에엥…… 흐아아? 다아……"

아기의 반응은 극적이었다.

엄마의 젖에 얼굴을 가져간 아기는 곧바로 그 정점에 달라붙어 온힘을 다해 아침식사를 했다.

"움…… 움움움…… 움……"

"후후, 잘 빠네. 정말 넌 기운이 좋구나."

임신과 출산으로 이전보다 한층 커다래진 젖가슴에 짝 달라붙은 아이를 아우라는 단단히 품에 안은 채 마음속 깊이 사랑스러워하는 얼굴로 내려다보았다.

"잘 됐다. 배가 고팠었구나."

카를로스가 안정된 것을 확인한 젠지로도 건너편 소파에 가서 앉았다.

"움움, 무움, 음, 움움……"

"…………"

"…………"

열심히 젖을 먹는 아기와, 아기를 안은 엄마. 그리고 그 엄마와 아이를 조금 떨어진 곳에서 지켜보는 아빠.

아빠도 엄마도 언제부턴가 말없이 그저 다정한 시선을 아이에게 쏟아 붓고 있다.

"자, 많이 먹으렴. 오늘 너에게 젖을 줄 수 있는 여유는 지금 뿐일지도 모르니까."

무심코 아우라의 입에서 그런 말이 새어나왔다. 엄마이기 이전에 여왕인 아우라가 자신의 젖을 아이에게 먹일 기회는 많지 않았다.

"…… 케훅"

"응, 왜 그러니? 벌써 다 먹은 거야?"

확인하기 위해 아우라가 한 번 더 카를로스의 입가에 젖가슴을 가져다 댔지만 아기는 고개를 돌렸다. 아마도 이제 배가 부른 것 같았다.

입가에 침과 젖을 묻히고 있는 아이를 보고 젠지로는 따뜻한 미소가 멈추지 않았다. 그러나 그런 젠지로의 온화한 표정도 아우라의 그 다음 말에 확 변했다.

"배부르게 먹었니? 그렇구나, 이제 배가 부르구나. 그럼 남은 건 '아빠 몫'이네."

"아빠는 안 먹어!! 젠키치 앞에서 짓궂은 농담은 그만 둬, 엄마!"

품안의 아기를 어르는 엄마 앞에서 필사적인 표정이 된 젠지로는 단호하게 항의하는 것이었다.

[제1장] 소금 도로의 이변

"뭐? 소금이 도착하지 않았다고?"

조의 자리에서 보고를 받은 아우라는 옥좌에 편안하게 앉은 채 씰룩 하고 한쪽 눈썹을 치켜 올리며 그렇게 엄한 목소리로 되물 었다.

이곳은 왕궁 안에서도 가장 안쪽에 있는 작은 방이다.

햇빛이 들어오는 창문도 사람 키보다 훨씬 높은 곳에 작게, 그리 고 격자 창살까지 설치해 놓았기 때문에 어두침침한 이 방에서는 정기적으로 국가의 앞길을 결정하는 중요한 의제를 논의했다.

그다지 넓지 않은 직사각형의 방 한 가운데에는 중후하게 만든 긴 테이블이 있고, 그 테이블을 둘러싸듯이 나무 의자가 여러 개 놓 여 있었다.

여왕인 아우라가 앉아 있는 자리는 당연히 상석에 해당하는 테이 블의 끝단 쪽이다. 뒤에 대기한 비서관 파비오는 입실을 허가받았을 뿐, 자리에 앉는 것은 물론 발언권도 갖지 못했다.

이 자리에서 의자에 앉아 발언할 권리를 가진 사람은 '대신'이나 '장군'의 지위에 있는 자 뿐이다.

"자세한 얘기를 들어볼까, 가질 변경백."

아우라에게 이름을 불린 말석에 앉아 있던 남자가 '옛'하고 짧게 소리를 내고 기립했다.

가질 변경백은 초로의 남자다. 카파 왕국 사람들 중에서도 두드러지게 짙은 그 갈색 피부에는 나이를 먹어 생긴 주름 몇 개가 깊이 파여 있지만, 의자에서 일어나는 경쾌한 동작이나 굵은 목둘레 등을 보면, 그가 노화에 의한 쇠약함조차 엄격한 단련으로 물리치고 있다는 것을 추측할 수 있었다.

늙어서도 여전히 정정한 노전사는 럭비 선수를 방불케 하는 근육질의 체구에 어울리는 낮고 청명한 음성으로 보고했다.

"그저께, 영지를 맡고 있는 아들로부터 '소비룡'이 도착했습니다. 예정일을 이레 이상 넘기고도 아직 이번 소금이 도착하지 않고 있다는 것입니다. 영내의 소금 비축량은 대략 석 달분. 아들은 영주 대리로서 '소금 도로'에 군대를 보내 원인을 제거할 수 있도록 허가를 구하고 있습니다. 덧붙이자면 저도 아들과 같은 의견입니다."

망설임 없는 말투로 간단하게 정보 전달을 마친 가질 변경백은 기립했을 때와 마찬가지로 전혀 늙음이 느껴지지 않는 빠릿한 동작으로 착석했다.

가질 변경백의 영지는 타국과의 국경선상에 있는 변방이었다. 바닷가도 암염 광산도 영내에 없는 가질 변경백령은 생필품인 소금을 전면적으로 수입에 의존하고 있다. '소금 도로'란 엄청난 양이 쓰이는 소금을 국내의 모든 영지에 원만하게 운반하기 위해 몇 대 전의 왕이 닦아 놓은 '국도'를 말한다.

따라서 가질 변경백의 요청은 전면적인 찬동을 얻을 수 있는 것이 아니었다.

"저는 반대입니다. 물론 변방에 소금이 도착하지 않은 것은 큰일, 가도의 안전을 확보하기 위해 병사를 움직인다는 것에 이견은 없습니다. 그러나 그 역할은 변경백군이 아니라 왕실군이 맡아야 할 일입니다."

그렇게 도발적으로 정면에서 반대 의견을 부딪쳐 온 것은 푸죠르 기젠 장군이었다.

아직 30대 전반인 푸죠르 장군은 이 자리에 앉아 있는 면면 중에서는 여왕인 아우라 다음으로 젊었지만, 아버지뻘만큼 나이 차가 나는 변경백에게 전혀 주눅 들지 않고 자신의 의견을 펼쳤다.

푸죠르 장군의 의견은 결코 틀리지 않았다.

'소금 도로'는 국도이기 때문에 안전을 확보하기 위해 군대를 움직인다면 그건 기본적으로 왕실군의 영역이다.

그러나 가질 변경백도 물러설 기색은 보이지 않았다.

"네. 푸죠르 장군 말대로 '소금 도로'가 국가의 영지라는 것은 저도 알고 있습니다. 그러나 과거의 예를 생각해 보면 소금 수송이 늦어지는 원인은 국도변에 출몰하는 '육식용'이 늘어난 탓일 가능성이 대단히 높다고 추측할 수 있습니다. 그렇다면 도로 주변의 숲과 초원에 병사를 보내 사람을 덮치는 육식용을 잡을 필요가 있겠지요. 그 도로 주변에 펼쳐진 숲과 초원은 저희 변경백령입니다."

그렇게 지론의 근거를 제시하고 정면에서 젊은 왕실군 대장군의 시선을 받아냈다.

"…………"

"…………"

상급 귀족끼리의 대립치고는 드물게도 눈에 띄게 정면에서 부딪친 젊은 장군과 노장군의 대립을 상석에서 보고 있던 아우라는 표면적으로는 완전한 평정을 유지하고 있었지만 속으로는 한숨을 내쉬었다.

(성가시게 됐네. 영주 귀족이 자기 영지에 무장한 왕실군을 들이는 걸 싫어하는 건 하루 이틀 일이 아니고, 푸죠르 기젠이 공을 세우기 위해 군사행동을 일으키고 싶어 하는 것도 늘 있는 일이지만……)

생각을 이리저리 굴리던 아우라는 그러고 보니 가질 변경백 가문에서 지난 대전 중 아들이 두 명 전사했다는 것을 떠올렸다.

죽은 것은 후계자 후보였던 장남과 용맹으로 이름을 떨쳤던 차남이다.

현재 영지를 지키고 있는 '아들'이라는 것은 유일하게 살아남은 셋째 아들일 것이다. 분명 꽤 늦게 본 아이라 나이는 아직 20살도 되지 않았다고 들었다.

거기에 생각이 미치자 변경백이 완고하게 "이 일만은 자신의 군대가 처리하겠다."고 고집을 피우는 이유도 추측할 수 있었다.

(아마도 비교적 위험이 적은 이 사건을 통해 아들에게 '후계자로서 손색없을 만한 실적'을 만들어 주고 싶은 거겠지.)

변경백이 상상하는 대로 소금이 도착하지 않는 이유가 가도에 출몰하는 '육식용'에 의한 피해라고 한다면, 그걸 토벌하는 건 그다지 어려운 일이 아니다.

국영 기업이라고도 할 수 있는 소금 상인은 상인으로서는 이례적일 정도로 많은 호위를 거느리고 있지만, 진짜 군대에 비교하면 한없이 약한 집단일 뿐이다.

지휘자가 변변한 실전 경험도 없는 셋째 아들이라 해도 변경백의 군대가 야생의 용을 상대로 패퇴할 가능성은 상당히 적다고 할 수 있을 것이다.

요컨대 '육식용'은 공을 세우고 싶은 사람 입장에서 보면 적당히 강한 '탐나는' 장애물인 셈이다.

물론 모든 것은 소금이 도착하지 않고 있는 원인이 그들이 예상하고 있는 대로 일반적인 육식용이 끼친 피해라는 것을 전제로 하지만, 정황증거는 그 추측이 대체로 들어맞으리라는 것을 나타내고 있다.

아우라는 잠시 생각했다.

이 건을 변경백군에 맡길 경우의 메리트와 디메리트. 왕실군을 출동시킬 경우의 메리트와 디메리트.

최소한의 손익 감정을 위한 주판알을 머릿속에서 재빨리 튕긴 아우라는 서로 노려보는 두 장군을 옆에서 후려치듯이 팽팽한 목소리로 말했다.

"그러지, 가질 변경백."

"옛."

여왕의 말에 노장군은 시선을 푸죠르 장군으로부터 순식간에 아우라에게로 돌리고 예의 바르게 머리를 숙였다.

그 흰 머리가 섞인 노장의 정수리를 바라보며 여왕은 담담한 목소리로 말을 이었다.

"경의 말을 받아들이지. 경의 책임 하에 이 건을 해결해 보이도록. 훌륭하게 해결했을 때는 그 공적에 부응하는 포상을 내리겠다."

그것은 즉, "필요 경비를 포함해 전액 후불. 다만, 만에 하나 실패한 경우는 모든 책임을 져라"는 선고이기도 했으나, 가질 변경백으로서는 요망하던 바를 모두 이룬 모양새였다.

"옛, 예이! 분부 받들겠사옵니다. 반드시 길보를 가져오겠습니다."

얼굴의 주름을 더 깊이 파이게 하는 굵직한 미소를 지은 가질 변경백은 패기 넘치는 목소리로 대답했다.

"……"

한편 지론이 전면적으로 거부된 푸죠르 장군은 누가 봐도 재미없다는 표정을 짓고 있었지만 여왕의 결정에 반대를 외칠 만큼 무례한 인물은 아니었다.

푸죠르 장군을 비롯해 이 자리에 출석해 있는 장군 및 대신급 상급 귀족들이 지켜보는 가운데, 여왕은 옥좌에서 일어나 풍만한 가슴 아래에 가볍게 팔짱을 끼고 머리를 숙이는 장군에게 고했다.

"단, 지금 말한 것은 사태의 원인이 그대가 예측한 대로 일정 수 이하의 '육식용'임이 확실하게 밝혀졌을 때에 한한다. 정찰을 보내 만일 원인이 다른 곳에 있다고 판명될 경우는 반드시 재차 왕궁에 연락을 넣으라. 알겠느냐?"

이는 조금 엄한 처사였다. 본래 변경백이라는 작위는 나라의 중 추에서 멀리 떨어진 변방의 대 영지를 관리할 필요성 때문에 군사적 으로도 상당히 큰 독자적 재량권이 허용되고 있다.

아우라의 명령은 일시적이나마 그 독자적 재량권에 칼을 채우는 것과 같았다.

그러나 나라의 중대사인 '소금의 운반'에 관련된 사건의 해결을 집안의 내부 사정으로 인해 아직 경험도 적은 10대의 아들에게 맡 기려고 생각하고 있는 가질 변경백은 거부할 수 없었다.

순순히 머리를 숙이는 노장군에게 아우라는 가슴 아래에 팔짱을 낀 채 한 번 만족스럽게 끄덕이고는,

"음, 아아, 그리고 포상은 공적을 올린 자에게 내가 직접 전달하 겠다. 자네의 아들을 수도로 부르게 될 터이니 그 점을 미리 염두에 두도록."

이라고 아무렇지도 않은 말투로 덧붙였다.

한편 그 말을 들은 가질 변경백은 평정심을 유지하지 못했다. 움 찔 몸을 떨고 반사적으로 두터운 눈썹 사이의 미간을 좁혔다.

하기는 그것도 당연하다면 당연한 것이다.

여왕의 의도는 뻔하다. 이 '포상'이라는 것은 문자 그대로의 포상이 아니다. 토벌에 소비된 물자나 병사에게 지불할 임시수당 등의 필요 경비에 대한 후불도 포함되어 있다. 그 막대한 '포상' 금액을 결정하는 데에는 일반적으로 몇 달, 경우에 따라서는 반년도 넘게 교섭을 거듭해야 한다.

그렇다면 가질 변경백의 아들은 그 몇 달에서 반년 가까이 왕국 수도에 체재해야 한다.

독립적 기풍이 강한 변방의 영주 귀족을 젊었을 때 수도로 불러들여 왕국에 대한 귀속 의사를 공고히 한다. 그것이 아우라의 노림수일 것이다.

그렇다고 해도 왕가의 힘이 극단적으로 강한 카파 왕국의 경우, 지방 영주 귀족으로서도 왕가와 연줄을 만들어 두는 것 자체는 결코 손해 보는 일이 아니다. 오히려 가문을 유지해 나가는 데 있어서 필요불가결한 일이다.

문제는 그 정도가 어느 정도인가 하는 것이다. 왕가에 집어삼켜질 정도로 가까와져서는 안되지만 왕가에게 내쳐질 만큼 멀어지지도 않아야 한다. 팔불출 부모로서도 그런 절묘한 거리감을 아직 10대인 아들이 조절할 수 있다고는 도저히 여겨지지 않았다.

하지만 여기서 여왕의 제안을 물리쳐서 일을 애매하게 만들어야 할 정도로 큰 걱정거리는 아니다.

게다가 왕가가 아들을 왕가 편으로 끌어들이려 하는 것이니만큼 포상 지급에 늑장을 피우거나 할 가능성도 희박할 것이다. 그것은 아직 지난 전쟁이 남긴 피해를 복구 중인 변방 영지로서는 무척이나 고마운 일이기도 했다.

가질 변경백은 재빨리 생각을 정리했다.

"…… 알겠사옵니다. 아들놈도 왕국 수도에서 배울 게 많을 것입니다. 각별히 배려해 주셔서 감사합니다."

결국 가질 변경백은 그렇게 대답하고 정중하게 머리를 숙이는 것이었다.

———————◆———————

아우라 여왕이 조의에서 중요한 결정을 내리고 있을 무렵, 홀로 후궁에 남은 젠지로는 창문을 걸어 닫고 거실 한쪽에서 얼음 선풍기의 냉풍을 쐬면서 컴퓨터 키보드를 두드리고 있었다.

"좋아, 이 정도면 되겠지."

의자에 앉은 채 양손을 깍지 끼고 머리 위로 한껏 치켜들며 기지개를 켜 몸의 뭉친 근육을 풀었다.

컴퓨터 모니터에는 샐러리맨 시절부터 익숙한 스프레드시트 프로그램을 열어 놓았다.

키보드 왼편에는 아우라에게 건네받은 '올해의 세수 일람'이 적힌 용지 다발이 정신없이 쌓여 있었다.

며칠 전부터 계속 그 데이터를 스프레드시트 프로그램에 입력한 끝에 마침내 전체 입력을 마친 참이었다.

이후 최소한 세 번은 전체를 검토하면서 잘못 입력한 곳이 없는지 확인할 필요가 있지만, 일단 한 단계는 끝났다고 해도 좋을 것이다.

고개를 빙빙 돌리며 심호흡을 한 뒤, 젠지로는 다시 한 번 자신이 입력한 세수 일람표에 시선을 가져갔다.

"그나저나 빨간 글자의 엄청난 대행진이구만……"

지난번과 마찬가지로 스프레드시트 프로그램의 수치는 '많게 나온 경우'를 파란색으로, '적게 나온 경우'를 빨간색으로 표시했다. 빨간 글자가 많다는 것은 계산상의 세수보다 신고된 세수가 적은 경우가 많다는 얘기다.

개중에는 순수하게 계산이 잘못된 경우도 있겠지만 꽤 많은 부분이 의도적인 속임수일 것이다.

"음, 하는 김에 조금 더 알기 쉽게 만들어 볼까."

화면을 보고 있던 젠지로는 문득 떠오른 아이디어를 덧붙였다.

그다지 어려운 일은 아니다. 용피지에 기재돼 있던 세수액과 스프레드시트 프로그램으로 다시 계산한 세수액 옆에 둘 사이의 차액을 기입하는 란을 만들고, 그 차액이 10%를 넘는 경우 알기 쉽게 ▲표시를 해 두는 것뿐이었다.

작업은 금세 끝났다. 한 칸에 간단한 계산식을 입력한 다음 그 칸의 오른쪽 아래 구석을 마우스로 클릭해 가장 아래 열까지 끌어당기면 순식간에 세로 1열에 같은 계산식이 카피된다.

새롭게 표시된 데이터를 보고 젠지로는 미간을 찡그리며 신음하는 듯한 소리를 냈다.

"우와아, 이 조건으로도 ▲가 이렇게 많이 붙잖아. 1할 이상 틀렸다는 건 분명히 단순한 계산착오나 실수가 아닐 가능성이 높아."

만약 실무능력이 떨어져서 납세액을 1할이나 '의도치 않게 틀린다'는 것이라면 그것은 일부러 틀리는 '탈세'의 경우보다 더 큰 문제일 수 있다.

작년에 아우라가 한 번 웬만큼 단속을 했지만 역시 관례로 굳어진 탈세는 단속 한 번으로 줄어들 만큼 단순한 일이 아닌 모양이다.

"아우라도 힘들겠네…… 아니, 나도 남 일이라고 생각하면 안 되지, 이제 슬슬."

젠지로는 그렇게 스스로에게 말했다.

이쪽 세계로 온 지도 벌써 1년. 아우라의 대리로서 공적인 자리에도 모습을 드러내게끔 된 젠지로다. 이제 더 이상 '빈둥거리기만 하는 기둥서방'이 아니다. 자주는 아니지만 공식 행사에 얼굴을 내밀고 사교계에서 대화를 섞다 보면 인간관계라는 이름의 굴레도 생겨나는 법이다.

출산을 무사히 마친 아우라가 무대로 복귀했다 해도 이제 와서 젠지로가 다시 전면적인 은둔 상태로 돌아가는 건 어려울 것이다.

사실 그것을 가장 허용할 수 없는 건 젠지로 자신의 정신상태일지도 모른다.

원래 젠지로는 지극히 평범하게 대학교까지 다니고, 그 후에도 큰 문제를 일으키지 않고 샐러리맨 생활을 해 온 일반인이다. 남들에 비해 유난한 '은둔형 외톨이 성향'을 가진 인간은 아닌 것이다.

확실히 이쪽 세계에 오기로 결심했을 때에는 일을 그만두고 유유자적한 나날을 보내는 것에 그 이상 없을 매력을 느끼고 있었다.

그러나 그건 당시의 젠지로가 야근 지옥의 수렁에 점점 잠겨 들어가는 생활 속에서 제정신이 아니었기에 느낀 매력이었다.

3년이나 이어진 잔업 지옥으로 심신이 피로하긴 했지만, 젠지로는 아직 20대 중반이다.

몸의 피로 따위는 사흘만 푹 쉬면 완전히 회복되고, 정신의 피로도 한 달 정도만 일을 쉬면 자연스럽게 치유되는 것이다.

이세계로 이동, 이상형 중의 이상형인 미녀와의 결혼, 게다가 아내의 출산 등등 커다란 이벤트가 몇 개나 이어졌기 때문에 시간은 날개 돋친 듯이 지나갔다.

게다가 저쪽 세계에서 가져온 드라마나 TV 프로그램들, 축구 중계를 녹화한 DVD도 산처럼 쌓여 있었다.

강변하는 것이 아니라 정말 순수하게, 처음엔 '자고, 먹고, DVD를 보고, 게임만 하면서 느긋하게 보내는 하루하루'가 '충실한 나날'이라고 여겨졌다.

문제는 영원히 그 상태를 '충실하다'고 느낄 만큼 젠지로의 가치관이 엉망은 아니었다는 점이다.

"슬슬 내 일도 늘려달라고 해야겠어. 지금은 마법 습득에 상당한 시간을 할애하고 있으니까 괜찮지만, 마법 수업이 일단락되면 시간을 주체하지 못 할 것 같아."

컴퓨터 앞에 앉은 채, 젠지로는 그렇게 심경을 토로했다.
어느 정도 안정을 찾은 주변 상황.
완전하게 피로가 회복된 자신의 심신.
그럼에도 불구하고 전과 다름없이 주어진 의무는 지나치게 가볍
고, 허용된 행동의 범위는 좁다.
분명히 말해 이제 스스로 몸 둘 바가 없어진 것이다.
주위 사람들이 뭐라고 해서가 아니라 생산적인 활동을 일체 하지
않는 자기 자신에 대해 죄악감을 느낀다는 점에서, 젠지로는 결국
표준적인 일본인의 가치관에서 크게 벗어나지 못한 것이다.
일이 삶의 보람이라거나, 회사라는 기계의 톱니바퀴인 것이 자신
의 천직이라고까지 잘라 말할 만큼 일 중독자는 아니다. 하지만 일
을 하지 않고 의식주가 충족되는 현실을 아무런 자괴감도 없이 받
아들일 정도로 둔하지는 않았다.
"뭐, 국서라는 입장이니 눈에 띄는 일은 못 하겠지만, 공식적
인 일은 전부 아우라를 통하면 문제없을 테니 좀 더 이것저것 해
볼까."
그런 젠지로가 지금 착수하고 있는 것이 '증류주'의 정제다.
이쪽 세계에는 극단적으로 알콜 도수가 낮은 과실주나 곡주밖에
없다는 것을 알고 있던 젠지로는 저쪽 세계에서 가정용 증류기를 가
져왔다.

열원은 핫플레이트에 온도 설정도 자동이라 초보자라도 실패할 일 없는 물건이다.

그러나 그래봤자 가정용. 한 번에 증류할 수 있는 양이 적어서 현 시점에서는 젠지로가 자신의 혀를 즐겁게 할 정도 양밖에 만들지 못했지만, 아우라는 이것에 무척 흥미를 보였다.

증류주라는 문화가 없는 카파 왕국이지만 술을 좋아하는 사람이라면 얼마든지 있다. 초보자가 만드는 맛없는 증류주라도 그 압도적인 도수와 강한 맛은 상당한 가치가 있었다.

술을 증류하는 원리 그 자체는 간단하다.

물의 끓는점은 약 100도. 하지만 에탄올의 끓는점은 80도에 못 미친다.

즉, 엄청나게 대충 말하자면 물과 에탄올의 혼합물인 주류를 80도 이상 100도 미만의 온도로 오랫동안 놔두면 술 속에서 에탄올 성분이 먼저 기화하게 된다.

그 다음은 기화한 에탄올이 흩어지지 않도록 모아서 액화하면 지극히 진한 에탄올 용액——증류주가 완성된다는 얘기다.

물론 물과 에탄올을 섞은 용액에는 '공비(共沸)'라는 성가신 현상이 존재하기 때문에 초보자가 온도계에 의지해 온도 관리를 하는 경우 물과 에탄올을 완전하게 분리하는 것이 불가능하지만, 그래도 그런 증류 작업을 몇 번씩 반복하면 점점 도수가 높은 증류주가 만들어진다.

"당면의 목표는 일단 연소 가능한 수준까지 농도를 높인다"는 것이 젠지로의 입장이지만, 그건 당초의 목적에서 조금 벗어난 듯한 느낌도 없지 않다.

연료로 사용할 수 있는 수준의 알콜 같은 건 너무 강한데다가 아무런 맛도 없기 때문에 보통 사람은 그런 건 마시지 않는다.

하지만 고농도 알콜은 이용 가치가 높기 때문에 정제 방법을 확립하면 나라의 발전에 기여할 것은 의심의 여지가 없을 것이다.

"그 다음은 역시 비누인가. 아냐, 비누는 아직 괜찮을 것 같고, 역시 샴푸와 린스야. 머리카락이 긴 여자의 소비량을 좀 얕봤어."

이리저리 생각을 굴리던 젠지로는 컴퓨터 앞에 앉은 채 팔짱을 끼고 낮게 웅얼거렸다.

젠지로가 원래 세계에서 가져온 물건은 대부분 전자제품을 비롯해 '반복 사용이 가능한 물건'이다. 써버리면 끝인 소모품 같은 건 개인적으로 가져올 수 있는 양에 어차피 한계가 있기 때문에 당연한 판단이었다.

그러나 그걸 알면서도 젠지로는 예외적으로 목욕용품 종류의 소모품만은 가능한 한 많이 챙겨 왔다.

몸을 씻기 위한 고형 비누. 얼굴을 씻기 위한 세안 비누. 그리고 머리를 감기 위한 샴푸와 린스.

고형 비누 종류는 그다지 문제가 없었다. 꽤 많이 가져왔기도 하고, 사용한 뒤에는 반드시 욕실 밖으로 꺼내 저절로 녹는 일이 없도록 조심한 보람도 있어서 다 쓰려면 아직 상당히 멀었다.

문제는 역시 샴푸와 린스다.

젠지로 자신은 남자 중에서도 머리카락이 짧은 편이기 때문에 허리까지 오는 긴 머리를 자랑하는 아내가 그 머리를 깨끗하게 감는데 샴푸와 린스를 얼마나 필요로 하는지, 그 견적을 지나치게 우습게 본 것이다.

"이 상태로 가면 샴푸는 올해 안에 다 떨어지겠어. 일단 비누랑 샴푸는 수제로 만드는 방법을 인터넷에서 조사해서 받아오긴 했지만……"

젠지로는 샴푸는 물론 비누도 만들어 본 경험이 없었다.

게다가 인터넷에서 뒤진 레시피에는 대체로 필요한 재료에 '가성소다'나 '시중에서 파는 무첨가 비누 베이스' 따위의 이쪽 세계에서는 도무지 손에 넣을 수 없는 물건들이 들어가 있기 때문이다.

재와 기름으로 만드는 좀 더 원시적인 비누 제작법도 실려 있었지만, 아무래도 전체적인 뉘앙스로 판단하면 '가성소다'를 사용하는 것보다 훨씬 만들기 어려워 보였다.

게다가 이런 식의 수제 비누라는 것은 완성했다고 해서 곧바로 써도 되는 것이 아니다.

초보자가 부정확한 지식으로 만들 경우 세정력이 너무 강해서 피부가 거칠어지거나 예기치 못한 성분이 섞여 들어가 아픔이나 가려움을 동반하게 되는 경우도 간혹 있다고 한다.

그러나 평소에는 그다지 욕심을 부리지 않고 소박한 젠지로라 해도 목욕 용품만큼은 수준을 떨어트리는 걸 견딜 수 있을 것 같지 않았다.

"맨 처음에 만드는 시제품은 손 씻는 비누로 사용해서 양상을 살펴볼까. 샴푸도 우선 동물에게 실 사용 실험을 해서…… 아아, 안 돼. 이쪽 세계의 가축은 파충류뿐이었지. 털이 있는 가축이 없어……"

투덜투덜 중얼거리며 머리를 감싸 안는 젠지로의 목소리는 좀처럼 없을 만큼 진지한 기색을 띠고 있었다.

◆

조의를 마쳐도 아우라의 일은 끝이 아니다.

조의를 끝낸 아우라는 파비오 비서관만을 거느리고 왕궁 안에 있는 집무실로 왔다.

"…… 후우."

임시 옥좌라고 해도 좋을, 덩굴과 나무로 만든 집무용 의자에 앉은 아우라는 긴장을 풀려는 것처럼 한 번 크게 숨을 내쉬었다.

왕으로서 고위 귀족을 상대로 한 교섭과 조정에는 익숙했지만, 이번처럼 '군대 출병'이 얽힌 커다란 결정을 내리는 일은 역시 적잖이 심신을 피폐하게 했다.

그러나 왕이라는 입장은 그렇게 느긋하게 피로가 풀리기를 기다릴 수 있을 만큼 우아한 것이 아니었다.

"파비오, 문서 작성해."

의자 위에서 자세를 가다듬은 아우라는 책상 서랍에서 한 장의 용피지를 꺼내서 그렇게 비서관에게 명령했다.

"네, 잠시만 기다리십시오."

그 용피지를 받아든 파비오 비서관은 미끄러지는 듯한 발걸음으로 방 구석에 있는 작은 비서용 사무 책상을 향하고는 익숙한 손놀림으로 용골필을 놀렸다.

"……"

능숙한 중년 비서관은 눈 깜짝할 새에 문서를 다 쓰고는 막 완성된 문서를 들고 아우라 곁으로 돌아왔다.

"폐하, 여기 있습니다. 확인하시고 사인을 부탁합니다."

그렇게 말하고 파비오가 방금 작성한 문서를 아우라의 책상 위에 올려놓았다.

그 용피지에 적힌 내용은 "가질 변경백군의 영내 군사 행동 허가와 소금 도로의 이변에 대한 조사 명령 및 그 원인 제거 명령"이었다.

이 문서에 근거해 가질 변경백은 형식상으로는 국유지인 '소금 도로'에 영주군을 들일 수 있는 법적 근거와 후일 왕국에 '사건 해결에 대한 포상'을 요구할 수 있는 대의명분을 갖게 된다.

"…… 좋아, 됐어."

전문을 두 번 검토하고 문제가 없음을 확인한 아우라는 익숙한 손놀림으로 문서 하단에 볼펜으로 사인했다.

종이에는 처음부터 카파 왕가의 문장('열린 문'과 '모래가 위로 흐르는 모래시계')이 소인되어 있기 때문에 거기에 아우라가 직필로 사인을 넣으면 공문서가 완성된다.

당연한 일이지만 이 왕가의 문장이 소인된 용피지는 엄중하게 보관되어 있으며, 아우라의 허가 없이 외부로 반출하는 사람은 원칙적으로 사형에 처해졌다.

"그러면 폐하, 이 문서를 가질 변경백 영지로 보내도 되겠습니까?"

확인하는 것처럼 물어 오는 파비오 비서관에게 아우라는 즉시 고개를 옆으로 저었다.

"아니, 그건 너무 시간이 걸려. 소금 도로의 이변은 국가의 중대사다. 서류는 사신과 함께 내가 직접 '보내겠다'. 가질 변경백에게 휘하 중에서 사신을 선발해 두라고 전해 두도록."

서류를 간직한 사신을 직접 '순간이동'의 마법으로 가질 변경백령으로 보낸다.

이것이 가능한 것이 카파 왕국의 무기였다. 만약 타국이라면 봉쇄된 소금 도로를 우회해서 주룡을 몰아 릴레이 방식으로 문서를 운반하거나, 만일의 경우에라도 무사할 수 있도록 호위를 붙여서 봉쇄된 가도를 강행 돌파하는 것밖에 방법이 없다(아무래도 공문서라서 '소비룡'을 사용할 수는 없다).

이 '순간이동' 마법이 있기 때문에, 카파 왕국은 광대한 영지를 보유하는 대국으로서는 예외적으로 변방 영주의 권한을 어느 정도 제어할 수 있는 것이다.

이번 건만 해도 다른 나라라면 기본적으로 가질 변경백이 독단적으로 군대를 출동시켜 대내적으로 처리한 뒤, 나중에 중앙에 결과만을 통보하는 것이 일반적이다.

샤로와·지르벨 쌍왕국이 샤로와 왕가가 만드는 '마법도구'와 지르벨 법왕가가 구사하는 '치유마법'을 전제로 나라를 운영하고 있는 것과 마찬가지로, 카파 왕국도 원칙적으로 '시공마법'의 존재를 전제로 국가를 형성하고 있는 것이다.

그렇게 생각하면 현재 '시공마법'을 사용할 수 있는 사람이 국왕인 아우라밖에 없다는 사실이 문제가 되고 있는 이유도 이해할 수 있고, 잠재적으로 그 능력을 가진 젠지로에 대해 집요하게 측실 얘기가 나오는 것도 당연하다고 볼 수 있을 것이다.

"알겠습니다. 변경백에게는 그렇게 전해 두겠습니다. 그런데 괜찮으시겠습니까?"

작게 머리를 숙인 파비오 비서관은 용지의 문자가 모두 마른 것을 확인한 뒤, 나무 통에 그 서류를 넣으면서 조금 의미심장하게 여왕에게 물었다.

"뭐가 말이냐?"

또 시작인가.

지겹다는 감정을 당당히 표정에 드러내면서도 아우라는 무시하지 않고 비서관의 의중을 채근했다.

여왕의 날선 시선에도 전혀 동요하지 않고 중년의 비서관은 솔직하게 아뢰었다.

"이번 결정 말입니다. 구태여 변경백군의 출병을 허가하지 않으셔도 '소금 도로'라면 충분히 왕실군을 움직일 대의명분은 선다고 생각합니다만."

비서관의 입에서 나온 물음은 아우라가 예상했던 것이었다.

이 얼굴이 홀쭉한 중년 사내는 모든 일에 있어서 이렇게 일부러 아우라와는 정반대의 입장에서 의견을 말해 오곤 한다. 결단이 내려진 다음에 그럴 때도 있고, 결단 전에 슬쩍 시비를 걸어올 때도 있다.

물론 진심으로 그 의견이 옳다고 생각해서 제언하는 것은 아니다.

그렇게 함으로써 아우라의 사고를 활발하게 만들어 보다 많은 선택지가 머릿속에 떠오를 수 있도록 유도하는 게 목적일 것이다. 또, 결단을 내리기 전이라면 그런 파비오와의 대화가 그 후의 결정 회의에서 반대 의견을 내는 인물과의 사전 시뮬레이션 역할을 해주기도 한다.

쓸모 있는 사내다. 그건 틀림없다. 틀림없긴 하지만……

(역시 짜증나는 녀석이야.)

오늘날까지 몇 번을 생각했는지 모를 감정에 휩싸이면서, 아우라는 대답했다.

"그 경우는 푸죠르 기젠이 직접 나설 가능성이 있어. 공연히 공훈을 세우게 하면 녀석이 '원수'로 취임할 현실적인 구실이 생기지.

그건 별로 환영할 수 없거든."

"하지만 변방 영지의 사건을 왕실군이 해결했다는 실적이 생깁니다. 잘 하면 앞으로도 변방 영지에 왕실군을 주둔시킬 수 있는 적당한 돌파구가 되지 않겠습니까?"

국경 경비를 영주군 주도에서 왕실군 주도로 전환한다. 그것은 이전부터 아우라가 계획하고 있는 국방 분야의 대혁명이었다.

그런 의미에서는 확실히 파비오 비서관이 말한 대로 이런 기회에 지방으로 왕실군을 파견해 지방의 유사시에도 왕실군이 출동하는 것이 '당연한 일'이라는 분위기를 만들어 가는 것도 나쁘지 않은 판단이기는 하다.

그러나 아우라는 망설임 없이 분명하게 고개를 가로저었다.

"안 돼. 왕실군 강화와 국경으로 주둔부대를 파견하는 것은 한 번 손을 대면 한꺼번에 해치워 버려야 할 문제야. 시간을 들이면 그만큼 주변국에 오랫동안 빈틈을 보이게 되니까. 지금은 그럴 때가 아니야."

"호기를 노리기만 하다가 기회를 놓치는 일도 있지 않을까요? 잘못하면 폐하의 재위 중에는 이번 기회보다 더 좋은 호기가 찾아오지 않을 가능성도 있습니다. 그래도 괜찮습니까?"

"상관없어. 최선을 추구하는 게 지나쳐서 최악의 결과를 부르는 일은 있어서는 안 돼. 국방은 도박이 아니다."

아우라의 대답은 어디까지나 흔들림 없는 것이었다.

외국의 위협에 신속하게 대응하기 위해 아우라가 국경 경비를 변방 영주군에서 왕실군으로 전환하고 싶어서 줄곧 일을 도모하고 있는 건 사실이다.

그러나 그 군사개혁에 대대적인 위험이 따른다는 것은 아우라 자신이 잘 이해하고 있었다.

지방 영주군을 축소하기 전에 강제로 지방에 왕실군을 보내면 내란을 유발할 수도 있다.

그렇다고 해서 지방 영주군의 축소부터 시작하면 주변국에게 무방비하게 배를 드러내는 꼴이 되고 만다.

강제로 추진해 지방 영주의 반발이나 외국의 야심을 유발할 정도라면 현 상태를 유지하는 편이 훨씬 낫다. 안 그래도 카파 왕국은 대국이다. 대국이라는 지위에 안심하고 방심하는 것은 당치도 않은 일이지만, 확신도 없이 운에 맡기고 도박에 나서야만 하는 입장도 아니다.

계속해서 아우라는 말했다.

"게다가 지금, 가질 변경백령에 파견할 수 있는 가장 가까운 왕실군은 왕국 수도 주둔군이야. 수도에서 군대를 파견하면 그만큼 쓸데없이 시간이 걸려. 영지 내의 소금 비축량이라는 시간제한이 있기 때문에 가능한 한 빠른 대처가 필요하다."

"그렇게까지 말씀하신다면 만에 하나, 가질 변경백의 아들이 실패하는 경우에 대비해 왕실군도 대기시켜둬야 하지 않겠습니까?"

"필요 있을까? 이런 상황에서 푸죠르 기젠이 준비를 게을리 할 거라고는 생각되지 않는데. 만약 변경백군이 실패한다면 기젠이 쏜

살같이 왕실군을 움직이겠지."

"그러니까 말입니다. 왕실군 파견이 기젠 장군의 요청에 의해 이루어진다면, 그만큼 장군의 공적이 커집니다. 파견은 폐하가 주도한다는 체제를 취할 필요가 있지 않겠습니까?"

파비오 비서관이 날린 단호한 충고에, 이 날 아우라는 처음으로 즉답을 삼갔다.

턱에 손을 대고 잠시 생각하더니,

"…… 그건, 확실히 그렇군. 알겠어. 푸죠르 장군이 뭔가 말해 오기 전에 내가 왕실군에게 '교외 장기 연습' 지시를 내리겠다. 인선은 전부 장군에게 일임한다."

그렇게 비서관에게 지시를 내렸다. 연습 장소는 말할 필요도 없이 가질 변경백령에서 가장 가까운 연습장이다.

"알겠사옵니다. 군량은 연습이 끝난 뒤 '소금 도로'까지 왕복'해도 문제없을 만큼 준비하도록 하지요. 그리고 이 연습에 대해 가질 변경백에게 귀띔해 두는 편이 좋겠습니까?"

마치 준비한 것처럼 술술 연습 계획에 대해 설명하는 비서관에게 아우라는 이번엔 고개를 가로저어 보였다.

"필요 없어. 일부러 숨길 필요도 없지만 전달할 필요도 없다. 내버려 둬도 언젠가 변경백의 귀에 들어갈 테니. 구태여 이쪽에서 전달하면 쓸데없는 압력을 넣는다는 오해를 받을 거야."

"네. 알겠습니다."

이번에야말로 하고 싶은 말을 다 했는지, 중년의 비서관은 인간

미가 풍기지 않을 만큼 완벽한 동작으로 예를 올렸다.

◆

　여왕인 아우라의 일상은 바쁘고 분주하다.

　회의실에서는 정치와 군사에 관한 중요한 회의에 얼굴을 내밀고, 옥좌에 있을 때는 국내외의 진정을 듣기 위해 알현의 시간을 갖고, 집무실에서는 산처럼 쌓인 용피지를 검토했다.

　모두 완벽하게 해내려고 한다면 그야말로 집무실에 LED 스탠드 라이트를 가져와서 잠 잘 시간까지 줄이며 일하지 않으면 안 될 정도의 업무량이다. 젠지로가 아우라의 입장에 있다면 아마도 틀림없이 그렇게 할 것이다.

　그러나 아우라는 그렇게까지 요령이 없는 인간이 아니다. 힘을 써야 할 때와 빼야 할 때를 어느 정도는 분간할 줄 알았다.

　왕인 자신이 한계 직전까지 일을 짊어지다가 쓰러져 버리는 것보다 매일 일의 마무리가 조금쯤 불완전한 편이 길게 봤을 때 훨씬 낫다.

　그런 분별을 확실하게 갖고 있는 아우라는 오늘 오후 업무를 쉬고 후궁에서 사랑하는 남편과 재충전 시간을 만끽하고 있었다.

　따가운 햇볕이 내리쬐는 한낮.

　후궁 안뜰에서 캉, 캉 하고 나무와 나무가 부딪히는 소리가 울려 퍼졌다.

"이봐, 오른쪽!"

"크윽!"

소리의 발원지는 아우라와 젠지로가 든 나무 봉이었다. 길이는 둘 다 1미터 50센티 정도일까.

단창과 비슷한 그 봉을 얇은 군복 차림의 아우라는 능란하게 휘둘렀고, 티셔츠와 운동복 차림의 젠지로는 서투르게 막았다.

"다음은 왼쪽!"

"크윽!"

"한 번 더, 오른쪽!"

"아윽!"

당연히 아우라는 충분히 봐주고 있었지만 그래도 젠지로에게 있어서는 한 순간도 긴장을 늦출 수 없을 정도의 맹공격이었다.

필사적인 모습의 젠지로는 아우라에게 배운 '방어의 기본형'으로 가까스로 공격을 막았다.

"어이, 발밑!"

"앗!? 으윽!"

비어 있던 다리 쪽에 봉을 맞고 젠지로는 요란하게 넘어졌다.

부드러운 잔디밭이라 다칠 일은 없었지만 아프지 않은 건 아니었다. 하지만 지금의 젠지로에겐 아픔으로 웅크리고 있을 여유도 없었다.

"이것 봐, 멈춰 있으면 좋은 표적이 돼. 바로 일어나! 그게 불가능하면 최소한 굴러서라도 이동해."

그렇게 말하고 아우라는 쓰러진 젠지로의 얼굴 쪽에 몇 번이나 봉을 휘둘렀다.

"제길!"

젠지로는 필사적으로 옆으로 뒹굴면서 있는 힘껏 재빨리 일어났다. 몸을 굴릴 때마다 마치 물속에 있다가 막 나온 개처럼, 젠지로의 온몸에서 물방울이 튀었다.

아우라도 젠지로도 정수리에서부터 물을 뒤집어쓴 것처럼 흠뻑 젖어 있었다. 운동하면서 흘리는 땀 때문만은 아니다. 두 사람이 봉을 휘두르고 있는 잔디밭 바로 옆에는 흰 대리석으로 만든 분수가 쉬지 않고 젠지로의 키보다 높이 물을 뿜어대고 있었던 것이다.

아우라와 젠지로는 그 바로 아래에서 봉을 휘두르고 있었다.

물론 일부러 그런 장소에서 하는 것이다.

낮 최고 기온이 40도를 넘는 이 시기에는 이렇게 특수한 조건 아래서가 아니라면 보통 사람은 더위 때문에 죽어도 못할 정도까지는 아닐지라도 격렬한 운동을 오랫동안 할 수 없다.

"좋아, 다시 한 번 발밑!"

"크윽!"

이번엔 지면에 봉을 꽂듯이 해서 다리 공격을 막아내는 것에 성공한 젠지로였지만 아우라의 공격은 거기에서 그치지 않았다.

"안 돼, 옆구리가 비어 있잖아."

아우라는 젠지로가 잔디밭에 세우고 있는 봉에 자신의 봉을 감

아 미끄러트리듯이 위로 올리고는 젠지로의 옆구리에 봉을 갖다 대고 그대로 휙 끌어올렸다.

"우왓!?"

겨우 몸을 일으킨 젠지로는 또다시 잔디 위로 넘어졌다.

아우라와 젠지로가 귀중한 낮의 밀회 시간을 이 더위 속에서 일부러 이렇게 다소 폭력적인 운동으로 소비하고 있는 것에는 물론 이유가 있었다.

젠지로는 전부터 염려하고 있던 운동 부족 해소를 위해서, 아우라는 임신 중에 몸에 붙어 버린 전신의 피하지방과 작별하기 위해서다.

아우라는 무사히 제1왕자의 출산을 마쳤지만, 아이가 뱃속에서 나왔어도 체중과 체형이 임신 이전처럼 되돌아가지 않았던 것이다.

당연하다면 당연한 얘기다.

이곳이 현대 일본이고 아우라가 의사와 영양사의 지도를 면밀하게 받았다면 '엄마와 아이 모두 충분할 만큼의 영양을 섭취하면서도 살찌지 않는 식사 제한'도 불가능하지 않았을 테지만, 영양학이 발달하지 않은 이쪽 세계에서는 무턱대고 식사 제한을 했다간 영양 부족으로 뱃속의 아기를 위험에 빠뜨릴 수 있었다.

영양부족이 되느니 다소 영양과다가 되는 편이 좋다. 어의 미셸의 그런 조언에 따라 '2인분'의 영양을 착실하게 섭취한 아우라가 살찌는 건 필연이었다.

때문에 아우라가 출산 후에도 살이 찐 채인 것은 꼭 나쁜 일만은 아니었지만, 엄마로서는 그렇다 쳐도 여자로서는 지금 상태를 두고 볼 수만은 없었다.

다행이라고 해야 할지 불행이라고 해야 할지, 아우라에게는 젠지로가 가져온 '유리 거울'이라는 무정한 정보원이 있었다.

작은 은거울이나 물거울로는 제대로 비출 수 없는 자신의 실루엣도 '유리 거울'이라면 가차 없이 비춰준다.

'유리 거울'로 축 처진 턱 라인을 한 번 보고 나면 자신을 속이는 건 불가능하다.

다행히도 아직 남편의 태도가 데면데면하거나 하는 '부부생활의 위기'가 일어날 전조는 보이지 않고 있지만, 그런 남편의 넓은 마음에 안주할 수만도 없었다.

'미모가 사라지면 사랑도 식는다'는 격언은 모든 부부에게 해당되는 얘기는 아니지만, 어느 정도 진실을 반영하고 있다는 것 또한 사실이다.

"좋아, 이것으로 마지막이야. 간다, 내려치기!"

일부러 약간 과장된 모션으로 머리 위로 크게 치켜올린 봉을 아우라는 일직선으로 젠지로의 정수리에 내리쳤다.

여차하는 경우에는 정수리에 닿기 직전에 멈출 수 있게끔 수위를 조절한 일격이었지만, 젠지로는 가까스로 막아내는 게 고작이었다.

"웃차!"

캉! 하고 부딪히는 나무 봉과 봉이 마치 금속처럼 청명한 소리를 냈다.

머리 위에 수평으로 올린 젠지로의 봉이 내려치는 아우라의 일격을 간발의 차이로 받아낸 것이었다.

"……"

"………… 좋아, 오늘은 이 정도로 해 둘까."

"…… 후아아!"

진지한 표정을 무너뜨리고 웃는 얼굴로 종료를 선언한 아내의 말에 젠지로는 폐 속의 공기를 토해내는 듯한 커다란 한숨과 함께 그대로 잔디밭 위로 쓰러졌다.

"후우……"

"하아, 하아, 하아……"

조금 숨을 몰아쉰 아우라가 분수 가장자리에 앉아 등으로 쏟아지는 물줄기에 기분 좋게 눈을 가늘게 뜨고 있는 사이에도, 잔디 위에서 큰 대자를 그리며 드러누운 젠지로는 그저 가쁜 숨만 쉬고 있을 뿐이었다.

"젠지로, 마실 수 있겠어?"

이미 피로가 싹 가신 모습의 아우라는 분수 안에서 마실 것이 든 페트병을 꺼내 큰 대자로 누워 있는 젠지로의 얼굴 옆에 두었다.

"으으…… 하아, 하아…… 큭, 웃, 크으윽……"

간신히 상체를 일으킨 젠지로는 아우라에게 고맙다고 할 여유도 없이 페트병의 내용물을 단숨에 목 안쪽으로 흘려 넣었다.

병에 든 것은 감귤계 과일즙에 흑설탕을 녹인 물이다. 분수 안에 페트병째 넣어 두었을 뿐이라 그다지 시원하지는 않았지만 지금은 그런 미지근한 게 마시기 쉬웠다.

"후우…… 죽다 살았네……!"

500밀리리터짜리 페트병 하나를 단숨에 비운 젠지로는 만감이 교차하는 것처럼 그렇게 말했다.

급격하게 수분을 보충하자 온몸에서 갑자기 엄청난 땀이 솟아나왔다. 운동의 열기와 아우라에게 맞은 가벼운 상처의 통증 때문에 이대로 분수에 뛰어들고 싶은 기분이었다.

"보아하니 조금은 숨을 돌린 것 같네. 어때요, 공격할 때 충분히 신경을 쓰긴 했는데, 어디 아픈 데는 없어?"

그런 아우라의 말에 젠지로는 아직 제대로 힘이 들어가지 않는 온몸을 여기저기 만져 보았다.

훈련 중에 몇 번이나 봉으로 맞거나 찔렸는데도 만져 보니 그렇게 심하게 아픈 곳은 없었다.

훈련에 사용한 봉 끝에 부드러운 천을 몇 겹 감싸긴 했지만 그래도 원래 길이가 1미터 반이나 되는 단단한 나무 봉이다. 서투르게 휘두르면 근육이나 혈관 파열은 둘째 치고 뼈에 금이 간다 해도 이상하지 않은 일이다.

그러나 아우라가 능숙하게 조절을 해 준 것이리라. 젠지로의 자가 진단에 한해서는 가벼운 타박상을 넘는 부상은 없는 것 같았다.

"괜찮은 것 같아. 왼쪽 옆구리랑 오른쪽 허벅지가 조금 얼얼하긴 해도 그 뿐이야. 봐."

그렇게 말하고 그 자리에서 일어난 젠지로는 양손을 퍼덕퍼덕 움직여 보였다.

아직 피로가 풀리지 않은 젠지로의 사지는 갓 태어난 아기 사슴처럼 덜덜 떨리고 있었지만, 힘을 줄 때 아픈 곳은 없었다.

젠지로는 그대로 조금 전에 아우라가 그랬던 것처럼 분수 가장자리에 앉았다.

피곤에 완전히 절은 몸은 자칫 방심하면 그대로 뒤의 분수로 쓰러질 것 같았지만, 만약 그렇게 된다고 해도 문제는 없을 것이다. 분수가 있는 연못은 그렇게 깊지 않았다.

오히려 그대로 뒤로 넘어져서 열에 들뜬 몸을 물에 담가 버릴까.

그런 유혹에 휩싸인 젠지로가 슬쩍 뒤에 있는 연못에 시선을 향했을 때였다.

"그래서, 어땠어? 첫 창술 훈련은. 감상을 말해 봐요."

이쪽으로 다가온 아우라는 그렇게 말하고 젠지로의 곁에 나란히 붙어 앉았다. 서 있을 때에는 젠지로 쪽이 손가락 2개 정도만큼 키가 크지만, 이렇게 나란히 앉으면 그 차이는 '주먹 하나'정도까지 벌어진다.

과연 젠지로의 다리가 짧은 것일까, 아우라의 다리가 긴 것일까. 깊이 생각한다 해도 그다지 기분 좋은 결론이 날 것 같지는 않다. 조금만 생각해도 금세 답이 나올 그 의문을 의식적으로 떨쳐내면서 아우라의 물음에 대답했다.

"응, 힘들 거라고는 짐작했고, 처음부터 적수가 될 거라고는 요만큼도 생각하지 않았지만, 그래도 생각보다 굉장했어. 도저히 손발을 제대로 놀릴 수가 없네! 고등학교 축구부 시절에 J 유스랑 했던 훈련 시합이 떠올랐어."

그렇게 답한 젠지로는 쓴웃음을 지은 채 과장을 섞어 머리를 흔들었다.

후반부에는 고등학교, 축구부, J 유스 등등, '언령'이 작동하지 않는 단어가 줄줄이 나왔지만, 앞쪽에서 한 말만으로도 젠지로의 감상을 대략 이해할 수 있었다.

"뭐, 엄청난 재능을 타고 나지 않은 한, 무술이라는 건 초보자가 숙련자에게 대항할 수 있는 세계가 아니니까. 당신도 나처럼 어렸을 때부터 수련을 쌓았다면, 지금쯤은 나보다 셌을 지도 몰라."

자기 전투력을 과신하고 있지 않은 아우라는 그렇게 미소로 답했다.

사실 아우라의 무력은 기껏해야 평범한 기병 수준이다. 푸죠르 기젠 장군처럼 나라 안팎에 이름을 떨치는 무인에 비하면 아무것도 아니다.

젠지로는 남자로서 특별히 체격이나 운동신경을 타고난 건 아니지만, 그렇다고 해서 손쓸 도리가 없을 정도로 허약하지도 않았다.

입에 발린 말이 아니라 어릴 때부터 아우라처럼 훈련을 쌓았다면 지금쯤 아우라와 비슷한 수준의 무예를 갖추고 있을 가능성이 높다.

젠지로는 아우라의 말에 거짓은 없다고 느꼈지만, 그와 동시에 '그 나이에 시작해서는 어떻게 해 볼만한 시간이 없다'는 숨겨진 의미도 알아채 버렸기 때문에 쓴웃음이 깊어질 따름이었다.

"아하하, 고마워. 뭐, 내 경우는 그냥 체력 단련이 목적이니까. 무술을 써야만 할 상황에 나설 생각도 없고."

"그게 정답이네. 물론 당신이 본격적으로 해 보고자 한다면 막지는 않겠지만, 딱히 무리를 할 필요는 없어요."

아우라도 남편의 말을 긍정하고 웃음으로 대답했다.

확실히 대국인 카파 왕국의 희소한 왕족이라는 젠지로의 입장을 생각하면 갑작스럽게 무술을 사용해야 할 상황이라는 것은 거의 없다 해도 무방하다.

젠지로에게 있어서도 일종의 스포츠를 즐기는 느낌으로 창이나 검을 배울 마음은 있지만, 실제로 전쟁터에서 무기를 휘두르는 자신의 모습은 상상하기 어려웠다.

"응. 나도 그렇게까지 본격적으로 할 생각은 없어. 애초에 내 완력으로는 이거, 한 손으로 드는 것도 벅차니까……"

젠지로는 그렇게 말하고 분수 가장자리에 앉은 채 창 모양의 봉을 오른손만으로 들어 보았다.

지금은 기초 중의 기초 단계라 양손으로 휘두르는 법을 배우고 있지만, 이 단창은 실제 전쟁터에서는 다른 손에 나무 방패를 들어야 하기 때문에 한 손만 써서 다루는 일이 많다고 한다.

게다가 여차할 때는 '창 던지기'까지 가능해야 비로소 제대로 된 병사라고 할 수 있다니, 양손으로 붕붕 휘두를 줄만 알아서는 국민 체조나 마찬가지라는 말을 들어도 어쩔 수 없다.

"확실히 그렇긴 해. 당신은 병사로서 창을 휘두르기엔 조금 힘이 부족하네."

아우라의 말에 젠지로는 조금 과장스럽게 머리를 감싸 안았다.

"우와~ 직격탄이네…… 그치만 사실이야. 실제로 아우라의 타격이 무거워서 봉이 날아갈 뻔 했거든!"

무겁다. 다이어트 중인 여자에게 절대 해서는 안 될 말을 태연히 입에 담는 그 센스를 보아하니, 지금 젠지로는 피로한 나머지 머리 회전이 둔해진 모양이다. 평소의 젠지로라면 절대 하지 않았을 실수다.

"그, 그런가. 당신한테는 '무거웠'군."

아무리 아우라라 해도 그 말에 표정이 확연하게 일그러졌다.

"응. 엄청나게 무거웠어. 공격 하나 하나에 내가 날아가버릴 것 같은 중압감이 있어서 말이야. 그런데도 아우라의 실력이 기사로서는 보통 수준이라니 믿을 수 없을 만큼. 하긴 내가 약한 것 뿐일 테지만."

그렇게 말하고 젠지로는 해맑게 웃었다.

"아윽……"

무겁다, 날아가버릴 것 같다, 중압감. 그런 악의 없는 표현 하나 하나가 지금의 아우라에게는 송곳처럼 따가웠다.

이건 좀 아니다. 이 화제를 계속하다간 결혼 이후 첫 부부싸움으로 발전해버릴 것이다.

"아, 아아. 그러고 보니 다른 얘긴데, 오늘 오전 조의 때 조금 문제가 되는 일이 있었거든. 당신하고 직접적인 관계는 없지만 일단 말해 둘까 해서. '소금 도로'에 대해서는 옥타비아의 수업에서 들었죠? 그 소금 도로에……"

원만한 부부관계를 원하는 아우라는 명백히 평소와 다른 속사포 같은 말투로 애써 화제를 돌리려는 것이었다.

⬥

그날 밤.

오전에 오랫동안 알콜을 증류했던 후궁 거실에는 밤이 되었어도 아직 알콜 냄새가 희미하게 떠다니고 있었다.

오후부터는 젠지로가 안뜰에서 아우라와 창술 훈련을 했기 때문에 거실 창문을 열어 놓고 계속 환기를 했지만, 냄새가 집요하게도 남아 있었다.

어쩌면 증발한 알콜이 거실 가구나 양탄자에 스며들어 버렸는지도 모른다.

(앞으로는 안뜰에서 해야 할까?)

그런 생각을 하면서 젠지로는 빈 위스키 병에 담은 수제 증류주를 커플 잔에 따랐다. 같은 디자인으로 자잘한 무늬가 하나는 빨강, 다른 하나는 파란색으로 새겨진 그 잔은 '사쓰마 키리코(薩摩切子)'

라고 하는 명품으로, 젠지로가 가져온 식기 중 가장 비싼 축에 속하는 물건이다.

몇 번이나 증류를 거듭해 알콜 농도를 높인 그 수제 증류주는 희미한 호박색을 띠고 있었지만 거의 무색투명했다.

"그럼 한 번 맛을 봐 주겠어? 낮에 일이 없는 시녀들한테 마시게 해 본 바로는 솔직히 그다지 좋은 평가는 아니었지만."

그렇게 말하고 쓴웃음을 지으며 젠지로는 빨간 키리코 글래스를 소파에 앉아 있는 아내 앞에 내밀었다.

아무리 젠지로가 손수 만든 것이라 해도 맛이나 독 검사를 하지 않은 음식을 국서인 젠지로는 물론이고 여왕인 아우라가 입에 대는 건 허용되지 않았다.

때문에 사전에 비번인 시녀들에게 마시게 해서 그녀들의 몸에 별 이상이 없는 것을 확인한 뒤 이렇게 대접하고 있는 것이다.

정작 맛에 대한 평가로 말하자면…… 지금 젠지로가 말한 그대로다.

그리고 유감스럽게도, 아우라도 거의 같은 감상이었다.

"으음…… 뭐랄까, 맛이라는 게 전혀 없는데."

잔을 입에 댄 아우라는 그렇게 분명하게 잘라 말하고 조금 미간을 찡그렸다.

"역시 그렇지…… 하아."

맛에 대해 자각하고 있던 젠지로는 어깨를 털썩 떨어뜨리면서도 동의할 수밖에 없었다.

전기식 핫플레이트를 사용한 증류기는 온도 관리도 자동으로 해주기 때문에 증류 그 자체는 어렵지 않지만, 다루는 건 왕초보인 젠지로다. 증류주에 풍미나 향을 머금게 하는 '비법' 같은 것을 알고 있을 리가 없다.

결국 완성된 것은 약간 호박색을 띠고 있을 뿐인, 단순한 고농도 알콜 용액이다.

그 액체를 다시 한 번 입에 머금은 아우라는 눈앞에서 고개를 푹 숙인 제작자를 위로하듯이 말했다.

"하지만 확실히 당신이 말한 대로 놀랄 만큼 '센' 술이야. 이건 이 것대로 충분히 상품이 될 것 같은데. 맛이나 풍미는 마실 때 과즙이나 향신료를 첨가하면 될 거야. 질 나쁜 과실주나 곡주는 그렇게 마시기도 하거든."

아우라의 말을 듣고 젠지로는 탁 하고 무릎을 쳤다.

"아, 과연. 말하자면 소주처럼 마시면 되는 거네. 소주도 그대로 스트레이트로 마시는 것 말고도 탄산수나 라임수를 섞어서 마시는 방법이 있었지."

젠지로는 그렇게 말하고 자신도 파란 키리코 글래스를 기울였다. 젠지로는 일본에서 살 때 발포주와 싸구려 위스키만 마셨지만, '세기만 하고 맛이 없다'고 인정할 수밖에 없는 이 술에 이용가치가 있다는 것을 알고 나니 조금 기분이 나아졌다.

"그러고 보니, 위스키나 브랜디 같은 건 증류한 다음에 나무통에 담아 몇 년씩 숙성을 시키는 것이었지. 막 증류만 한 술이 맛도 풍미도 없는 건 그렇게 생각하면 당연한 거구나."

정확치 않은 기억에 의존하며 젠지로가 그렇게 중얼거렸다. 한 발 앞서 잔을 다 비운 아우라는 빈 잔을 테이블 위에 놓고는 그 말에 대답하기 위해 입을 열었다.

"과연. 여러모로 아직 시도할 여지가 있다는 건가. 그런데 이 '증류'라는 작업은 당신이 가져온 그 특별한 장치가 없으면 재현이 불가능한 것인가요?"

흥미를 보이는 아내의 말에 젠지로는 조금 고개를 갸웃하고 미간을 좁히면서 대답했다.

"으음. 뭐, 불가능하지는 않아. 원리는 굉장히 간단하니까. 요컨대 주류를 대략 70도에서 80도 정도의 온도로 계속 데우면서, 거기서 증발하는 알콜 증기를 모아 액화시키는 것뿐이니까. 단, 그 온도 관리가 말이야…… 일반적인 장작불로 하려면 비결을 깨우칠 때까지 상당한 시행착오를 해야 할 거라고 생각해.

"그렇구나. 온도 관리인가. 그 70도에서 80도라는 건 대체 어느 정도의 온도인 거지?"

아우라의 물음에 젠지로는 소파에 깊이 몸을 묻은 채 시선을 천장으로 향하고 생각했다.

"그러니까…… 뭐라고 말해야 이해하기 쉬울까. 그래, 가까운 예를 들자면, 그냥 물을 끓이는 데 필요한 온도가 약 100도이고, 우리들이 보통 들어가는 목욕물 온도가 아마 40도에 약간 못 미칠 테니까, '목욕물과 끓는 물의 딱 중간' 정도라고나 할까?"

젠지로 치고는 무척 조잡하게 설명한 편이었지만, 그 의미가 아우라에게 그럭저럭 전달된 것 같았다.

마주 앉은 소파에서 조금 몸을 앞으로 내민 아우라는 고개를 한 번 깊이 끄덕이고는 대답했다.

"그렇구나. 그러면 감각으로 치면 꽤 높은 온도라고 생각되는데. 적어도 사람이 손의 촉감으로 기억할 수 있는 온도는 아닌 것 같네."

"아마 무리일 거야. 화상을 입을 테니까."

상상을 해버린 것인지, 젠지로는 미간을 조금 찡그리며 몸을 웅크렸다.

실제로는 순간적이라면 70도 정도로는 화상을 입지 않을 가능성이 높지만, 그렇다고 해도 그 온도를 '손'으로 기억하는 게 비현실적이라는 사실에는 변함이 없다.

"하지만 방법은 있을 것 같은데. 조금 분야가 다르기는 하지만 설탕을 추출하는 작업을 하는 장인이라면 수온을 측정하는 감각을 지니고 있을지도 몰라."

아우라의 제안에 젠지로도 끄덕여 보였다.

"그럴지도 몰라. 저쪽 세계에서도 술의 증류법은 상당히 오래 전부터 존재하는 기술이지만, 기본적인 기술 외에는 전부 장인의 감각과 경험에 달려 있는 일이라고 생각해."

증류주의 역사는 길다. 그 제조 공정도 기본적으로는 간단하다. 전기식 온도 조절기 따위가 없어도 장인의 눈과 솜씨에 기댄다면 재현은 충분히 가능할 터이다.

옛날 대장장이들은 쇠를 두드릴 최적의 온도를 '불꽃의 색깔'을 살펴 찾아냈다고 한다. 아마도 현재의 카파 왕국에도 비슷한 '눈가늠'을 가진 대장장이가 있을 것이다.

그에 비하면 술을 증류하는 최적의 온도를 눈이나 피부로 기억하는 게 그렇게 어려운 일은 아닐 거라는 생각이 들었다.

물론 실현을 위해서는 필요한 도구와 전용 인재를 육성할 필요가 있을 것이다. 문제는 증류주라는 존재가 그렇게까지 투자할 가치가 있는가, 라는 점이다.

대국이라고는 해도 아직 전후 복구가 한창인 카파 왕국의 국고는 결코 여유로운 상태라고는 할 수 없었다.

인재, 자금, 그리고 시간. 이것들은 모두 한계가 있는 자원이다. 장래에 국익이 될지도 모른다고 해서 섣불리 손을 댈 수 있는 건 아니다.

'증류주'에 대해서는 일단 서방님의 취미 영역에만 놔두기로 결심한 아우라는 좀 더 관심을 기울이고 있는 분야로 화제를 옮겼다.

"그래, 향후에 이것저것 시험해 보고 싶네요. 그나저나 '유리' 제조 기술 개발은 얼마 안 있으면 시작할 수 있을 것 같아. 예산에 여유가 별로 없어서 전속 인원은 10명 안팎이 되겠지만. 하지만 모두 은퇴한 대장장이거나 그에 버금갈 정도로 수행을 쌓은 대장장이 견습이니까 불을 다루는 일에는 익숙한 사람들이에요."

그렇게 말하고 가슴을 펴는 아우라에게, 대충 대답을 예상할 수는 있었지만 젠지로는 일단 확인을 위해 물었다.

"은퇴했거나 견습이 아닌, '현역' 대장장이는 역시 무리구나?"

"으응, 대장장이는 나라의 보물이니까. 현역에서 은퇴한 노인들은 그렇다 쳐도, 견습생들을 빼오는 것만 해도 보통 일이 아니었어."

아우라는 그렇게 말하고 소파에 깊숙이 몸을 묻은 채 작게 어깨를 으쓱했다.

현역 대장장이라는 건 아무도 대신해 줄 수 없는 전문직이다. 어떤 의미에서는 숙련된 기사나 우수한 문관보다 훨씬 귀중한 인재인 것이다.

그 귀중한 인재를 언제 싹이 틀지 모르는 새로운 사업을 위해 차출한다는 건 불가능한 일이다. 아니, 정확히 말하면 아우라의 권력을 이용하면 빼오는 것 자체는 어렵지 않지만, 그렇게 해서 국내의 철 생산량이 떨어지면 가장 곤란한 건 바로 국왕인 아우라다.

대장장이를 한 명이나 두 명 정도 차출한다고 해서 그렇게 노골적으로 악영향이 나타날 가능성은 낮겠지만, 적어도 왕가에 대한 대장장이들의 충성심은 틀림없이 나빠질 것이다.

숙련된 장인이라는 것은 굉장히 프라이드가 높은데다 서로간의 연대도 강하다.

따라서 대장장이들의 반감을 살만한 짓은 가능하면 피하는 편이 좋다.

"어쨌든 현재로서는 '유리 개발'에 할애할 수 있는 인원은 그 정도야. 물론 자재 운반이나 개발에 필요한 도구를 만드는 것처럼 개발 및 제조 이외의 일손이라면 간단히 늘릴 수 있지만. 아, 개발 시설에서 전용으로 사용할 수차도 있는 편이 좋겠지. 당신이 보여준 '디브이디'에서는 부순 벽돌을 갈아서 가루로 만들거나 모래를 갈아서 더욱 고운 모래로 만드는 것처럼 맷돌을 사용할 일이 꽤 많아 보였어. 인원이 적으니까 수차로 대신할 수 있는 노동은 처음부터 그렇게 하는 편이 좋겠어."

"그래, 수차가 있다고 했지."

아우라의 말에 젠지로는 옥타비아에게 들은 강의 내용을 떠올렸다.

원래 세계에서도 수차는 기원전부터 존재했다. 카파 왕국에서도 일상적으로 쓰고 있다 해도 이상하지 않다.

젠지로의 말에 아우라는 조금 눈썹을 찡그리며 끄덕였다.

"으응, 카파 왕국은 하천이 많으니까. 농촌에서는 진작부터 유용하게 이용하고 있어. 원래는 북대륙에서 나온 기술이지만. 그런데 그쪽과 비교하면 우리나라의 수차는 수명이 짧다는 게 단점이야. 왜 그런지 금세 톱니가 비틀리거나 쉽게 깨져버리거든."

"응? 톱니의 수명이 짧다니, 그건 단순히 톱니 개수가 '서로소'가 아니라 그런 거 아니야?"

젠지로가 중학생 때 수학 선생이 곁다리로 들려준 지식을 어렴풋하게 떠올리며 그렇게 말했던 때였다.

"응? '서로소'? 그게 뭐야?"

그런 아우라의 말이 채 끝나기도 전에 똑똑 하고 출입문을 노크하는 소리가 들리고, 문 저쪽에서 '실례하겠습니다'라고 말하는 익숙한 시녀의 목소리가 들려왔다.

"그래, 들어와도 돼."

이야기를 도중에 끊은 젠지로가 그렇게 큰 소리로 입실 허가를 내린 다음 순간, 입구의 문이 열리고 친숙한 젊은 시녀 셋이 젠지로와 아우라가 쉬고 있는 거실로 들어왔다.

셋을 대표하는 것처럼 가운데 선 금발의 시녀가 소파에 앉은 여왕 부부에게 머리를 숙이고는 침착한 목소리로 용건을 고했다.

"야심한 시각에 실례합니다. 오늘밤도 여전히 기온이 내려가지 않을 것 같아서 카를로스 전하를 위해 얼음을 주셨으면 합니다. 받아가도 되겠습니까?"

"아, 그래. 확실히 아직 조금 위험하겠군. 응, 좋아. 가져가."

젠지로는 그렇게 가볍게 허가를 내렸다.

젠지로에게 5도어 냉장고가 있다고는 해도 냉동실에서 만들 수 있는 얼음에는 한계가 있다. 밤에 쓸 얼음을 줘버리면 젠지로와 아우라는 물을 담은 대야와 그 앞에 놓은 선풍기만으로 열대야를 지낼 수밖에 없지만, 귀여운 자식을 위해서라면 그 정도는 감수할 수 있다.

기본적으로 카파 왕국 사람은 더위에 강한 체질을 타고나지만,

그래도 생후 한 달밖에 안 된 아기에게 이 혹서기의 밤은 가혹할 것이다. 실제로 여름 더위를 못 이기고 죽어버리는 영유아는 귀족 같은 부유층에서도 비교적 있는 편이라고 한다.

카를로스가 유모와 함께 생활하는 방에는 전원 코드를 연장하지 않았기 때문에 선풍기는 가져갈 수 없지만, 그 대신 방에 칸막이를 쳐 좁게 만들어서 얼음의 냉기가 실내에 가득하도록 만들어 놓았다.

유모의 부담을 덜어주기 위해 유모 대신 젖병을 사용하거나 기저귀를 갈도록 매일 밤 시녀 한 명이 불침번을 서는 모양인데, 그 불침번이 시녀들 사이에서는 몹시 탐나는 일일 정도로 왕자의 침실은 충분히 시원하게 유지되고 있었다.

시녀들은 '감사합니다"라고 정중히 머리를 숙이고 냉장고를 향했다.

"흐음, 카를로스를 우리 침실에서 재우면 좋을 텐데……"

냉장고를 여는 시녀들의 뒷모습에 시선을 주면서 아우라는 아쉬움이 남는 것처럼 그렇게 중얼거렸다.

물론 아우라가 아쉬워하는 것은 얼음이 있는 침실이 아니다. 사랑하는 아이, 카를로스 왕자와 같은 침실에서 잠든다는 사실 그 자체였다.

아버지로서 아내의 말에 속으로는 전면적으로 동의하고 싶은 젠지로였지만, 그 생각을 애써 누르고 쓴웃음을 섞어 아내를 설득했다.

"그건, 안 돼. 아우라도 알고 있잖아. 그맘때의 아기가 얼마나 자주 밤에 깨서 우는지. 쉬야, 응가, 젖. 그 때마다 일일이 아우라가 잠에서 깨면 낮에 일을 할 수 없게 돼."

수유나 기저귀 교환은 시녀에게 맡긴다 해도 같은 방에 아기를 재우면 밤에 울 때마다 어쩔 수 없이 잠에서 깰 수밖에 없다.

그렇게 잠을 제대로 못 자면 낮의 업무에 지장을 초래할 것은 명백했다.

그것을 머리로는 이해하고 있는 아우라는 자신의 고집을 관철시킬 생각은 애초에 없었다.

"…… 으응, 알고 있어. 정말이지 내 아이를 돌봐줄 수도 없다니, 왕이라는 지위도 형편없는 거야."

그래도 무심코 불평이 튀어나오려는 것을 막을 수 없는 건, 자식에 대한 애정이 깊기 때문이리라.

그런 아내의 불평에 동조하는 것처럼 젠지로도 조금 씁쓸한 표정으로 말했다.

"아우라는 그래도 나아. 나는 조금 더 있으면 젠키치에게 말을 걸 수도 없게 되는걸."

말하는 사이에 감정이 복받쳤는지, 젠지로는 하아, 하고 허무하다는 듯이 한숨을 쉬었다.

"그거야말로 어쩔 수 없잖아. 당신은 남대륙 서부어가 아니라 이 세계 말을 하고 있으니까. 지금 하얀 백지 상태인 카를로스에게는 좋은 영향을 끼치지 않을 게 분명해."

아우라는 그렇게 말하고는 맞은편에 앉은 남편을 위로하듯이 미소 지었다.

불평을 하는 자와 위로하는 자. 어느 틈엔가 입장이 역전되어 버렸다.

"뭐, 이해는 하고 있지만……"

젠지로는 다시 한 번 한숨을 뱉었다.

영유아가 말을 배울 때까지는 가급적 외국어로 말을 들려주지 않도록 한다. 라는 것은 '언령'이라는 자동번역이 존재하는 이쪽 세계의 상식이었다.

언어를 전혀 습득하지 않은 아기가 맨 처음에 말을 배울 때만큼은 '언령'의 도움을 빌릴 수 없다.

그 단계에서 서로 다른 언어를 사용하는 두 인종이 가까이 있으면 아기는 두 언어를 섞어서 배워버릴 가능성이 있다.

어릴 때는 의식적으로 마력을 제어해서 언령의 작용을 차단할 수가 없는 것이다.

한 가지 예를 들어, 젠지로가 '아버지'를 의미하는 말로 '파파'를 가르쳤다고 하자. 아버지는 파파. 맨 처음에 그렇게 기억해 버리면 그 뒤 아우라가 이쪽 세계의 언어로 '아버지'에 해당하는 말을 가르쳐도 카를로스의 귀에는 자동으로 번역되어 '파파'라고 들리고 만다.

그 결과, 그대로 언어 학습을 계속하면 남대륙 서방어와 일본어가 뒤섞인 기묘하고 기상천외한 언어를 사용하는 인간이 탄생한다.

요컨대 일상적으로 "미랑 댄스홀에서 투게더 할래?"라는 식으로 이상한 말을 연발하는 사람이 되고 만다는 것이다.

그렇게 되지 않기 위해, 아기가 일정 수준 이상 언어를 습득할 때까지는 다른 언어를 모국어로 사용하는 사람과의 접촉을 극도로 피할 필요가 있다.

그런 전후사정을 알고 있는 젠지로지만, 귀여운 내 아이와의 접촉을 제한당하는 것은 역시 괴로운 일이다.

"게다가 젠키치는 남자 아이니까 다섯 살이 되면 후궁 출입도 허락되지 않을 거잖아."

그렇게 한층 더 젠지로는 한숨을 쉬었다.

카파 왕국의 풍습에서는 다섯 살이 안 된 아이는 성별이 없는 것으로 취급하기 때문에 지금은 카를로스 왕자를 후궁에서 키우고 있지만, 후궁의 남자 금지 규정은 직계 왕자라 해도 예외가 아니었다.

다섯 살 생일을 맞이하면 생활 거점을 후궁에서 왕궁으로 옮겨 젖형제들과 함께 문무 교육 담당 밑에서 서서히 왕족으로서의 교육을 받게 되어 있다.

젠지로가 후궁에 틀어박혀 있는 한 장래에 자기 자식과 소원해질 것은 확정되어 있다.

"…… 나중에 왕궁에도 내 개인 방을 만들어 달라고 할까."

젠지로가 입 속으로 그렇게 웅얼거리는 사이, 시녀들은 능숙하게 얼음이 든 커다란 금속 대야를 카트에 싣고 양탄자 위에서 밀며 입구 쪽으로 이동했다.

그 카트도 젠지로가 현대 일본에서 가져온 물건이다. 수력발전기를 실어 나르려고 일부러 대형 마트에서 사 왔는데, 이쪽 세계에 와서는 젠지로 자신보다 시녀들의 노동을 경감시키는 데 도움이 되고 있다.

"그러면, 실례하겠습니다."

"수고했다."

"잘 부탁해."

한 번 절하고 퇴실하는 시녀들에게 아우라와 젠지로는 소파에 앉은 채 그렇게 노고를 치하했다.

탁, 하고 작은 소리를 내며 문이 닫히자 다시 밤의 거실은 여왕 부부만의 공간이 되었다.

"…………"

"…………"

6개의 LED 스탠드 라이트가 비추는 소파 위에서 젠지로와 아우라는 서로 마주 앉은 채 잠시 말없이 시간을 보냈다.

말이 끊겨도 무리하게 대화거리를 찾으려고 하지 않는 부분이, 젠지로도 아우라도 두 사람만의 시간과 공간을 '당연한' 상태로 받아들이고 있다는 반증일 것이다.

그 기분 좋은 '침묵의 시간'을 깨고 아우라가 소파에서 몸을 일으키면서 말했다.

"그럼, 나도 슬슬 자 볼까. 내일 아침 일찍 가질 변경백의 사신을

'순간이동'으로 변경백령까지 보내야 하거든. 잠이 부족한 상태로 큰 마법을 사용하고 나면 정무에 지장을 주게 되니까."

그렇게 말하는 아우라의 시선은 텔레비전 옆의 탁상시계를 향해 있었다.

디지털 방식의 탁상시계는 당연히 아라비아 숫자로 시각을 표시하고 있었지만 이 1년 동안 아라비아 숫자의 읽는 법도, 24시간 60분 60초 방식의 시간 계산법도 완전하게 터득한 아우라였다.

최근엔 왕실에 종사하는 문관들에게도 아라비아 숫자를 익히게 하고 있지만 아우라만큼 완벽하게 아라비아 숫자를 활용하게 된 사람은 아직 없었다.

오히려 그들보다도 평소 시녀장의 눈을 피해 젠지로한테 빌린 '휴대용 게임기'로 '낙하 게임'이나 '카트 레이스 게임'의 하이스코어를 경쟁하고 있는 젊은 시녀들——일명 '문제아 3인방' 쪽이 훨씬 능숙할지도 모른다.

어쨌건 이른 취침을 선언한 아우라는 천천히 소파에서 일어나 남편 되는 사내에게 물었다.

"당신은 어떻게 할 거야?"

아내의 질문에 젠지로는 조금 망설였지만 천천히 고개를 옆으로 저으며 대답했다.

"아니, 나는 조금 더 있을게. 자기 전에 할 '마법의 반복 연습'도 있고. 아우라 먼저 자."

예전이라면 아우라가 침실로 향하면 즉시 그 뒤꽁무니를 쫓았던 젠지로지만, 지금은 조금 사정이 달랐다. 젠지로와 아우라는 요즘 다시 부부가 금슬 좋게 한 침대에서 자기 시작했지만, 아직은 서로 끌어안고 자는 정도로 직접적인 성행위에는 이르지 않고 있다.

아무리 아우라가 지난 전쟁을 뚫고 살아남은 여걸이라지만, 첫 아이를 출산한 다음 해에 곧바로 임신과 출산을 거듭하는 건 여의치 않은 일이다. 게다가 이번엔 정말로 정무에 지장을 불러오게 될지도 모른다.

그런 이유로 현재 아이 만드는 일은 '일시적인 관망' 상태인 것이다.

덧붙이자면 아우라와 대화를 나눠 그 결론을 내렸을 때, 젠지로는 이쪽 세계에서 콘돔을 가져오지 않은 것을 죽을 만큼 후회했다.

반쯤은 진심으로 아우라에게 '별자리가 갖춰지지 않았을 때도 지구에서 물건을 가져올 수 있는 시공마법'을 개발할 수는 없는지 물어봤을 정도니, 젠지로에게는 상당히 심각한 문제였을 것이다.

"알았어요. 그럼 나는 먼저 침대에 들게."

"응. 나도 곧 갈 테니까."

뒤늦게 자리에서 일어난 젠지로의 목에 아우라는 지극히 자연스러운 동작으로 양팔을 두르고 서로의 입술을 겹쳤다.

"음……."

"으음."

포옹과 입맞춤. 이전에 비해 포옹의 밀착도가 약간 약한 것은 아우라가 다이어트 중이라 몸에 대한 자신감을 잃은 탓일까.

"그럼, 잘 자."

"응. 잘 자."

누가 먼저랄 것도 없이 포옹을 풀자 아우라는 침실 쪽으로 사라졌다.

"…… 좋아, 그럼 나도 얼른 마법의 반복 연습을 끝내고 자야지."

사랑하는 아내와 나눈 포옹을 떨쳐내듯이 목을 크게 두세 번 둥글게 돌리면서 젠지로는 조금 강한 목소리로 스스로를 다독이고는, 반복 연습을 하기 위해 컴퓨터가 놓여 있는 책상을 향했다.

[제2장] 왕국 수도의 움직임

그 날, 왕국 수도 카파 왕궁의 안뜰에서는 여왕 아우라가 국내외의 귀족을 빈객으로 맞아 오찬회라는 이름의 비공식 회합을 열었다.

1년 중 가장 더운 이 시기엔 낮의 휴식 시간을 길게 잡는 게 일반적이지만 어떤 일에도 예외는 있는 법이다.

스케줄 문제로 오늘을 놓치면 모임 날짜가 한참 뒤로 미뤄질 수밖에 없다 보니 아우라는 본의 아니게 원래라면 개인적인 시간인 한낮의 휴식 시간조차 외교의 장으로 활용할 수밖에 없게 된 것이다.

하지만 이 시간에 평소대로 왕궁 식당에서 식사를 하기에는 지나치게 더웠다.

이런저런 사정 때문에 오찬회는 물이 높이 솟아오르는 분수 옆에서 열었다.

기둥 넷이 받치는 지붕만 있는 건물. 사방에 벽이 없어서 자유롭게 바람이 드나드는 그 공간이 아우라가 선택한 오찬회 장소였다.

지붕이 있어서 따가운 햇볕을 막을 수 있고, 벽이 없어서 가까이 있는 분수에서 불어오는 바람이 조금은 시원한 공기를 날라 주었다.

그렇게 가능한 한의 혹서 대책이 마련된 안뜰에서 편편하고 단단한 빵을 찢어 향신료로 맛을 낸 매운 수프에 적셔 입에 가져가고 있던 아우라는, 오른쪽 옆에 앉은 한 명의 중년 귀족에게 시선을 향했다.

"상황이 그렇게 됐으니 이해해 줄 수 있겠소, 자마드 백작? 이번 출병은 국내의 가도에 출몰하는 것으로 추측되는 육식용 토벌이 목적이고, 병력은 어디까지나 국내에만 머무를 것이네. 나바라 왕국에는 그렇게 전해주면 고맙겠소."

나바라 왕국은 카파 왕국 남부에 자리잡은 중견 국가다. 카파 왕국 가질 변경백령과 국경을 맞대고 있는 그 나라는 순수한 국력만 보면 카파 왕국에 훨씬 미치지 못하지만, 지난 대전에서 그럭저럭 마지막까지 자주독립을 지켜낸 나라기도 했다.

아우라 입장에서도 경솔한 대응은 피하고 싶었다.

"예, 아우라 폐하의 말씀, 확실하게 알아들었사옵니다. 반드시 본국에 전달할 것을 약속드립니다."

아우라를 상대하고 있는 중년의 사내——나바라 왕국의 귀족, 나르비아 자마드 백작은 그렇게 말하고 살짝 고개를 숙였다.

자마드 백작은 특별히 이렇다 할 특징이 없는, 지극히 일반적인 중년 남자였다. 체격은 보통에 중간 키, 피부색은 남대륙 서부에서는 지극히 흔한 갈색. 머리카락과 눈동자는 검은색.

기본적으로 이곳 남대륙에서는 남쪽으로 갈수록 피부나 머리카락 색이 진하다고 알려져 있지만, 서로 인접한 카파 왕국과 나바라 왕국 국민은 외견상으로는 거의 차이가 없다 해도 무방했다.

그러나 이 자리에서는 모두 각각의 나라를 대표하는 약식 정장을 차려 입고 있었기 때문에 겉모습으로 국적을 추측하는 건 그리 어렵지 않았다.

나바라 왕국의 상징색이기도 한 노란색을 기조로 한 약식 정장 차림으로 오찬을 들고 있던 자마드 백작은 은수저를 수프 접시 옆에 놓고는 아우라의 시선을 정면으로 받으며 말을 이었다.

"다만 송구하오나, 소금 도로의 이변이 정말로 '육식용' 출몰에 의한 것이라면 인접한 우리나라 입장에서도 두고 볼 수만은 없습니다. 폐하, 국왕에게 보낼 서한에는 그 점을 명시하고 우리 나라도 '북쪽 국경'을 경비하도록 충언하고 싶습니다만 그래도 되겠습니까?"

옆나라 귀족의 말에 여왕 아우라는 박력 있는 미소를 얼굴에 띄운 채 긍정했다.

"물론, 그건 상관없소. 육식용 놈들에게는 국경이라는 게 의미 없는 것이니. 이쪽도 입장이란 게 있어 협력은 할 수 없지만 제약을 가할 이유는 없소."

"예, 고마우신 말씀입니다."

아우라의 말에 자마드 백작은 의자에 앉은 채 깊숙이 머리를 숙였다.

조금은 속이 빤히 들여다보이는 대화였다.

가질 변경백령과 나바라 왕국이 국경을 접하고 있는 건 사실이지만 그 사이에는 험준한 산맥이 일종의 완충지대 역할을 하며 펼쳐져 있었기 때문에 웬만한 일이 없는 한 가질 변경백령에 출몰하는 육식용이 국경을 넘어 나바라 왕국까지 침입할 위험은 없었다.

그것은 자마드 백작도 아우라도 당연히 알고 있는 바였다.

사실 자마드 백작이 허가를 구한 '국왕에게 충언하고자 하는 내용'이란, 육식용이 아니라 카파 왕국군을 경계해서였다. 간단하게 말하면 "만에 하나 이 보고가 거짓이고 카파 왕국이 이쪽으로 침공을 해 올 경우에 대비해서 이쪽도 준비를 하겠다."라는 의미인 것이다.

나바라 왕국 입장에서 생각해 보면 지극히 당연한 대응이리라. 옆 나라가 국경 근처에서 군사행동을 일으키는데 경계하지 않는 것이 오히려 잘못된 일이다.

그런 답변을 처음부터 예상하고 있었던 아우라는 말의 이면에 감춰진 의미를 이해한 위에, 자마드 백작의 질문에 대해 허락의 말을 돌려준다, 라는 것이 이 일련의 대화에 숨은 의미인 것이다.

아우라로서는 나바라 왕국이 국경 건너편에서 경계태세를 취할 뿐이라면 충분히 용인할 수 있는 선이다.

향신료가 듬뿍 든 수프를 은수저로 입에 떠 넣으며 이마에 가볍게 땀이 맺힌 아우라는 속으로 생각했다.

(사실 이런 식으로 배려를 하지 않아도 저쪽과 이쪽의 국력차를 생각하면 절대 바보 같은 짓은 하지 않을 거라고 보지만, 배려를 안 할 수는 없는 노릇

이지.)

카파 왕국은 남대륙 서부에서도 손에 꼽는 대국이고, 나바라 왕국은 수많은 중견 국가 중 하나에 불과하다.

이쪽이 다소 배려심이 없는 행동을 했다고 해서 저쪽이 강경한 대응을 취할 가능성은 낮을 테지만, 국제외교에는 '생각지도 못한 함정'이라는 것이 여기저기 존재하기 마련이다.

이렇게 사후에 상대 국가의 외교 창구에 말을 넣어두는 것만으로도 불행한 사태를 방지할 수 있다면 싸게 먹히는 편이다.

이것도 카파 왕국이 대국이라 가능한 일이다. 만약 카파 왕국과 나바라 왕국의 국력이 반대였다면 이야기는 훨씬 복잡했을 것이다.

절대로 이번처럼 '사후 승인'을 얻는 식으로는 일이 될 리 없다.

우선 먼저 옆 나라에 찾아가서 '이제부터 국경 근처에서 군대를 움직이려 합니다만, 결코 그쪽에 대한 군사행동은 아닙니다.'라고 해명하고, '이해'라는 이름의 '허가'를 받는 것이 우선이다.

(그리 생각하면 이 정도는 고생이라고 할 것도 없지.)

원래대로라면 얼음 선풍기의 바람을 쐬면서 허물없는 사이인 남편과 함께 보내야 할 점심시간을 이와 같은 비공식적인 외교의 장으로 만들 수밖에 없었던 아우라는 스스로를 그렇게 다독였다.

은잔에 든 미지근한 물로 목을 축인 아우라는 의식적으로 만족스러운 표정을 꾸미고는 조금 과장된 동작으로 한 번 끄덕이고 시선을 다른 쪽으로 돌렸다.

그 시선 끝에는 자주색 바탕에 흰 선이 들어간 이국풍의 약식 정장으로 몸을 두른 사내의 모습이 있었다.

샤로와·지르벨 쌍왕국의 외교관, 모레노 밀리텔로 기사였다.

아우라의 시선을 받은 모레노 기사는 자신의 역할을 다하기 위해 일부러 헛기침을 한 번 한 다음에 천천히 입을 열었다.

"먼저, 양국 모두에 오해가 발생하지 않고 처리되어서 매우 만족스럽습니다. 아우라 폐하의 배려에도 자마드 백작의 현명하신 판단에도 탄복했습니다."

"예, 송구합니다. 모레노 경."

모레노 기사의 말을 듣고 자마드 백작은 완벽에 가까운 포커페이스의 끄트머리에 조금 안도의 기색을 비치면서 그렇게 대답했다.

말할 필요도 없는 일이지만 이런 비공식적인 외교의 장에 제3자인 모레노 밀리텔로를 동석시킨 건 나바라 왕국에 대한 배려의 일환이다.

카파 왕국과 나바라 왕국의 국력차를 생각하면 이렇게 비공식적인 구두 약속 따위는 우격다짐으로 없었던 일로 치는 일이 있다 해도 이상하지 않다.

물론 아우라는 그런 의리 없는 행동을 할 생각은 눈곱만큼도 없었지만, 이쪽의 심정이 상대방에게 전해질 리 없었다.

아우라는 대국의 왕으로서는 비교적 성실한 언동을 취하는 사람이라는 평판을 얻고 있지만, 뒤가 켕길 일이 이전에는 한 번도 없었냐고 묻는다면 말꼬리를 흐릴 수밖에 없었다.

한 나라의 왕으로서 국익을 위해 한 입으로 두 말을 한 경험이 없다고 하면 거짓말이다.

때문에 이쪽의 말에 신뢰를 얻기 위해 쌍왕국 사람인 모레노 밀리텔로를 이 자리에 동석시킨 것이다.

샤로와·지르벨 쌍왕국은 남대륙 중앙부의 패권을 장악하며 카파 왕국과 호각, 아니 그 이상 가는 대국이다. 쌍왕국 귀족의 귀에 들어간 말이라면 제아무리 카파 왕국의 여왕이라고 해도 간단하게 뒤집을 수는 없다.

그런 아우라의 의도가 전해진 것이리라.

"각별한 배려, 감사드리옵니다. 아우라 폐하."

한 번 모레노 쪽에 시선을 향한 후, 자마드 백작은 상좌의 아우라 쪽을 돌아보며 깊숙이 고개를 숙이는 것이었다.

쌍왕국 사람 앞에서 나바라 왕국의 사람에게 '가질 변경백령에서 일으킨 군사행동'에 대해 설명하고 납득하게 한다.

이것이 이 오찬회의 이름을 빌린 비공식 외교 회담의 목적이었으므로, 이 시점에서 이미 아우라는 목적을 충분히 달성했다고 할 수 있었다.

하지만 그렇다고 해서 여기서 자리를 정리할 수는 없다. 아무도 그대로 믿지 않는 표면적인 명분이기는 하지만, 이 자리는 '아우라가 주최하는 사적인 오찬회'인 것이다.

이미 식사를 마친 귀족들은 식후에 과실수나 가벼운 주류로 목을 축이며 담소를 나누고 있었다.

매운 수프를 마신 만큼 수분을 섭취하고 또다시 땀을 흘린다. 이쪽 세계에서는 일반적인 더위 대책이다.

때문에 한여름엔 충분한 수분을 마셔 두지 않으면 탈수증상을 일으키고 만다.

탈수증의 위험성에 관해서는 별달리 의학이 발달하지 않은 이쪽 세계 사람들도 경험적으로 모두 이해하고 있었다.

그런 와중에 흔한 세상 돌아가는 이야기를 하는 것처럼 가벼운 말투로 쌍왕국 외교관인 모레노가 상좌에서 미소 짓고 있는 아우라에게 말을 걸었다.

"그나저나 폐하, 변함없이 이 나라의 명령 전달은 대국이라고는 믿기지 않을 만큼 신속하군요. 역시 이번에도 폐하가 마법을 사용하신 것입니까?"

"응? 아아, 그렇소. 시급한 일이었으니까. 내가 마법으로 사자를 보냈소."

딱히 감출 일도 아니었기 때문에 아우라는 그렇게 솔직하게 대답했다. 그러나 내심 경계의 날을 세웠다. 이번 명령을 전달할 때 아우라가 '순간이동' 마법을 사용했다는 사실은 확인할 필요도 없이 간단히 예상할 수 있는 일이다. 그걸 구태여 이 자리에서 쌍왕국의 외교관이 확인하려 든다는 건, 무언가 거기서 이야기를 끄집어내려는 의도가 있다고밖에 생각할 수 없었다.

그런 아우라의 속내를 아는지 모르는지, 모레노 기사는 자못 감복했다는 것처럼 호들갑스럽게 눈을 크게 뜨고 말했다.

"호오! 역시, 폐하의 마법이었군요. 아니, 역시 카파 왕가 마법의 실용성은 모든 왕가의 마법 중에서도 발군입니다. 그런데 그렇기 때문에 더욱 지금은 불편한 점이 많지 않으십니까? 아무리 편리한 마법이라도 구사할 수 있는 사람이 폐하 한 분뿐이면."

과연, 이 흐름인가. 모레노가 이제부터 무슨 말을 하려는지 대충 감이 잡힌 아우라는 조금 여유를 갖고 고개를 끄덕여 보였다.

실제로 그 다음에 모레노가 입에 담은 말은 아우라가 예상한 대로였다.

"그렇다면 어떻습니까, 폐하. 보다 유용하게 마법을 활용하기 위해 폐하의 마법을 '마법도구'로 만드는 것은."

얼굴에 사교적인 웃음을 띤 채 모레노 기사는 그렇게 지껄였다.

'마법도구'의 제작. 말할 필요도 없이 그가 제안하고 있는 것은 '순간이동'의 마법도구다.

(역시 그 얘긴가.)

아우라는 미소가 쓴웃음으로 변하는 것을 의식적으로 억제해야만 했다.

'순간이동'의 마법도구 만들기. 그 제안은 지금 아우라 때만이 아니라 먼 옛날부터 쌍왕국이 카파 왕국에 계속 타진해 오고 있는 이야기다.

그리고 카파 왕국이 계속 거절해 온 현안이기도 했다. '순간이동'은 카파 왕국을 남대륙 서부에서 손꼽히는 대국으로 성장시킨 어드

밴티지 중 하나다.

그 마법을 마법도구로 만든다는 것은 한정적이긴 해도 '순간이동'의 마법을 카파 왕국 밖의 사람이 사용할 수 있는 가능성을 남긴다는 의미다.

실제로 옛날에 쌍왕국 측은 "순간이동의 마법도구를 두 개 만들어 하나씩 나눠 갖자"는 제안을 해 온 적도 있었다.

자국의 어드밴티지를 스스로 내버리는 것 같은 그런 위험한 제안을 아우라가 받아들일 리가 없었다.

"고마운 제안이지만 거절하겠소. 마법도구를 만들려면 몇 해에 걸쳐 마술사와 마법도구 제작자가 협력할 필요가 있지 않소? 그대가 지금 말한 것처럼 현재 '시공마법'을 쓸 수 있는 건 나 하나요. 설마 귀공은 나에게 옥좌를 비우고 쌍왕국의 수도로 가라고 말할 생각인가?"

도발하듯이 입가를 비틀며 아우라는 그 물음에 답했다.

모레노가 하고 싶은 말이 뭔지는 안다.

쌍왕국도 설마 지금 아우라가 말한 것처럼 아우라를 쌍왕국의 수도에 불러들일 생각은 없을 터이다. 아마도 그들이 눈독을 들이고 있는 사람은 젠지로일 것이다.

젠지로는 현재 급속하게 마법기술을 습득하고 있는 중이다. 아직 마력의 조절 능력이 완전하지는 않지만 이미 다섯 번 중 세 번은 '결계' 마법을 발동시킬 수 있는 레벨까지 와 있다.

마력의 출력 조절을 익힌다면 '순간이동'의 마법을 습득하는 것도 시간문제일 것이다.

빠르면 올해 안, 늦어도 내년에는 실용 레벨의 '시공마법' 술사가
될 것으로 보인다.

순간이동을 사용할 수 있게 되는 시점에 젠지로를 쌍왕국의 수
도로 초대하고 싶다. 그것이 저쪽의 최종적인 노림수라는 것을 아우
라는 꿰뚫고 있었다.

(그렇다고 한다면 너무 쌀쌀맞게 내칠 수는 없는 노릇이군.)

아우라는 그렇게 마음속으로 눈썹을 찌푸렸다.

왜냐하면 젠지로 자신이 "순간이동'을 사용할 수 있게 됐을 때는
쌍왕국 수도에 가고 싶다"고 말하고 있기 때문이다.

아우라가 둘째 아이를 출산할 때는 만에 하나의 경우에 대비해
서 '치유마법' 술사인 지르벨 법왕가 사람을 언제라도 데리고 올 수
있는 태세를 정비해 둔다.

그것이 현재 젠지로의 가장 큰 목표라는 것이다.

그 말을 떠올리는 것만으로도 입가가 무너져 내릴 것만 같은, 애
처가 서방님이다.

앞으로의 그런 정세를 감안하면 이 자리에서 지나치게 단호히 거
절하지 않는 편이 좋을 것 같았다.

아우라가 재빨리 거기까지 생각을 굴렸지만, 굉장히 드물게도 아
우라의 추측은 완전히 헛다리를 짚었다.

왜냐하면 아우라의 예상과 모레노 기사의 대답은 근본부터 완전
히 달랐던 것이다.

"아닙니다, 폐하. 그런 걱정은 필요 없습니다. 이런 말씀을 올리는 건 실은 그 '투명한 보옥'이나 '다이아몬드 반지'를 본 프란체스코 왕자와 보나 왕녀가 유난히 관심을 표하셨기 때문입니다만. 아우라 폐하의 허락을 구할 수만 있다면 꼭 한번 카파 왕국을 방문하고 싶다고 하십니다."

"……!?"

완전히 예상을 벗어난 말에 아우라는 부주의하게도 표정 관리를 잊고 그만 얼굴에 경악의 감정을 드러내고 말았다.

하지만 그것도 무리는 아니다.

프란체스코 왕자와 보나 왕녀. 그 둘은 모두 '샤로와 왕가'의 왕족이다. '치유마법'의 술사로써 초대되는 '지르벨 법왕가'라면 몰라도, '부여마법'을 사용하는 '샤로와 왕가' 사람이 외국 방문에 나선 예는 적어도 최근 100년 안에는 한 번도 없었다.

실제로 경악을 표정에만 드러낸 아우라 정도면 양호한 편이고, 그 자리에 있던 카파 왕국 귀족 중에는 칠칠맞게도 입에 머금고 있던 음료수를 자기 옷이나 테이블보에 뿜어 버린 자도 있었다.

아우라도 그것을 타박할 기분이 아니었다.

그 정도로 '샤로와 왕가'의 방문이라는 것은 놀라운 정보인 것이다. 심지어 '마법도구의 제작'에 대해서도 언질을 하고 있는 것이기에, 경우에 따라서는 상당히 오랫동안 체류하는 것도 전제하고 있다는 얘기가 된다.

"아아, 물론 이건 확정된 이야기는 아닙니다. 비공식적인 자리에서 올릴 만한 가벼운 화제들 중 하나로 생각해 주시면 감사하겠습니다. 단, 지금 말씀드린 것은 맹세코 진실입니다만."

모레노는 마지막으로 자신의 발언이 끼친 충격의 강렬함을 자랑하듯이 일부러 싱긋, 그 얼굴에 미소를 지어 보였다.

◆

그날 밤.

평소처럼 저녁식사와 목욕을 마친 젠지로와 아우라는 거실 소파 위에서 부부만의 허물없는 시간을 보내고 있었다.

단, 두 사람의 위치는 '옆자리'가 아니라 '마주 보는 자리'였다.

옆에 나란히 앉을 때는 편안한 얘기를 할 때. 마주 보고 앉을 때는 조금 진지한 이야기를 나눌 때. 이 1년 동안 언제부턴가 그런 불문율이 만들어졌다.

때문에 아우라가 자신의 정면에 앉은 시점에서 대화의 방향성을 감지한 젠지로는 얼음을 넣은 위스키 잔에 아직 입을 대지 않고 테이블의 잔받침 위에 놓았다.

아무래도 그 판단은 틀리지 않은 듯, 얇은 잠옷 차림의 아우라는 목욕 후의 편안한 복장과는 어울리지 않는 진지한 표정으로 이야기를 시작했다.

"젠지로. 좀 괜찮을까? 이럴 때 딱딱한 화제라서 미안하지만, 당신에게 말해 두고 싶은 정보라서. 오늘 '오찬회'에서 나온 얘긴

데……"

푸른 줄무늬 잠옷을 입은 젠지로는 6개의 LED 스탠드 라이트가 밝게 비추는 소파에서 앞으로 몸을 조금 내밀며 아내의 말에 귀를 기울였다.

"그러니까, 난 잘 모르겠지만 그렇게나 희귀한 일이라는 거지? '샤로와 왕가'의 왕족이 나라 밖으로 나가는 건."

전체적으로 아우라의 설명을 듣고 난 젠지로는 맨 먼저 그 질문을 던졌다.

'샤로와 왕가'의 왕자와 왕녀가 이 나라에 올지도 모른다.

그것이 대단한 일이라는 건 알겠지만, 그렇다고 해도 아우라가 과장스러울 정도로 놀라는 것처럼 보였다.

실제로 같은 샤로와·지르벨 쌍왕국의 다른 왕족 가문인 지르벨 법왕가의 이자벨라 왕녀가 정식으로 방문을 했던 게 작년 일이다.

게다가 젠지로와 아우라의 결혼식은 신속을 기해야 했기 때문에 국내 귀족과 외교관급의 국외 귀족밖에 참례하지 못했지만, 보통 왕의 결혼식에는 외국의 직계 왕족이 다수 얼굴을 보이는 법이라고 가정교사인 옥타비아에게 배운 기억이 있다.

젠지로의 의문에 아우라는 작게 웃어 보이며 한 번 끄덕이고는 대답했다.

"으응. '왕족'의 방문은 그다지 드문 일이 아니에요. 좀처럼 없는 일이라는 건 '샤로와 왕가'의 방문이지. 샤로와·지르벨 쌍왕국은 왕가가 둘이니까. 외국 방문은 원칙적으로 '지르벨 법왕가' 담당이죠. 그 나라도 허투루 두 왕가가 병립하며 수백 년 이어지고 있는 게 아니니까. 그런 류의 역할분담은 확실하게 하고 있거든. 물론 양가 사이의 권력구조도 만만치 않아서 거기서는 양쪽 왕가의 줄다리기가 암암리에 벌어지고 있다고는 하지만.

아우라의 설명에 젠지로는 "과연."하고 끄덕였다.

"그런 내향적인 왕가가 일부러 이 나라에 온다는 건 역시 뭔가 명확한 목적이 있다는 이야기지?"

들을 필요도 없다고 생각하면서도 묻는 젠지로에게, 아니나 다를까 아우라는 선선히 수긍했다.

"응. 아마도 그들의 목적은 당신의 '유리구슬'이겠지. 실은 그 뒤에도 쌍왕국에서 이자벨라 왕녀를 통해 나머지 '구슬'의 매수에 대한 언질이 담긴 서한이 왔었어. 역시 '부여마법'을 사용하는 데 있어서 '구슬'이 큰 힘이 되는 게 아닐까 하는 추측이 들어맞았다고 봐야겠지."

"으음, 그런가. 그 구슬이 그렇군……"

한 봉지에 몇백 엔을 주고 사 온 장난감 유리구슬이 이쪽 세계에서는 국가 간의 정치 밸런스를 뒤흔들 수도 있는 극적인 물건이다, 라는 말을 들어도 솔직히 실감이 나지 않는 젠지로였다.

"뭐, 그에 관련된 거래에 대해서는 아우라에게 맡길게. 나한테는 사후보고로 충분하니까 좋을 대로 해도 돼. 아, 그러고 보니 그들의 목적이 '내 혈통'일 가능성은 없는 거야? 처음엔 꽤나 집착했었잖아?"

문득 생각난 듯이 그 의문을 입에 올린 젠지로에게 아우라는 턱에 오른손을 대고 잠시 생각하더니 고개를 옆으로 저어 대답했다.

"…… 아니, 없다고는 말 못하지만, 그 가능성은 낮을 거야. 확실히 방문해 올 보나 왕녀는 미혼의 젊은 왕족이니까 당신을 유혹할 수 있다면 그보다 더 좋은 일은 없다, 라거나 하는 생각을 하고 있을지는 모르지만. 하지만 아무리 뭐라 해도 이쪽 왕궁에서 그런 노골적인 짓은 차마 못 할 터. 그걸 경계해야 하는 건 오히려 '그쪽 왕궁'에서지. 당신은 언젠가 '순간이동' 마법을 습득해서 쌍왕국에 갈 생각이지? 아무리 마력에 여유가 있다 해도 당일치기는 불가능해. 아마 틀림없이 저쪽 왕궁에서 성대한 '환대'를 받을 테니까. 샤로와 왕가가 아직 당신의 핏줄, 혹은 신병을 포기하지 않고 있다면 주 전장은 아마 그쪽이 될 테지."

그렇게 말하고 조금 위협적인 미소를 짓는 아내의 표정에 젠지로는 저도 모르게 몸을 떨었다.

"아아, 그런가. 그러니까 내가 저쪽 나라에 간다는 건 일이 그렇게 된다는 얘기군."

생각해 보면 당연한 일이다.

기술적으로는 '순간이동' 마법을 써서 쌍왕국 수도에 터를 잡고 있는 카파 왕국 대사관으로 직접 날아갈 수 있겠지만, 무단으로 왕복하는 일을 저쪽 왕궁에서 허락할 리 없었다.

아우라의 말대로 저쪽의 의향에 맞춘 '환대'를 거부하는 일은 불가능할 것이다.

(난감한데. 너무 간단하게 생각했는지도 모르겠어.)

아직 먼 장래의 일이라고는 해도 자신의 안일한 생각을 자각한 젠지로는 반성하듯이 소파 의에서 조금 고개를 숙였다.

그러나 그렇다고 해서 '순간이동' 마법을 익혀 쌍왕국 수도로 이동할 수 있는 레벨이 된다는 당초의 목적이 흔들릴 수는 없다.

장래에 아우라가 둘째 아이, 셋째 아이를 출산하리라는 것은 반은 결정된 일이다.

첫째 아이——카를로스 젠키치 때처럼 아무 것도 못 하고 그저 아우라의 체력과 행운에 맡길 수밖에 없는 상태에서 다음 출산을 맞는 건 절대 싫었다.

여차할 때 젠지로가 쌍왕국 수도를 '순간이동'으로 왕복할 수 있게 된다면 '치유마법'의 술사인 '지르벨 법왕가' 사람을 그 즉시 데리고 올 수 있는 것이다.

그것을 위해서 다소의 리스크는 허용 범위 안이다.

새삼스럽게 앞으로 자신의 행동거지에 대해 각오를 다진 젠지로는 소파 위에서 자세를 고쳐 앉고 아우라의 두 눈을 정면에서 바라보았다.

"알았어. 그 때가 오면 최대한 주의를 기울여 절대로 말려들어가지 않도록 조심할게."

"그래?"

남편의 대답에 여왕은 상냥한 눈으로 짧게 대답했다.

남편의 대답은 전제로서 "'순간이동'의 마법을 습득하자마자 쌍왕국에 가겠다."라는 계획을 변경할 생각은 조금도 없다, 라는 의중 위에 성립하고 있었다.

그 생각의 근저에 있는 것이 자신에 대한 애정과 마음 씀씀이라는 것을 이해하고 있는 아우라는 남편의 미래를 걱정하면서도 저도 모르게 입가가 올라가고 마는 것이었다.

"알겠어요. 아직 닥치지 않은 앞일이지만, 그 때가 오면 잘 부탁할게."

아우라는 미소를 감추지 않고 조용한 목소리로 남편에게 그렇게 말했다.

"참, 얘기가 처음으로 돌아가는데, 그 샤로와 왕가의 왕자님과 왕녀님은 언제쯤 여기에 올까?"

조금 분위기가 누그러진 참에 얼음이 녹아 묽어진 위스키를 은수저로 저은 젠지로는 그 파란 사쓰마 키리코 글래스에 입을 댔다.

같은 디자인의 빨간 사쓰마 키리코 글래스에 든 브랜디로 목을 축인 아우라는 등을 소파의 등받이에 기대고 조금 고개를 갸웃한 다음에 대답했다.

"글쎄, 어떨까. 지금은 아직 '비공식적인 소문' 단계야. 지금 당장일 가능성은 없겠지만, 워낙 전례가 없는 일이라. 솔직히 저쪽의 움직임을 읽을 수가 없어."

"으음, 그렇구나. 그럼 지금부터 긴장하고 있어도 소용이 없겠네.

아, 그나저나 그 둘은 어떤 사람이야? 아우라는 알고 있어?"

젠지로의 물음에 아우라는 고개를 가로로 저었다.

"아니, 조금 전에 말한 대로 샤로와 왕가는 거의 대외적으로 나서지 않으니까. 다른 왕족과 비교하면 굉장히 정보가 적어. 알고 있는 건 혈통과 연령. 그 외엔 쓸모도 없는 엉성한 소문 뿐이야."

아우라는 그렇게 말하고 아직 내용물이 남아 있는 빨간 키리코 잔을 테이블 위의 잔받침에 돌려놓았다.

"어떤 소문?"이라고 짧게 묻는 남편에게 아우라는 소파 등받이에 등을 기대고 배 위에서 가볍게 깍지를 낀 자세로 말을 이었다.

"글쎄, 우선 나이는 각각 프란체스코 왕자가 24, 보나 왕녀가 16 살이었지 아마. 프란체스코 왕자는 왕가 직계로 현 왕의 손자, 그 것도 차기 왕위에 오를 것이 확실하다고 여겨지는 제1왕자의 장남이야."

예상했던 것보다 훨씬 혈통이 좋았기에 젠지로는 놀라움에 눈을 크게 떴다.

"그건, 다다음 국왕이라는 얘기지?"

아우라의 설명을 순순히 받아들이면 그렇게 된다. 이쪽 세계의 왕위 계승 체계는 장자상속이 절대적이지는 않지만 그 경향이 강하다는 건 분명하다.

하지만 그런 젠지로의 물음에 아우라는 고개를 가로 저었다.

"아니, 틀려요. 적어도 현시점에서 프란체스코 왕자는 아직 정식 왕위 계승권을 얻지 못했어."

그 대답에 젠지로는 조금 전보다 더 놀랐다.

"뭐!? 하지만, 그러니까, 그 사람 24살이잖아? 그런 게 보통 있을 수 있어?"

"있을 수 없지. 보통이라면 절대 있을 수 없어. 정통의 핏줄을 타고 났으면서도 '혈통마법'을 발동시키지 못해 왕족으로 인정받지 못하는 예는 있지만, 프란체스코 왕자는 현 샤로와 왕가 사람들 중에서도 다섯 손가락 안에 들어가는 '부여마법' 술사로 알려져 있어."

단호한 아우라의 말에 젠지로는 뭔가 수상한 낌새를 느끼지 않을 수 없었다.

현 왕의 적통 손자면서 이미 24살이나 되었고 '혈통마법'도 문제없이 구사할 수 있는데, 어째서인지 '왕위 계승권'은 갖지 못했다.

혈통, 연령, 능력에 문제가 없는데 왕위 계승권이 주어지지 않고 있다는 건, 단순하게 생각하면 '인격'에 문제가 있다고밖에 생각할 수 없다.

"…… 왠지, 그 얘기를 들은 것만으로도 마음이 무거워지는데, 그 사람과의 만남이."

"동감이야."

눈썹을 찡그리면서 중얼거리는 젠지로의 감상에 아우라는 작게 끄덕이며 동의를 표했다.

"그렇지만 오랜 세월의 침묵을 깨고 일부러 우리나라에 파견할 정도니까 국제 문제를 일으키지 않을 정도의 상식과 양식은 갖췄겠지…… 라는 기대는 있어."

그렇게 말하고 작게 어깨를 으쓱한 아우라는 분위기를 바꾸고 다른 왕족에 대해 설명하기 시작했다.

　"또 한 명의 방문자인 보나 왕녀. 이쪽은 프란체스코 왕자와는 거의 정반대 태생이야. 보나 왕녀의 양친은 왕족이 아니거든. 왕가의 피를 잇는 유서 깊은 귀족 집안에 태어난 '혈통마법' 계승자인 거지. 확실히 왕위 계승권은 25위인가 26위인가 그래. 거의 말단에 가까운 왕족이야."

　"오호, 왕족으로 태어나지 않아도 '혈통마법'만 쓸 수 있으면 왕족으로 인정받을 수 있구나."

　조금 감탄한 듯이 말하는 젠지로에게 아우라는 작게 끄덕이고 대답했다.

　"그래요. 그런 부분은 나라에 따라 다르긴 하지만 쌍왕국의 법에는 그렇게 돼 있어. 실제로는 직계가 아닌 왕족은 가까스로 혈통마법을 구사하는 정도니까 왕위 계승 문제와 얽히는 예는 거의 없지만. 사실상 '혈통마법' 술사인 것 이외의 가치는 없으니까, 국내에서의 입장은 꽤 약할 게 분명해."

　"과연. 이렇게 말하면 안 됐지만 에누리 없는 '명목뿐인 왕녀님'이라는 건가."

　"그런 셈이지. 그렇기 때문에 성가신 거야. 저쪽의 의도가 훤히 보여."

　그렇게 말하며 아우라는 젠지로에게 의미심장한 시선을 향했다. 젠지로는 아내의 의중을 깨닫고 두서없이 말을 꺼냈다.

"아아…… 그런가, 과연 그렇군. 즉, 어쩌면, 그건, 역시 아직, 나에 대해 포기하지 않았다, 라는 것, 인가?"

"뭐, 조금 전에 말한 대로 이쪽 왕궁에서 그런 바보 같은 공격에 나설 거라고는 생각하지 않지만. 한 발 앞서 당신과 안면을 익혀 두고 교우를 다져두고 싶다, 라는 정도는 생각하고 있겠지. 아마도 '밑져야 본전' 쯤으로."

아우라는 그렇게 말하고 작게 어깨를 움츠렸다.

"우와아…… 꽤나 귀찮은 일이 될 것 같은데……."

젠지로는 튀어나올 것 같은 한숨을 함께 삼키는 것처럼 잔속의 내용물을 단숨에 들이키는 것이었다.

[제3장] 소금 도로

카파 왕국, 가질 변경백령

그곳은 카파 왕국 안에서도 최남단에 있는 변경이다. 남대륙 서부에 있는 나라들 중에서도 손꼽힐 정도로 넓은 국토를 자랑하는 카파 왕국이지만, 그런 것 치고는 지역별 기온차가 그다지 심하지는 않았다.

그러나 이건 카파 왕국에 한정된 현상이 아니라 남대륙 서부 전역이 그렇다 할 수 있었다. 그건 즉, 왕국 수도가 1년 중 가장 햇볕이 엄혹한 계절을 맞이하고 있는 지금, 가질 변경백령도 마찬가지로 살인적인 혹서기의 한 가운데에 있다는 의미다.

햇볕 아래에서 무방비하게 1시간 정도만 서 있어도 노인이나 아이라면 생명의 위기를 맞이하는 이 시기는 우기 다음으로 대규모 전투에 적합하지 않았다.

그 부분은 남대륙에 있는 모든 왕국의 지배층이 공유하고 있는 인식이기 때문에 이 시기에 사람과 사람 사이의 전쟁이 일어날 가능성은 지극히 낮았다.

다만 이곳 남대륙에는 인간의 상황 따위 아랑곳 않는 성가신 외적이 존재했다.

고온다습한 남대륙 서부에 가장 잘 적응한 종족. 단순한 생식 영역의 면적만으로 따지면 인류를 훨씬 능가하는 남대륙의 지배자.

육식용류.

그 육식용에 의해 차단된 것으로 보이는 '소금 도로'의 유통망을 부활시키기 위해 가질 변경백군은 1년 중 두 번째로 행군에 적합하지 않은 이 시기에 군사행동을 일으킨 것이었다.

백 명 남짓한 규모의 군대가 '소금 도로'를 따라 천천히 북상했다.

아직 비교적 시원한 시간대인 오전이었지만, 내리쬐는 햇볕은 이미 강렬한 기색을 띠고 가도 좌우에 늘어선 삼림의 녹색을 선명하게 비추고 있었다.

카파 왕국이 세상에 자랑하는 국도인 '소금 도로'라고는 해도, 그 만듦새는 현대인의 감각에서 보면 실로 조잡했다.

도로 폭은 승용차 두 대가 간신히 마주보며 지나갈 수 있을 정도였고, 표면은 마른 흙이 그대로 드러나 있었다.

그래도 길 중앙이 조금 솟아오르도록 땅을 돋워 놓았고, 길 양옆에는 얕은 도랑을 파 놓아서 우기에도 도로가 물바다가 될 위험은 낮을 것 같았지만 그래도 이 모래흙조차 깔리지 않은 도로가 '나라의 대동맥'이라고 불리는 것을 납득할 수 있는 현대 일본인은 거의 없지 않을까.

아스팔트로 포장된 현대 일본의 국도는 고사하고, 기원전에도 있었던 돌로 포장한 로마 제국 국도에조차 미치지 못했다.

과학기술은 빈약해도 이쪽 세계에는 흙을 다루는 마법이 있으니까 고대 로마보다는 꽤 혜택받은 조건과 환경일 텐데 이런 꼴이라니, 지구와는 비교도 안 될 정도로 자연의 경이로움이 강력하다는 증거일지도 모른다.

그러나 고대 로마 이후 유럽과 중동의 도로 사정을 생각해 보면, 전성기 로마 제국의 가도 정비 능력이 오히려 지구의 역사에서도 예외적이었을 가능성도 있다.

어쨌거나 변경백군은 그 '소금 도로'를 천천히 진군하고 있었다.

선두를 걷는 것은 커다란 녹색 '주룡'에 올라탄 기병대다.

주룡을 모는 기병의 수는 다섯. 기병 하나 당 한 명의 시종을 거느리고 있는 것이 특징이다.

다른 병사들은 모두 손에 짧은 창을 든 채 도보로 그 뒤를 따르고 있었다.

병사들은 모두 가죽 옷 위에 두꺼운 후드가 달린 코트 같은 것을 걸쳐 자외선에 대비하고 있었지만, 그래도 혹서기의 태양은 가차없이 내리쬐어, 병사들의 몸에서 수분을 쥐어 짜냈다.

이미 병사의 반 이상이 허리춤에 매달고 있는 물주머니를 다 비운 상황이었다.

예외는 후방에 있는 병참병 정도였다. 병참부대는 '둔룡'이 끄는 짐수레로 이동했다.

'주룡'에 비해 속도는 압도적으로 떨어지는 대신 힘에서는 앞서는 '둔룡'은 예비 무기나 식량, 물, 장작, 취사용 큰 냄비 등을 가득 실은 짐수레를 가볍게 끌며 흙길 위에 커다랗고 깊은 발자국을 새기고 있었다.

그런 '둔룡'이 끄는 짐수레가 몇 대. 작전이 끝날 때까지 **백 명 남짓한 이 부대의 위장을 채우려면** 확실히 이 정도로 많은 짐이 필요할 것이다.

오히려 중세 지구의 상식에 맞춰 끼워 보면, 장기 원정이 예상되는 병사 백 명 분량의 보급물자를 단 몇 대의 짐수레로 끝내는 '둔룡'의 운반능력은 상상을 초월한다고 할 수 있다.

기병이 다섯, 기병의 시종이 다섯, 병참병이 열. 병참부대의 호위가 열다섯. 그리고 보병이 75명 남짓.

일반적인 편성과 비교하면 다소 기병이 적다고 느껴지지만, 그것은 이번 군사행동이 '숲 속에서 육식용을 퇴치하는 것'을 상정하고 있기 때문이다.

기병이라는 건 활짝 열린 지형에서는 그 높은 기동력과 공격력을 발휘할 수 있는 반면, 이번처럼 움직임의 제한이 있는 공간에서는 전투력이 확연하게 줄어든다.

실제로 다섯 명밖에 없는 기병들도 전투 시에는 주룡에서 내려 고삐를 시종에게 맡기게 될 것이다.

"…… 후우."

그 다섯 기병 중 하나인 흑발 흑안의 작고 젊은 기사는 조금 전부터 몇 번이나 주위에 들키지 않도록 주의하며 가는 심호흡을 반복하고 있었다.

사비에르 가질.

그것이 이 젊은 기사의 이름이다.

가질 변경백의 셋째 아들로, 현재 살아남은 유일한 적자.

확실히 자세히 보면 사비에르의 이목구비는 가질 변경백과 매우 닮았다.

그러나 체형은 전혀 달랐다. 키는 별로 크지 않지만 나이를 먹고도 여전히 근골이 늠름한 가질 변경백과 비교하면, 사비에르의 몸은 언뜻 보기에 연약하고 몹시 믿음직하지 못했다.

지금은 주룡의 등에 타고 있기 때문에 잘 보이지 않지만, 그의 신장은 젠지로보다 작아 보였다. 젠지로가 172센티니까 사비에르의 키는 160센티 후반이거나, 자칫하면 165 정도밖에 안 될지도 모른다.

왜소하고 여윈 젊은이.

착각으로라도 믿음직한 지휘관으로는 보이지 않았다. 본인도 그걸 의식하고 있는지 조금 전부터 줄곧 주룡의 등 위에서 과도할 만큼 등을 꼿꼿이 펴고 조금이라도 자신을 크게 보이려고 애쓰고 있었다.

이렇게 용의 등에 올라타 선두에 서서 나아가고 있자니, 뒤에서 백 명의 병사들이 자신의 일거수일투족을 감시하고 있는 것 같은 착각이 들었다.

물론 그건 완전히 착각이다. 아직 해가 중천에 닿지 않았다고는 해도 이 혹서기에 쉬지 않고 행군을 해야만 하는 보병들에게 선두에서 걷는 지휘관을 계속 주시할 만한 여유 따위 있을 리 없었다. 사비에르가 헛다리를 짚고 있을 뿐이다.

"사비에르 님……"

창을 들고 옆에서 걷던 살갗이 흰 젊은 시종이 주룡 위의 사비에르에게 걱정스러운 시선을 향했지만, 지금의 사비에르는 그런 시선을 눈치챌 수 있을 만한 여유가 없었다.

그러나 그렇게까지 긴장하고 있는 와중에도 그 기승한 모습에 흔들림이 없는 것만은 훌륭하다 할 것이다. 겉보기엔 연약해도 무술 단련을 확실하게 하고 있다는 증거다.

하지만 그렇게 어깨에 힘이 잔뜩 들어간 자세를 계속 유지하다 보면, 머지않아 체력이 완전히 바닥나리라는 것은 불 보듯 뻔했다.

"사비에르 님. 조금 이르다 싶지만 전체 휴식을 제안합니다. 조금만 더 가면 야영에 적합한 곳이 있으니 그곳에 캠프를 차리면 어떻겠습니까?"

쓴웃음을 감추며 그렇게 아뢴 것은 사비에르의 대각선 뒤에서 주룡을 몰던 중년의 기병이었다.

나이는 40 전후 정도일까, 시커먼 턱수염을 기른 장년의 기사가 건넨 말에 사비에르는 움찔 몸을 떨고는 고개를 뒤로 향하고,

"조제프 경……"

아버지의 심복인 그 기사의 이름을 불렀다.

기사 조제프. 지난 대전에서도 무용을 떨친 역전의 노련한 무사였다.

평소에는 사비에르의 아버지인 가질 변경백의 측근에서 종사했지만, 영주군에 대한 위임장과 행군 허가증을 품고 여왕 아우라의 마법으로 변경백령에 온 것이다.

위임장과 허가증을 가지고 오는 것뿐이라면 조제프 정도나 되는 기사일 필요까지는 없었다.

아마도 아버지가 자신의 첫 출병에 부담을 조금이라도 가볍게 해 주려고 그를 보낸 것이리라.

그 아버지의 마음 씀씀이가 기쁘기도 했고 한심하기도 했다.

자칫 비굴한 방향으로 빠질 것 같은 생각을 떨쳐버리고, 사비에르는 조제프에게 말했다.

"전체 휴식은 조금 이르지 않나, 조제프 경? 분명히 예정으로는 오전 동안 조금이라도 거리를 좁히자는 계획이었던 걸로 아는데."

주군의 아들과 주룡을 나란히 한 역전의 용사는 긴장과 사명감으로 잔뜩 몸이 굳어진 젊은이를 설득하듯이 정중한 말투로 대답했다.

"네, 사비에르 님. 확실히 그럴 예정이었습니다만, 오늘 기온은 예상했던 것 이상입니다. 벌써 보병들은 지치기 시작했습니다. 여기서 더 무리하게 행군하면 위험하지 않을까 합니다만."

"그, 그런가."

부하의 제언을 듣고 사비에르는 허를 찔렸다는 듯 대답했다.

그런 부분의 관찰력은 아무래도 연륜이 있는 쪽이 월등한 법이다.

사비에르가 자기 발로 걷고 있었다면 스스로의 피로를 통해 보병들의 피로를 눈치챌 여지가 있었겠지만, 애석하게도 사비에르는 지휘관으로서의 위엄을 유지하기 위한 것도 있어 주룡의 등에 타고 있는 몸이다.

오랫동안 주룡에 기승하는 것도 충분히 심신이 피로해지긴 하지만, 그래도 이 더위 속을 걷고 있는 보병의 피로감에 비할 것이 아니었다.

군대를 이끄는 자에게 필요한 교육은 확실하게 받고 있는 젊은 변경백 2세는 "알겠다."라고 끄덕인 후, 주룡의 등 위에서 몸을 돌려 뒤에 늘어서 있는 부하들을 향해 있는 힘껏 큰 소리로 외쳤다.

"이 앞의 넓은 터에서 전체 휴식을 갖는다! 조금만 더 가면 되니까 모두 힘내도록!"

조금만 더 가면 쉴 수 있다.

그 말을 이해한 병사들은 오늘 처음으로 표정에 환희의 빛을 떠올리며 고개를 아주 조금 위로 쳐들었다.

그 모습을 눈으로 확인한 사비에르는 새삼스럽게 자신의 부족함을 자각했다.

(과연. 확실히 모두 상당히 피곤했던 모양이네. 이런, 조제프 경이 말하기 전에 내가 먼저 눈치 챌 수 있게 돼야 할 텐데……)

성실함을 타고난 것일까.

가질 변경백의 셋째 아들 사비에르는 커다란 주룡의 등 위에서 그 왜소한 몸이 떨릴 정도로 주먹을 불끈 쥐고 스스로를 그렇게 다독이는 것이었다.

---◆---

그로부터 며칠 뒤 낮.

사비에르 가질이 이끄는 가질 변경백군 총 백여 명은 '소금 도로'를 북쪽으로 크게 올라간 어느 지점에서 야영을 하고 있었다.

밀림 한 가운데 나 있는 '소금 도로'는 좌우에 나무들이 무성해서 백 명 규모의 군대가 한군데에서 캠프를 차릴 만한 자연 공간은 없었지만, 그래도 이 '소금 도로'는 명색이 대국 카파 왕국의 국도였다.

일정한 거리를 두고 구간마다 대규모의 인원이 캠프를 차릴 수 있도록 나무를 베어 넓은 공간을 만들어 둔 것이다.

그런 인공적으로 만든 숲속의 작은 초원에 병사들의 목소리가 시끌시끌 울려 퍼졌다.

"어이, 햇볕을 막을 벽이 모자라! 누구 '토벽제작' 마법 쓸 수 있는 사람!"

"요리를 시작한다! '발화' 쓸 수 있는 사람 누구라도 좋으니까 좀 도와줘!"

"물 긷기 끝났습니다! '수질정화' 부탁합니다!"

야영 준비 와중에도 특히 눈길을 끄는 건 역시 '마법'의 존재일 것이다.

'마법사'라고 불릴 정도로 수많은 마법을 체득하고 있는 자는 많지 않았지만, 일상생활에 편리한 마법을 하나쯤 습득하고 있는 사람은 평민 중에도 그럭저럭 있었다.

그렇게 마법을 습득하고 있는 사람은 이러한 야영 때에도 귀한 대접을 받는다.

반대로 막상 전투가 시작되면 마법이 나설 여지는 거의 없었다. 그도 그럴 것이 마법의 발동에 필요한 것은 '정확한 발음', '정확한 마법량', 그리고 '올바른 인식'인 것이다.

'정확한 발음'과 '정확한 마법량'은 둘째 치고, 전투 중에도 '올바른 인식'을 유지하는 일은 지극히 난이도가 높다.

궁정마법사와 같은 한줌의 엘리트라야 겨우 전쟁터 후방에서 공격마법을 날릴 수 있을 정도고, 창을 휘두르면서 마법을 사용한다는 건 아예 불가능한 일이었다.

때문에 군대에 있어서 마법의 쓰임은 오로지 이런 비전투 상황일 경우에 편중되었다.

'토벽제작'의 마법으로 세운 사방의 벽 위에 흰 천으로 차일을 쳐서 만든 임시 막사 안에서, 몇 시간 만에 주룡의 등에서 내린 사비에르 가질은 작은 접이식 나무 의자에 앉아 쉴 새 없이 목을 빙글빙글 돌렸다.

"윽, 크으으……!"

오랫동안 용을 타고 있어서 완전히 딱딱해진 몸 근육을 푼 사비에르는 아픔에 동반되는 상쾌함에 얼굴을 찡그리면서 소리를 냈다.

며칠간 이어지는 기승 행군을 훈련 중에 몇 번이나 경험했는데도 이런 꼴이다.

역시 부하들의 시선을 지나치게 의식한 나머지 필요 이상으로 몸에 힘이 들어가 있었던 것이다.

지금 천막 안에는 사비에르 자신과 속마음을 알아주는 젊은 시종밖에 없다. 부하들의 눈을 의식하지 않아도 된다는 것만으로도, 사비에르에게는 무엇과도 바꿀 수 없는 귀중한 시간이었다.

천막 한 겹으로는 도저히 막을 수 없는 흑서기의 햇볕도 마법으로 세운 토벽이라면 완전히 차단할 수 있었다.

사비에르는 토벽이 만드는 그늘 아래에서 나이 어린 시종이 준비해 둔 작은 나무 대야의 물을 머리 위에서부터 뒤집어썼다.

"…… 후우."

떨어지는 물방울이 사비에르의 짧은 흑발을 타고 목덜미로 내려와 옷 속으로 흘러들어갔다.

"사비에르 님, 이걸 쓰세요."

"아아, 고마워. 안드레스."

사비에르는 접이식 의자에 앉은 채 젊은 시종이 내민 수건을 받아 들고 그걸로 머리의 물방울을 닦았다.

이런 더위니, 가만히 내버려 둔다 해도 이 정도의 물은 순식간에 마를 테지만 역시 기분이 좋지는 않을 것이다.

사비에르가 얼굴과 목덜미의 물기를 다 닦았을 때, 젊은 시종——안드레스는 자연스럽게 다 쓴 수건을 받아들고 대신 미지근한 물이 가득 든 나무 컵을 내밀었다.

사비에르가 반쯤 반사적으로 받아든 컵의 내용물을 단숨에 비운 마침 그 때였다.

"사비에르 님, 조제프입니다. 선행 정찰대가 귀환했습니다. 조속히 보고해야 할 정보가 있습니다. 들어가도 되겠습니까?"

천막 저편에서 낮고 울림이 좋은 목소리가 들려왔다.

"아, 조제프인가? 허가한다. 들어오게."

사비에르는 옆에서 대기하던 안드레스에게 눈짓으로 천막 안을 정리하도록 지시하면서 입구 건너편에 우두커니 선 기사에게 그렇게 말했다.

흙으로 세운 벽 위에 지붕삼아 천을 씌운 임시 막사 안에서 사비에르 가질은 간소한 접이식 의자에 앉은 채 기사 조제프와 선행 정찰대의 책임자인 30세 전후로 보이는 병사의 보고를 듣고 있었다.

"뭐!? 소금 상인들의 시체가 발견됐다는 말인가?"

책임자의 보고를 들은 사비에르는 놀라서 작은 의자에서 몸을 앞으로 빼며 외쳤다.

"예잇, 이 앞의 가도에서 옆으로 쓰러져 있는 여러 대의 짐수레와 둔룡의 사체 및 인간의 사체를 발견했습니다! 모든 사체가 크게 손상되어 있어 사인이 육식용의 습격에 의한 것임이 명백했습니다!"

그 병사는 입가에 제멋대로 자란 수염을 떨면서 그렇게 큰 소리로 대답했다.

선행 정찰대는 몸이 날랜 병사 몇 명으로 조직했다. 소금 도로를 차단할 정도로 강력한 육식용과 맞닥뜨리면 퇴치할 수 있는 가능성은 낮았다. 그래서 소금 상인들의 사체를 발견하자마자 시급하게 귀환했다고 그 사내는 말했다.

올바른 판단이었다고 할 것이다.

그 상황이라면 자세한 정보를 얻는 것보다 일각이라도 빨리 본부대에 '이 앞에 소금 상인들이 죽어 있다'는 사실을 확실하게 전하는 쪽이 훨씬 우선순위가 높다.

접이식 의자에 앉은 사비에르는 무릎 위에서 무의식적으로 주먹을 세게 쥐었다.

마침내 실전이 시작되는 것이다. 첫 출진인 사비에르가 긴장감을 드러내는 것도 무리는 아니다.

"그런가…… 그렇다면 한시도 지체할 수 없군. 전군에게 경계태세를 명해야겠다."

그렇게 어깨에 힘이 잔뜩 들어간 첫 출진의 기사에게 다독이듯이 말을 건 것은 노련한 기사였다.

"사비에르 님. 병사들은 아직 점심식사를 준비 중입니다. 지금 바로 그 정보를 전군에 통달하면 첫 출진한 젊은 병사는 긴장돼서 휴식을 제대로 취하지 못할 수도 있습니다만, 괜찮겠습니까?"

"으음?"

노련한 기사인 조제프의 말에 사비에르는 의자에서 거의 일으켰던 엉덩이를 다시 의자 위에 내려놓고 턱에 손을 괴고 생각했다.

확실히, "육식용이 바로 저기까지 다가와 있을 가능성이 있다. 충분히 조심하며 휴식을 취하라."라고 한다 해도, 전투에 익숙하지 않은 젊은 병사가 그대로 따르기는 어려울 것 같았다.

게다가 불행히도 전체 병사 중 '젊은 병사'가 차지하는 비율이 무시할 수 없을 만큼 높았다.

지난 전쟁을 경험한 역전의 용사는 소수에 불과했다.

"…… 조제프, 지금 상태에서 그 육식용들이 이 휴식 장소를 덮칠 가능성은 얼마나 된다고 생각하나?"

젊은 사령관의 물음에 역전의 무사는 한쪽 눈썹을 움찔 치켜뜨고는,

"글쎄요, 분명히 단정할 수는 없지만 그럴 위험은 상당히 낮을 것입니다. 이쪽은 명색이 완전무장한 백 명 규모의 군대입니다. 이 주변의 용이라면 인간의 무서움에 대해 충분히 알고 있을 테니까요."

그렇게 주저 없는 말투로 대답했다.

"음, 그런가."

그 대답에 사비에르는 순간 무언가를 결단하려는 것 같았지만, 그 결의를 저지하는 것처럼 기사 조제프는 말을 이었다.

"단, 어디까지나 확률이 낮은 것일 뿐, 가능성이 전혀 없다고 단언하는 것은 아닙니다. 배를 곯은 육식용은 무슨 짓을 해 올 지 알

수 없으니까요."

"으음……"

조제프의 말에 사비에르는 한 번 열렸던 입을 다물고 다시 생각에 빠졌다.

여기서 전군에게 경보를 내리면 모처럼의 전체 휴식 시간임에도 제대로 쉬지 못 하는 사람이 속출하게 된다. 하지만 경보를 내리지 않으면 만에 하나 무방비하게 육식용의 습격을 받을 위험이 있다.

명을 내릴 것인가, 내리지 말아야 할 것인가.

사비에르는 눈앞에 있는 노련한 기사에게 "어떻게 해야 한다고 생각하나?"라고 묻고 싶은 충동을 꾹 참고 묵묵히 생각했다.

조제프는 이미 객관적인 의견을 말했다. 이제부터 판단을 내리는 것은 지휘관인 자신의 일이었다.

"…………"

생각을 거듭하는 사비에르의 머리 한편에 "1, 2, 3, 4……" 하고 숫자가 춤췄다.

이것은 사비에르에게 지휘관 교육을 해 준 교사에게 배운 습관이었다.

심사숙고를 필요로 하는 일이 많은 영주의 책무와는 달리, 전장의 지휘관은 어설프지만 빠른 판단이 뒤늦은 묘안을 뛰어넘는 경우가 많다.

"현장에서의 판단은 항상 10까지 다 세기 전에 내려야 한다. 또한 적의 낌새가 보이는 곳에서의 판단은 3을 다 세기 전까지 내릴 필요가 있다."

라는 것이 사비에르의 군 교관이 입이 부르트도록 주입했던 가르침인 것이다.

잠시 후, 한 번 크게 숨을 내쉰 사비에르는 의자 위에서 꼿꼿하게 허리를 펴고 눈앞에 선 부하에게 명령을 내렸다.

"알겠다. 경계 명령은 필요 없다. 그 정보는 우선 기사와 소대장까지만 전하도록. 병사들에게는 평소대로 식사를 마치고 기력을 회복하게끔 하라. 오후부터는 습격 현장을 향하기로 한다. 전투에 돌입할 가능성도 높다. 낮의 전체 휴식이 종료한 시점에서 전군에게 방금 전의 정보를 통달하고 오후는 경계태세를 갖춰 행군을 개시한다. 이상이다."

"옛."
"알겠사옵니다."

지휘관이 내린 결정에 기사 조제프와 선행 정찰대의 대장은 경례를 붙이며 받듦의 예를 표했다.

명령을 내린 사비에르는 뺨 근육이 경련을 일으킬 정도로 얼굴에 힘을 주며 동요를 드러내지 않으려 노력하고 있었다.

말을 마친 다음 순간, 벌써 자신의 결정에 대한 회의가 치밀어 올랐다.

정말 이걸로 된 것일까?

만약 이런 결정을 내리고서 만에 하나 휴식 도중 '육식용'의 습격을 받는 일이 생기면 그건 틀림없는 자신의 실책이다.

하지만 사전에 정보를 공개해서 신병들이 제대로 휴식을 위하지 못한 결과 오후의 행군과 전투에 지장을 초래하게 된다고 하면, 그 또한 자신의 실책이다.

그런 경험이 일천한 사령관의 고뇌를 아는지 모르는지, 기사 조제프와 정찰부대 대장은 경례를 한 뒤 신속하게 천막에서 물러갔다.

"…… 후우. 아직 전쟁터에 도착하지도 않았는데, 나란 녀석은……"

무심코 흘러나온 주인의 혼잣말을, 눈치 빠른 시종은 전혀 듣지 못한 척 하는 것이었다.

———————◆———————

사비에르 가질이 이끄는 가질 변경백군 총 백여 명은 불볕더위 속의 '소금 도로' 한가운데에 멈춰 있었다.

낮의 전체 휴식이 끝나고 행군을 재개한 지 약 1시간.

사비에르 일행 앞에 펼쳐진 광경을 말로 표현한다면 그것은 그저 '참담'이라는 한마디일 것이다.

옆으로 쓰러져 길을 막은 여러 대의 짐수레.

그 짐수레에 가죽 끈으로 묶인 채 숨이 끊어진 둔룡의 사체.

주변에 어지럽게 흩어진 소금 포대들.

그리고 짐수레 주위에 굴러다니고 있는 몇 구의 사람 시체.

소금 상인들의 구슬픈 말로였다.

습격을 받고 나서 날짜가 상당히 지났으리라. 사체는 흐물흐물 부패해 강렬한 냄새를 풍기고 있었다.

사체의 손상 부위도 정말 육식용에게 뜯어먹힌 것인지, 아니면 살이 녹아내려서 홀딱 벗겨진 것인지 문외한의 눈으로는 판별할 수 없는 몰골이었다.

울긋불긋하게 녹아내린 부패한 살 곳곳에서 꿈틀대고 있는 검은 얼룩은 썩은 고기에 몰려드는 쉬파리 무리였고, 파리가 슬어놓은 쉬들이 흰 반점처럼 올록볼록 솟아올라 있었다.

귀를 기울이면 바람 소리에 섞여 귓속이 경련할 것만 같은 무수한 날갯짓 소리가 들려왔다.

"우웩……!"

"웁……"

"토하지 마! 이런 데서 체력을 소모하면 이후의 전투에 지장이 생긴다고!"

"애써 먹은 걸 토하기만 해 봐라, 눈알이 튀어나올 때까지 두들겨 패줄 테니까!"

후방에서는 욕지기와 싸우는 신병들이 고참병들의 무시무시한 질책과 격려를 받고 있었다.

신병이라고는 해도 그들도 자연의 경이로움과 이웃해서 살아가는 변방 태생이다. 사람은 둘째 치고 용의 사체를 처음 보는 사람은 극소수일 터였다.

그렇다면 역시 구토의 원인은 이 냄새인 것이리라.

살이 썩고 녹아내릴 때 풍겨 나오는 썩은내. 시큼달달하다고도 비릿하다고도 할 수 없는, 색깔이라도 띈 것만 같은 자욱한 냄새에 익숙하지 않은 젊은 병사가 위장에 든 것들을 길 위에 게워내고 싶은 충동에 휩싸이는 것도 무리는 아니다.

실제로 사비에르 자신도 '책임감'과 '허영심'이라는 두 개의 밸브로 식도를 틀어막고 있지 않았다면 진작에 위 안쪽에서 치밀어 오르는 충동에 패배했을지도 모른다.

주룡의 등 위에서 내면의 싸움에 정신이 팔린 젊은 지휘관에게 직무를 상기시키는 한 마디를 고한 것은 역시 역전의 용사였다.

"사비에르 님. 지시를 부탁합니다."

자신이 탄 주룡을 능숙하게 몰며 사비에르와의 거리를 좁힌 중년의 기사는 작지만 강한 어조로 그 젊은 지휘관을 질타했다.

기사 조제프의 간단하면서도 분명한 한 마디에 자신이 짊어지고 있는 책무를 기억해 낸 사비에르는 제정신을 차리려는 듯 한 번 크게 기침을 한 뒤 지시를 날렸다.

"으, 음. 검시 담당은 앞으로 나가 사체를 검시하고 상황을 분석해 보고하라. 다른 자들은 주위를 경계하도록!"

"예잇!"

"들었나? 제1중대는 가도의 동쪽, 제2중대는 서쪽의 경계에 임하라! 제3, 제4는 후방의 병참부대를 경호한다!"

"길을 열어라, 검시 담당이 앞으로 나간다."

약간 속이 뒤집힌 기색을 띤 사비에르의 지시를 받고 부대는 신속하게 움직였다.

발빠르게 검시 담당역 사내들이 사체에 다가가자 그 때까지 개흙처럼 사체에 들러붙어 있던 쉬파리 무리가 일제히 날아올랐다. 마치 검은 구름에 휩싸인 것처럼 시야가 탁해졌다.

검시 담당, 이라는 건 꽤나 가방끈이 긴 것처럼 들리지만 사실은 아무 것도 아니다. 그들의 정체는 '숙련된 사냥꾼'이었던 것이다.

그러나 실제로 경험을 쌓은 사냥꾼보다 이런 종류의 지식을 많이 갖고 있는 자는 없다.

뜯어먹은 자리에 남은 잇자국이나 똥 등에서 해를 가한 종족을 밝혀내고 피해자의 상황을 살펴 상대를 추측한다. 그리고 사체의 부패 상태를 보고 죽은 지 얼마나 지났는지까지 유추해 보였다.

그것은 체계적으로 배우는 학술적 지식이 아니라 경험을 쌓아 가며 몸으로 익힌 실전 지식의 집합체에 불과했지만, 그렇다고 해서 그 신빙성이 떨어지는 건 아니었다.

잠시 뒤, 검시 담당인 사냥꾼들이 사비에르가 있는 곳으로 왔다.

이곳이 영지의 저택이나 왕국의 수도였다면 그에 상응하는 예의가 필요하겠지만, 전선에서는 서로 어느 정도는 무례를 묵인한다.

사비에르 앞에 온 사냥꾼들을 대표해서 입을 연 것은 엉망으로 수염을 기른 중년 사내였다.

"보고하겠습니다. 이 소금 상인들을 덮친 것은 '군룡(群龍)'으로 보입니다."

중년 사냥꾼의 말에 사비에르는 움찔 하고 뺨의 근육을 떨었다.

'군룡.'

그 이름을 모르는 사람은 이 자리에는 없을 것이다. 그 정도로 이곳 남대륙 서부에 보편적인 육식용이다.

몇 종류의 예외는 있었지만 대충 구분하면 '둔룡'이나 '주룡' 같은 대부분의 초식용이 사족 보행을 하는 데 비해, 육식용의 대부분은 이족 보행이다. 이 '군룡'이라는 이름의 육식용도 예외는 아니다.

일반적으로 다 큰 용이라면 전체 길이는 대략 사람보다 머리 하나인가 두 개 정도 클까.

강력한 탄력을 지닌 두꺼운 두 다리로 곧추서서 긴 꼬리로 전체의 밸런스를 잡고, 날카로운 발톱이 달린 짧은 두 앞발과 삐죽삐죽한 송곳니로 먹이를 사냥한다.

지구상에 존재하는 생물과 비교하자면 그 실루엣은 '캥거루'에 가장 가까울지도 모른다.

육식용 중에서는 몸집이 작은 축으로 분류되는 '군룡'이지만 그렇다고 해서 사람을 위협하지 않는 건 아니었다.

'군룡'이라는 이름에서 알 수 있듯이, 이 용은 항상 무리를 짓고 있는 것이다.

실제로 변방 마을에서는 가축인 '둔룡'이나 '육룡'을 '군룡'에게 도

둑맞는 피해가 빈번하고, 숲에 들어간 마을 사람을 잡아먹을 가능성이 가장 높은 것도 이 '군룡'이라고 봐도 된다.

그러나 '군룡'의 생태와 습성을 어느 정도 알고 있는 사비에르는 사냥꾼들의 보고를 듣고 주룡 위에서 고개를 갸웃했다.

"'군룡'이라고? 틀림없나?"

사령관의 물음에 텁석부리 사냥꾼은 자신감을 드러내며 긍정했다.

"예. 틀림없습니다. 사람의 사체는 부패가 심해서 거의 확인할 수 없었습니다만, 둔룡 가죽은 사람처럼 심하게 부패하지는 않았으니까요. 둔룡 사체에서 잇자국, 손톱자국이 확인됐습니다. 틀림없이 이 습격은 '군룡'에 의한 것입니다."

전문가인 사냥꾼들이 이렇게까지 분명하게 단언하고 있다. 아마 틀림없을 것이다.

그러나 사비에르의 의문은 사라지지 않았다.

"그런가, 자네가 그렇게까지 단언한다면 그렇겠지. 하지만 이해가 안 되는구나. '군룡' 무리 따위에 소금 상인들이 당했다는 건가? 이 사람들은 훈련이 잘 된 많은 호위병에게 보호받고 있었다고 들었네만."

사비에르는 그렇게 말하고 시선을 여기저기에 흩어져 있는 소금 상인들의 사체로 향했다.

잔뜩 물어뜯긴 데다 썩을 대로 썩은 사체는 이미 어떤 것이 소금 상인이고 어떤 것이 호위병인지 알 수 없게 되었지만, 주변에 떨어져 있는 단창이나 단궁의 잔해를 보아 충분한 수의 전투력이 있었다는 것을 알 수 있었다.

사비에르 자신도 '실전훈련'의 일환으로 '군룡' 퇴치에 나섰던 경험이 있었는데, 그 경험을 통해 보아도 이만큼의 전력으로 '군룡' 무리 따위를 격퇴하지 못했다는 것이 조금 상상하기 어려웠다.

그러나 팁석부리 사냥꾼은 매서운 표정으로 고개를 가로저었다.

"사비에르 님. '군룡'이라는 것은 보스의 기량에 따라 그 수를 얼마든지 늘릴 수 있습니다. 대개 보스는 10마리가 채 못 되는 무리를 꾸리는 것이 보통이지만, 나이를 웬만큼 먹고 성장한 큰 보스 중에서는 20마리, 30마리의 무리를 만드는 개체도 있습니다. 거대한 무리를 이끄는 보스는 덩치가 크고 강하기만 한 게 아닙니다. 그만큼 많은 수의 부하를 먹여 살릴 수 있다는 얘기니까요. 대체로 비상할 정도로 머리가 좋고 교활하게 사냥을 합니다."

"그렇다면 이 소금 상인들을 덮친 군룡은……"

사냥꾼의 설명에 상황을 이해한 사비에르의 표정이 굳었다.

"예. 큰 보스가 이끄는 대규모 군룡 무리일 겁니다. 아무리 소금 상인들이 호위병을 데리고 있었다 해도, 통솔이 잘 되는 '군룡' 20마리나 30마리의 공격을 받고 낭패를 봤을 가능성이 충분히 있습니다. 보시는 바와 같이 이 주변은 좌우에 나무들이 밀집해 있으니까요. 기습을 당하면 손쓸 겨를도 없이 당하는 것도 이상한 일이 아닙니다."

"20이나 30마리, 인가."

턱석부리 사냥꾼의 설명에 사비에르는 미간에 주름을 잡은 어려운 표정으로 중얼거렸다.

그러나 사냥꾼은 떨떠름한 표정 그대로 또 한 번 고개를 저었다.

"아닙니다, 사비에르 님. 적어도 20에서 30마리입니다. 사실 저는 이번 무리가 낮춰 잡아도 '50'은 넘는다고 보고 있습니다."

"50이라고!? 근거는 있나?"

예상을 훌쩍 뛰어넘는 숫자에 사비에르는 놀라움을 드러냈다.

자세히 보니 지금 발언한 턱석부리만 빼고 다른 사냥꾼들도 놀란 표정을 짓고 있었다. 즉, 이것은 턱석부리 사냥꾼 혼자의 의견일 것이다.

턱석부리 사냥꾼은 사비에르의 말을 기다렸다는 듯이 도도하게 자신의 설을 전개했다.

"이곳에서도 보입니다만, 소금 상인들의 짐수레를 끌고 있던 둔룡의 사체를 봐 주십시오. 전부는 아니지만 몇 구인가 등 부분을 먹혔지요? 그곳은 육질이 딱딱하고 맛이 없습니다. 사냥감이 충분했다면 육식용은 대개 그 부분은 먹지 않습니다. 여기에는 상당한 수의 사람과 합계 8두의 둔룡이 있었습니다. 그런데도 둔룡의 등까지 먹었다는 것은……"

"상당한 수의 사람과 둔룡의 부드러운 부위를 다 먹어치우고서도 여전히 배가 부르지 않은 '군룡'이 있었다, 라는 것인가."

"예, 저는 그렇게 생각합니다."

"그 수가 50마리 이상이라고?"

"그것은 어디까지나 제가 어림잡은 추측입니다만. 소금 상인과 짐수레를 몰던 사람. 짐을 하역하는 인부들에 호위 병사. 게다가 둔 룡 8두의 부드럽고 맛있는 부분을 먹어치우고서도 배를 곯은 녀석 이 있었다고 하면 대략 수가 그 정도라고 해도 이상하지 않다, 라고 생각합니다."

"으음……"

조잡하긴 하지만 설득력이 있는 텁석부리 사냥꾼의 말에 사비에 르는 아랫입술을 깨문 채 어려운 표정으로 생각에 잠겼다.

군룡이 50마리.

그 예상이 사실이라면 그건 사비에르가 이끄는 백 명의 군대에게 도 결코 쉽지 않은 적이다.

설마 패할 거라고까지는 생각하지 않았다. 그러나 전쟁을 끝낸 지 얼마 되지 않은 카파 왕국에게 있어 젊은 병사는 소중한 존재다.

인명 피해의 허용범위는 좁았다.

이번 일을 "아들이 공을 세우기에 안성맞춤인 사건"이라고 여긴 가질 변경백이 다소 억지를 부려 영주군만으로 해결하도록 일을 만 들었지만, 눈앞의 상황에 따라서는 본의 아니게 양자택일을 해야만 할지도 몰랐다.

요컨대, 공훈을 우선해서 귀중한 영주군의 병사를 잃을 것인가. 아니면 병사의 목숨을 지키기 위해 공훈을 내버리고 왕실군에 지원 을 요청할 것인가의 양자택일이다.

(어렵구만.)

사비에르의 심정은 자신의 공훈 따위보다 영주군 병사의 목숨을 우선하고 싶었지만, 그런 감정적인 판단이 통할 입장이 아니라는 건 사비에르 자신이 더 잘 알고 있었다.

머지않아 변경백의 지위를 계승할 사비에르가 '명성을 얻는다'는 것은 카파 왕국에서 가질 변경백령의 권익을 지키는 일에 직결되었다.

자신의 명예인가 병사의 목숨인가.

물론 명예도 얻고 병사도 잃지 않는 것이 최선이라는 건 틀림없지만, 텁석부리 사냥꾼의 '적은 50마리의 군룡 무리'라는 추측이 맞아떨어질 경우, 인명 피해 없이 토벌에 성공할 가능성은 상당히 낮다고 할 수밖에 없다.

이리저리 굴리던 생각이 막다른 곳에 몰린 것을 자각한 사비에르는 일단 눈앞의 사태부터 해결하는 데 정신을 집중했다.

"알았다. 뭐가 어쨌든, 우선은 사체와 짐수레부터 처리한다. 이대로 뒀다간 행군도 못 할 테니."

용에 탄 채인 사비에르는 능란하게 고삐를 놀려 주룡을 그 자리에서 뒤로 돌려서 후방에 대기하고 있는 부하들에게 그렇게 큰 소리로 선언했다.

그런 사비에르의 명령을 받고 간발의 차도 두지 않고 세세한 지시를 추가한 것은 기사 조제프였다.

"들었나? 도끼를 가진 자들은 옆의 숲을 벌목하고 화장할 수 있는 공간을 확보하라. '건조'와 '바람의 날'을 사용할 수 있는 자는 베어 쓰러뜨린 나무로 화장용 땔감을 만들어라. 그 다음에 사체와 짐수레의 잔해를 화장할 자리로 옮기고 '발화'한다. 사체를 옮길 때는 마스크와 장갑을 잊지 마라. 결코 맨손으로 만져서는 안 된다. 썩은 살의 독에 당하고 싶지 않다면. 아, 짐으로 실려 있던 소금도 소각 처분이다. 사체의 독이 스며들었을 가능성이 있다. 화장할 때는 주위에 불이 번지지 않도록 주의하라. 만일의 경우에 대비해 '물 조작'을 쓸 수 있는 자가 물통 옆에 대기해 있으라. 남은 사람들은 계속해서 주변 경계다. 알겠나? 좋아, 알았겠지. …… 이 정도면 되겠습니까? 사비에르 님."

"으, 음."

사비에르는 기사 조제프의 세세한 지시에 조금 압도되면서도 자신의 역할을 잊지 않고 한 번 크게 숨을 들이키고는,

"그럼, 작전 개시다!"

그렇게 커다란 목소리로 개시를 선언했다.

———◆———

흑서기의 강렬한 태양이 서쪽으로 기울기 시작했을 때. '소금 도로' 옆에서는 부패한 사체와 짐수레의 잔해가 검은 연기를 피워 올리고 있었다.

"영~차!"

베어 넘어뜨린 나무를 적당한 길이로 잘라내 굴림대로 삼아, 썩

은 내를 풍기는 사체를 묶은 로프를 젊은 병사들이 땀범벅이 되어 끌었다.

무릎과 가슴이 닿을 정도로 앞으로 고꾸라지며 이를 앙다무는 병사들의 어깨에 거칠게 엮인 로프가 파고들었다.

뺨을 타고 내려와 턱에서 떨어지는 땀이 도로 위의 마른 흙을 점점이 검게 적시고 있었다.

그러나 그런 땀 얼룩 따위 눈 깜짝할 새에 말라버렸다.

그건 작렬하는 태양만이 원인은 아니었다. 부패한 사체와 파손된 짐수레를 한꺼번에 소각처분하고 있는 것이다.

가도 옆의 나무들을 잘라 만든 즉석 광장은 제철소를 방불케 하는 열기로 가득 찼다.

피어오르는 연기와 공기를 흔드는 빨간 불꽃.

"어떻게든 가도 복구는 문제없이 끝날 것 같군."

사비에르는 마른 수건으로 이마의 땀을 훔치며 그런 말을 뱉었다.

부패한 사체를 한꺼번에 불 속에 던져 넣은 것이다. 처음엔 그 굉장한 냄새의 파괴력 때문에 눈꼬리에 눈물을 매달고 있던 사비에르였지만 지금은 딱히 아무것도 느낄 수 없게 되었다.

부패한 살덩이가 타는 냄새가 옅어진 것도 사실이지만, 코가 마비되어 냄새를 느끼지 못하게 된 탓도 상당할 것이다.

어쨌거나 이걸로 도로는 일단 기능을 되찾았다.

일 하나가 끝이 보이자 약간 정신적 여유를 되찾은 사비에르는 시선을 불꽃에서 거뒀다.

그리고 사비에르는 알아챘다.

"응?"

조금 전 습격에 대해 설명을 했던 그 텁석부리 사냥꾼이 왜 그런지 미간에 주름을 잡고 고개를 갸웃하고 있었다.

텁석부리도 사비에르의 시선을 느낀 것이리라. 사비에르가 말을 건네길 기다리지 않고 남자는 잰걸음으로 사비에르 앞으로 달려왔다.

"사비에르 님, 보고하고 싶은 게 있습니다."

남자의 떨떠름한 얼굴을 보니 또 그다지 좋지 않은 정보임에 틀림없을 것 같았지만, 그렇기 때문에야말로 사비에르의 입장에서는 귀를 기울이지 않으면 안 되었다.

"말하라."

조금도 주저하지 않고 사비에르는 쓴 약을 삼키는 표정으로 그렇게 재촉했다.

재촉을 받은 텁석부리 사냥꾼은 "예잇." 하고 짧게 머리를 숙이고는, 조금 빠른 말투로 이야기하기 시작했다.

"이상합니다, 사비에르 님. 처음엔 우연이라고 생각했습니다만, 3대의 짐수레 모두 바퀴나 차축이 뜯겨나가 달릴 수 없게 되어 있었습니다."

"그 일인가."

수염 남자의 말에 사비에르는 작게 고개를 끄덕여 보였다.

그 사실은 사비에르도 당연히 눈치 채고 있었다. 처음엔 부서진 짐수레를 사체 운반에 사용할 생각이었던 것이다.

그러나 애석하게도 제대로 가동할 수 있는 상태의 짐수레는 한 대도 없었다.

사비에르는 '운이 없었다'고밖에 생각하지 않았지만, 이 텁석부리 사냥꾼에게는 다른 의견이 있는 모양이다.

"확실히 대규모의 습격에 말려들었기 때문에 우연히 모든 짐수레가 주행 불능이 된다는 것도 이상한 일은 아닙니다. 하지만 제가 본 바로는 모든 수레바퀴에 군룡이 '발톱'과 '송곳니'를 사용해 뜯어낸 흔적이 있습니다."

용을 몰다 잘못해서 망가진 것이 아니라 군룡이 의도적으로 바퀴를 공격했다.

그것이 의미하는 바는 하나뿐이다.

"의도적으로 발을 묶었다고? 군룡에게 그런 수준의 지혜가 있는 건가?"

"예. 저도 좀 믿을 수 없습니다만 그렇게 생각해 두는 편이 무난하지 않을까 합니다. 실제로 놈들이 그 정도로 똑똑하다고 생각했을 때만 납득할 수 있는 게 또 있습니다."

"어떤 것이냐?"

다음 말을 재촉하는 사비에르에게 텁석부리 사냥꾼은 미간의 주름을 한층 깊게 하면서 무거운 어조로 말을 이었다.

"보십시오, 군룡한테 습격당한 것 치고는 군룡의 사체가 하나도 없지 않습니까. 즉, 이 소금 상인의 호위병들은 군룡을 한 마리도 처치하지 못하고 그저 일방적으로 당했다는 얘기가 됩니다."

"그런 일은 보통은 있을 수 없다는 이야긴가?"

사비에르의 물음에 수염 사내는 잠시 생각한 후 고개를 옆으로 저었다.

"아뇨, 있을 수 없다고까지는 말할 수 없습니다만. 이 주변은 보시는 바와 같이 도로 폭도 좁고 좌우에 나무들이 상당히 밀집해 있습니다. 이 상황에서 통솔이 잘 된 군룡 무리가 좌우에서 동시에 공격하면 손쓸 겨를도 없이 전멸한다 해도 이상하지 않습니다. 다만, 호위병들이 전부 방심하고 있었다는 것이 전제조건이 됩니다만."

텁석부리 사냥꾼은 스스로도 그 말에 납득이 가지 않는 것인지, 말을 마친 후에도 줄곧 고개를 갸웃했다.

확실히 그건 부자연스럽다. 긴 도로 위에서 평온한 여정이 계속되면 호위병들의 긴장이 풀리는 건 필연적이지만, 그렇다고 해도 '군룡'의 기습이 완전하게 성공할 만큼 철저히 방심하고 있었다고 한다면 이 소금 상인들이 고용한 병사들은 수준이 상당히 낮았다고밖에 생각할 수 없었다.

있을 수 없다, 라고까지는 말할 수 없지만 부자연스럽게 느껴질 정도의 위화감.

그렇다면, 현장을 설명할 수 있는 다른 설이 있을 때 그쪽의 신빙성이 높아지는 것이 당연하다.

"그렇게 생각하면 군룡의 사체가 보이지 않는 것도 제게는 '호위병의 방심'이 아니라 군룡 측에 원인이 있는 것이 아닐까 하는 생각이 듭니다."

"군룡 측에 원인이라……"

그게 뭔가? 라고, 사비에르가 물으려고 한 그때였다.

"하늘, 북북동 방향에 비룡입니다!"

주위를 감시하고 있던 병사의 커다란 목소리가 주변 일대에 울려 퍼졌다.

"뭣!?"

반사적으로 북북동쪽 하늘을 올려다 본 사비에르의 시야에 그것이 비쳤다.

눈부실 정도로 파란 혹서기의 하늘에 동그마니 떠 있는 검은 얼룩.

처음엔 검은 점으로밖에 보이지 않았던 그 그림자는 보고 있는 사이에 점점 커지더니 그 상세한 윤곽이 한눈에 들어왔다.

긴 목, 긴 꼬리. 그리고 몸 전체의 8할 이상을 차지하는 건 아닐까 싶은 커다란 날개.

틀림없다. 익룡류다. 그것도 인간이 정보전달용으로 길러 익숙한 '소비룡'과는 전혀 달랐다. 명실상부한 비룡인 것이다.

"모두, 소대 단위로 대공방어태세! 궁병은 활시위를 겨누고 신호가 있을 때까지 대기!"

스스로도 내심 놀랄 정도로 사비에르는 막힘없이 전군에게 그렇게 명령을 내렸다.

명령의 내용 자체는 군대가 비룡과 조우했을 때의 지극히 표준적인 대응일 뿐이었지만, 그 반응 속도는 첫 출진한 젊은이 치고는 충분히 합격선에 들 만했다.

"비, 비룡!?"

"어째서 이런 곳에?"

"제길, 연기가 불러들인 건가!?"

소란스러운 분위기 속에서도 병사들은 사비에르의 명령대로 소대 단위로 모여, 고슴도치처럼 손에 든 단창을 머리 위로 치켜들어 방어태세를 갖췄다.

"사비에르 님! 이쪽으로!"

"알았다, 안드레스. 너도 이쪽이다!"

주룡의 등에서 뛰어내린 사비에르는 시종인 안드레스의 손에 이끌려가다시피 해서 사령관 직속 부대가 형성한 창 울타리 안으로 들어갔다.

"후우……"

단창을 든 부하들이 주위에 방어막을 만든 가운데, 시종인 안드레스에게 애용하는 단궁을 건네받은 사비에르는 한 번 크게 숨을 들이쉬고 상공을 나는 비룡을 노려보며 혼잣말을 했다.

"비룡은 예상 밖이야. 이런 숲속에 나타나리라고……"

사비에르의 그 말은 단순히 우는 소리를 하는 게 아니었다.

대형 비룡의 주된 사냥터는 시야가 확 트인 초원이기 때문에 이런 숲에 모습을 드러내는 경우는 거의 없다.

피막으로 된 거대한 날개를 지닌 비룡은 나무들이 밀집한 숲에 착륙하는 것이 불가능에 가깝기 때문이다.

그 때문에 사비에르의 말처럼 일행의 무장은 비룡에 대한 대책을 상정하지 않은 단창과 단궁 중심이었다.

비룡을 상대한다면 단창이 아니라 장창, 단궁이 아니라 장궁을 준비해야 하는 것이다.

"저 움직임을 보아하니 이 주변을 사냥터로 삼고 있는 것 같지는 않습니다. 근처 초원으로 먹이를 사냥하러 가는 도중이라고 생각됩니다."

어느 틈엔가 사비에르 옆에 한쪽 무릎을 꿇고 단궁을 들고 있던 텁석부리 사냥꾼이 시선은 상공을 나는 비룡에게 향한 채 긴장감이 어린 목소리로 그렇게 사비에르에게 말했다.

"우리들을 사냥하려는 게 아닌 건가?"

사비에르의 물음에 텁석부리 사냥꾼은 방심하지 않고 시선을 비룡에게 향한 채 작게 끄덕였다.

"아마도 그렇습니다. 물론 방심은 금물입니다만, 비룡 입장에서도 숲속을 걷는 인간을 사냥하는 건 위험이 크니까요."

일반적으로 오해하기 쉽지만, 대형 비룡이라는 것은 사실 군대에게는 그렇게까지 큰 위협이 아니다.

물론 반격이 미치지 못하는 하늘에서 급강하해 습격하는 대형 비룡이라는 것은 인간 입장에서는 지극히 대처하기 어려운 강적임에 틀림없지만, 실제로 군대가 입는 피해는 굉장히 한정적이다.

조금만 생각해 보면 알 수 있을 것이다. 비룡은 하늘을 날기 때문에 비룡인 것이다. 결국 비룡의 사냥감은 그 발톱으로 그러쥐고 날아오를 수 있는 정도의 무게밖에 되지 않는다.

그래서 인간 집단이 비룡에게 습격당한다 하더라도 직접적인 피해를 입는 것은 보통 한 명이나 두 명, 많아봤자 세 명 정도다.

실제로 충분한 호위병을 고용할 수 없는 행상인이 초원에 난 도로를 지나갈 때는 비룡을 대비해서 '제물'이 될 늙은 '육룡'을 한두 마리 데려가는 게 일반적인 방법으로 알려져 있을 정도다.

즉, 비정하게 말하자면 이 부대가 비룡의 공격을 받는다 해도 발생하는 인적 피해는 3명 이하. 사비에르나 기사 조제프처럼 없어서는 안 될 중추적인 인물이 피해를 입지 않는 한, 전체적으로 보면 치명적인 피해를 입을 가능성은 없는 것이다.

하지만 병사 한 사람 한 사람에게는 그런 말이 큰 위로가 되지 않는다.

백 분의 일, 혹은 백 분의 이의 확률로 비룡의 먹이가 될지도 모른다. 그런 공포 때문에 창병도 궁병도 병참병도 일제히 시선을 비룡에게 향하고 의식을 하늘에 집중시키고 있었다.

"…………"

아플 정도로 고요한 침묵 속에서 상공을 나는 비룡의 날갯짓 소리만이 퍼덕퍼덕 크게 울려 퍼졌다.

궁병 몇 명은 도로 위에 누운 자세로 활을 겨눴다. 머리 바로 위라는 포인트는 궁병에게는 일종의 사각지대다. 선 채로 머리 바로 위로 활을 쏘는 것은 숙련된 기술이 필요한 일이다.

그러나 그런 그들의 경계태세도 다행히 이번엔 헛수고로 끝났다.

비룡의 시력을 감안하면 병사들을 알아채지 못했을 가능성은 없다. 역시 사냥꾼이 말한 것처럼 좌우에 나무들이 밀집한 좁은 도로에 급강하 공격을 하는 건 비룡 입장에서는 바람직하지 않았던 모양이다.

비룡은 그대로 사비에르 무리의 머리 위 훨씬 높은 하늘을 날아서 사라졌다.

"………… 후우."

비룡의 모습이 완전히 사라지자, 사비에르는 저도 모르게 안도의 한숨을 내쉬었다.

안도한 사람은 사비에르만이 아니었다.

예상 밖의 장애물을 만날 뻔 했지만 아무런 문제없이 지나가는 데 성공해 부대 전체에 긴장이 풀린 바로 그때였다.

"샤악!"

도로 좌우에서 커다란 그림자가 몇 개나 사비에르 일행을 덮쳤다.

굵직한 두 다리로 나무그늘 속에서 일행의 머리 위까지 한달음에 달려온 '그것'은, 그대로 완전히 방심하고 있던 병사들을 위에서부터 찍어 눌렀다.

"으아아악!?"

"히익!?"

"크억……!"

병사의 몸을 짓밟을 기세로 그들은 도로 위에 모습을 드러냈다.

전신에 녹색 비늘이 덮인, 사람보다 머리 하나 정도 큰 2족 보행형의 중형 육식용.

군룡이다.

오른쪽에서 세 마리, 왼쪽에서 네 마리. 합계 7마리의 군룡이 7명의 병사를 그 굵은 다리 밑에 깔아뭉갠 채 날카로운 송곳니가 보이는 입가에서 거품 섞인 침을 흘리고 있었다.

어느 틈에 도로 양쪽에 매복한 것일까? 혹시 일행이 상공을 지나가는 비룡에게 정신을 빼앗긴 사이에 숲속에서 거리를 좁히고 있던 것일까?

그렇다고 한다면 이 군룡의 보스는 원래대로라면 자신들에게도 공포의 대상인 비룡의 행동 패턴조차 사냥에 이용하고 있다는 얘기가 된다.

"무…… 무슨 일이야……!?"

일의 진상이 어떠하건 간에, 갑작스러운 상황의 변화에 초보 지휘관인 사비에르가 적응하는 데는 아직 몇 초 정도 시간이 더 필요했다.

상공을 가로질러 사라진 비룡에게 정신이 빼앗긴 틈을 탄 군룡들의 기습.

본능에 따라 움직이는 용 종류라고는 여겨지지 않을 만큼 교활한 기습을 성공시킨 군룡들은 맨 처음의 일격으로 병사 몇 명을 낚아채는 데 성공했다.

과연, 이 정도로 흠잡을 데 없는 기습을 당했다면 소금 상인들과 호위병들이 손쓸 겨를도 없이 당하고 만 것도 이해가 된다. 젊은 지휘관인 사비에르가 머릿속이 새하얘지는 와중에도 무심결에 그런 태평한 생각을 해 버릴 정도로.

하지만 아무리 소금 상인들의 호위병이 출중하다 해도 전문적인 기사를 뛰어넘을 리 없고, 수도 그리 많지는 않다.

소금 상인들을 가볍게 해치운 군룡의 기습도 사비에르가 이끄는 지방 영주군 백 명을 한꺼번에 쓰러뜨릴 만한 것은 아니다.

"…… 크윽, 전군 반격하라! 방패병은 숲을 향해 방패를 세워! 창병은 그 뒤에서 공격! 궁병은 원진의 안쪽에서 사격! 짐수레에 군룡이 접근하지 못하게 하라!"

제정신을 차린 사비에르가 쉰 목소리로 그렇게 명령을 날렸다.

"예잇!"

"옛!"

"알겠습니다. 병참병! 화살 보급, 부탁한다!"

지휘관의 명령을 받은 병사들은 자신들의 역할을 뒤늦게나마 떠올리고 서서히 본래의 움직임을 되찾았다.

군룡의 기습으로 시작된 싸움은 서서히 양상이 변해 갔다.

사비에르가 이끄는 사람들은 용을 토벌하기 위해 편성한 순수한 무장 집단이다. 기습의 충격에서 벗어나기만 하면 밀릴 까닭이 없다.

"방패병, 벽을 세워라!"

"창병, 앞으로 나서지 마! 공격보다 견제에 신경을 써!"

"궁병, 쏴라! 쓰러진 아군을 덮치는 놈들을 우선적으로 노려라! 오사를 두려워 마! 어차피 숲으로 끌려가면 구할 수 없게 된다!"

정신을 차린 사비에르 무리가 조직적인 반격에 나서자 전황은 교착 상태에 빠졌다.

도로 양 옆에 단창이나 대형 목제 방패로 무장한 병사들이 늘어서고, 재빨리 숲속으로 물러난 군룡 녀석들은 수풀 틈 사이로 그 긴 목을 내밀고 캬악, 캬악, 귀에 거슬리는 울음소리를 내고 있었다.

후방에서 단궁으로 무장한 궁병들이 때때로 기회를 노려 활을 날렸지만 나뭇가지나 우거진 나뭇잎이 방해가 되어 군룡의 몸에 맞는 일은 거의 없었다.

드물게 나무들의 방어벽을 뚫고 군룡의 몸에 꽂히는 화살도 있었지만, 그래봤자 단궁으로 쏜 것이라 것이라 위력이 약했다.

중형이라고는 하지만 두꺼운 가죽과 건장한 골격을 동시에 갖춘 용류인 것이다. 화살 하나로 해치울 수 있을 정도의 괴력을 가진 이는 없었다.

"캬아악!"

운 나쁘게도 몸에 활을 맞은 군룡이 상처에서 빨간 피를 흘리며 비명을 질렀지만 치명적이지는 않았다.

사비에르는 숲과 도로의 경계에서 서로를 노려보는 군룡과 부하들에게 시선을 향한 채, 옆에서 활시위를 당기고 있는 기사에게 말을 걸었다.

"조제프. 몇 명 당했지?"

"확실하게 당한 자는 아직 한 명뿐입니다. 조금 전에 산 채로 숲으로 끌려갔습니다. 그 밖에는 맨 첫 기습에서 중상을 입은 자가 5명. 전투 불능 상태이긴 합니다만 생명에 지장은 없습니다. 현재는 5명 모두 병참부대의 짐수레 위로 피난시켰습니다."

기사 조제프는 화살촉 끝과 날카로운 시선을 나무 뒤에 숨은 군룡에게 향한 채 그렇게 담담한 말투로 대답했다.

역전의 용사인 조제프의 무기는 길이 잘 든 '용궁'이다.

궁병들이 사용하고 있는 단궁과 크기는 비슷하지만, 그 위력과 사정거리는 단궁은 물론 장궁보다도 뛰어난 물건이다.

사정권 안에 들어오기만 한다면 화살 하나로 군룡의 숨통을 끊어버리는 것도 불가능하지 않았다.

실제로 지금 도로에 굴러다니고 있는 군룡의 사체들 중 하나는 조제프가 그 활로 쏘아 죽인 것이다.

사비에르도 자신이 들고 있는 활과 화살을 겨누고 싶은 충동에 휩싸였지만 이성으로 그 충동을 억누르며 주위를 파악하는 데 주력했다. 직접 공격에 가담한다는 것은 최소한 그 순간엔 목표로 삼은 한 마리에 의식을 집중한다는 이야기다.

사비에르처럼 경험이 없는 지휘관의 경우 그렇게 시야를 좁히면 부대에 치명적인 피해를 가져올 수 있다.

사비에르는 그저 열심히 현상 파악에 힘썼다.

(전력 저하는 죽은 자, 전투를 할 수 없는 자를 합쳐 6명. 아직 전투에 지장을 초래할 정도는 아니다. 방어태세는 이미 구축됐고. 그리고 나서는…… 줄곧 교착 상태.)

현재 사비에르군은 숲으로 물러난 군룡을 쏴 죽이지는 못하고 있지만 군룡들 또한 사비에르 무리에게 이렇다 할 공격을 하지 못하고 있다.

"상황에 따라서는 숲으로 들어갈 작정으로 장비를 갖춰 오긴 했는데……"

교착 상태가 이어지는 것에 대해 초조감을 느꼈는지, 사비에르가 무심코 그런 말을 흘렸다.

"찬성할 수 없군요. 이렇게까지 통솔이 잘 된 군룡 녀석들을 상대하는 건 계획에 없었습니다. 녀석들의 본거지인 숲속에서 전투를 하게 되면 패하지는 않겠지만 이쪽의 피해가 허용범위를 크게 웃돌 것이 틀림없지 않을까 합니다만."

곁에 선 역전의 용사는 그렇게 젊은 지휘관의 말을 딱 잘라 버렸다.

사비에르 자신도 자기의 발상이 위험하다는 인식은 갖고 있었을 것이다.

기사 조제프의 대답에 "그런가."라고 짧게 대꾸하고 자신의 생각을 거뒀다.

"하지만 그렇다면 어떡한다? 이대로 있으면 교착 상태가 풀리지 않을 텐데. 화살 재고에도 한계가 있으니."

"잠시 상황을 지켜보는 게 어떨까 싶습니다. 비정상적일 정도로 많은 수에 통솔이 잘 되고 있는 건 사실이지만 한계는 있을 겁니다. 교착 상태가 계속되면 말단 녀석 중에 섣불리 움직이는 놈이……"

"캬아악!"

있을 겁니다. 라고 말을 이으려고 한 그 순간, 마치 조제프의 기대에 부응하는 것처럼 한 마리의 군룡이 단창을 물어뜯으려고 숲속에서 커다란 대가리를 내밀어 도로 끝 부분에 머리를 드러냈다.

"하앗!"

그 틈을 기사 조제프는 놓치지 않았다. 재빨리 시위를 놓은 용궁에서 뻗어나간 한 대의 화살이 그 군룡의 머리통으로 빨려 들어갔다.

"캬악!"

지면과 거의 수평으로 섬광처럼 뻗어나간 화살은 멋지게 군룡의 머릿가죽과 두개골을 깨부수고 깊이 박혀 들어갔다. 용의 뇌는 사람과는 비교할 수 없을 정도로 작기 때문에 머리에 관통상을 입는다 해도 죽지는 않는 경우가 많지만, 이번엔 운이 좋았던 모양이다.

기사 조제프의 화살을 머리에 맞은 군룡은 나무 틈 사이에서 상반신을 내민 자세 그대로 뻗어 버렸다.

"오오오!"

"역시 조제프 님!"

교착 상태에 들어간 후 오랜만에 거둔 전과에 병사들의 사기도 눈에 띄게 올라갔다.

"잘 했다, 조제프. 교활한 줄로만 알았더니 꽤 멍청한 놈도 있었구나."

칭찬의 말을 전하는 동시에 고개를 갸웃거리며 의문을 입에 담은 상관에게 기사 조제프는 재빨리 등에 맨 화살통에서 다음 화살을 꺼내 시위에 걸면서 싱긋 하고 사내다운 미소를 지었다.

"아무리 잘나봤자 용은 용이죠. 보스 한 마리가 교활하다고 해도 말단 녀석들은 본능이 앞서는 짐승입니다. 아무리 무서운 보스의 명령이라도 그렇게 언제까지 '기다려'라는 명령을 엄수하지는 못할 겁니다."

"과연, 그렇군. 교착이 지속되면 저쪽이 먼저 무너진다는 것인가."

전투가 시작된 이래 처음 듣는 희소식에 사비에르는 미간의 주름을 아주 약간 폈다.

조금 안정을 찾은 눈으로 숲의 상태를 살펴보니 확실히 아까와 비교해 나무들 사이에 몸을 숨기고 있는 군룡들의 그림자가 기분 탓인지 도로 쪽으로 더 다가와 있는 것처럼 느껴졌다.

그러고 있는 와중에 또 한 마리, 참을성이 한계에 다다른 군룡이 커다랗게 벌린 입에서 침과 괴성을 흘리며 가도 쪽으로 튀어나왔다.

"캬아아악!"

하지만 잔뜩 벼르고 있던 병사들에겐 홀홀단신으로 도로에 모습을 드러낸 군룡 따위는 절호의 사냥감일 뿐이다.

"지금이다!"

"해치워!"

"에잇!"

궁병대가 시위를 당기고 있던 단궁에서 비처럼 화살을 쏟았고, 마지막 숨통을 끊기 위해 가장 가까이에 있던 창병이 지근거리에서 오른손에 들고 있던 단창을 있는 힘껏 던졌다.

"끼히익……!"

어리석은 군룡은 전신에 고슴도치처럼 화살을 맞은 뒤 마지막으로 창에 몸통을 깊숙이 찔려 숨이 끊어졌다.

"좋아, 그 기세다!"

저도 모르게 사비에르의 입에서 그런 상찬의 말이 튀어나왔다.

이 기세로 교착 상태에 좀이 쑤신 군룡이 하나둘씩 도로로 튀어

나와 준다면 완벽한 각개격파가 성립한다.

사비에르의 뇌리에 그런 낙관적인 희망이 가로질렀다. 그러나 그 희망의 청사진을 지워버리려는 듯 숲속에서 커다란 울음소리가 터져 나와 도로에 울려 퍼졌다.

"쿠오오오오!!"

그 울음소리는 그저 크기만 한 것이 아니었다. 짐승의 단순한 표효와는 전혀 다른, 명확한 의사와 명령의 의미가 담긴 소리였다.

"사비에르 님, 오른쪽입니다!"

젊은 시종 안드레스의 말에 반사적으로 오른쪽 숲으로 시선을 향한 사비에르는 숲속에 있는 그 그림자를 보았다.

"뭣!?"

사비에르는 그만 숨을 삼켰다.

"크다……"

"네."

나무와 나무 그림자가 방해되어 뚜렷이 보이지는 않았지만 그 실루엣만으로도 '그것'이 보통 존재가 아니라는 걸 알 수 있었다.

도로에 거의 바싹 다가온 다른 군룡들보다 훨씬 뒤에 자리를 잡고 있는데도 언뜻 봤을 때 그 크기는 다른 군룡과 비슷하거나 어찌 보면 조금 더 크게 보일 정도였다.

보통 군룡의 보스라는 것은 일반적인 군룡들보다도 머리 하나 정도는 크다고 하지만, 저건 일반적인 보스급 군룡보다 머리 둘 정도는 큰 것 같았다.

군룡은 원래 '중형 육식용'으로 분류되어 있는데, 저 보스 군룡은 중형이라고 부르기에는 너무 크다. '좀 자그마한 대형 육식용'이라고 해도 납득해버릴 만한 사이즈였다.

"쿠루우-우이이이!!"

사비에르 무리가 거대한 군룡의 모습에 눈을 빼앗기고 있는 와중에 그 보스는 다시 한 번 크게 울부짖는 소리를 사방에 퍼뜨렸다.

그러자 다음 순간, 도로 양 옆 나무그늘 가까이까지 콧잔등을 들이밀고 있던 군룡들이 일제히 뒤로 물러났다.

후퇴하는 건가? 저도 모르게 긴장을 풀려는 병사들에게 사비에르는 반쯤 반사적으로 외쳤다.

"방심하지 마라! 각자 경계 태세를 유지하라!"

사비에르의 지시는 시의적절했다. 초보 지휘관이면서도 부대의 긴장이 풀리는 걸 순간적으로 알아채고 지체 없이 채직을 날린 그 판단은 칭찬할 만한 것이었다.

그러나 다행이라고 해야 할지, 그 후의 경계는 헛수고로 끝났다.

서걱서걱 하고 풀과 나뭇가지가 스치는 소리가 점점 멀어져 갔다.

"…………"

"…………"

그 소리가 완전히 들리지 않게 되고 나서도 천천히 열을 셀 정도의 시간을 둔 후, 사비에르는 확인을 위해 옆에 대기하고 있는 기사 조제프와 텁석부리 사냥꾼에게 물었다.

"…… 이건, 정말 후퇴한…… 건가?"

기사 조제프와 텁석부리 사냥꾼은 동시에 고개를 끄덕였다.

"예, 기척은 완전히 멀어졌습니다."

"조금 전의 포효는 후퇴의 신호였겠죠. 기본적으로 군룡은 한 번 포기한 사냥감을 곧바로 다시 공격하지는 않습니다."

기사와 사냥꾼. 전쟁의 프로와 용 전문가의 확답을 듣고 나서 사비에르도 겨우 어깨의 힘을 뺐다.

"그런가. 전군 경계 태세 해제. 부상자를 치료한 뒤 피해 상황을 보고하라."

사비에르의 그 말에 백 명에서 아주 조금 수가 줄어든 병사들은 그 자리에 무너지듯이 긴장을 풀었다.

---◆---

태양이 크게 서쪽으로 기울어 불그스름한 햇빛이 내리쬐는 가운데, 사비에르 일행은 전투 뒷처리로 분주했다.

특히 힘든 것이 부상자의 치료였다.

"좋아, 닦는다. 좀 참아."

"아윽!"

부상을 당한 병사의 옷을 찢어 드러낸 상처를 많은 물로 씻어낸 뒤 깨끗한 천으로 묶어서 지혈했다.

뼈가 부러진 자는 몇 사람이 달라붙어 접골을 한 후, 부목과 함께 천으로 묶어서 고정시켰다.

여기서 할 수 있는 치료는 그 정도였다. 그러나 그 정도의 치료라도 때와 경우에 따라서는 죽을 운명을 삶으로 바꿔주기도 했다.

이윽고 부상자들 모두에게 처치를 끝낸 병참부대 책임자는 사비에르가 있는 곳으로 보고하러 왔다.

"사비에르 님. 부상자의 치료가 끝났습니다. 일단은 당장 생명에 지장이 있는 자는 없습니다. 이후는 앞으로의 경과에 달렸지만 말입니다."

병참부대 책임자의 말에 사비에르는 "수고했다."고 답했다. 사비에르의 표정에는 명백한 안도의 빛이 떠올라 있었다.

뭐가 어찌 됐든, 부상자의 상처가 치명상이 아니라는 것은 낭보다.

물론, 병참부대 책임자의 말처럼 방심할 수는 없다. 용의 송곳니나 발톱에 상처를 입은 사람은 나중에 열이 끓어오르는 경우가 많다. 발열은 부상으로 약해진 병사에게 충분한 사인이 될 수 있다.

부상자들을 문병하고 싶은 욕구에 휩싸인 사비에르이었지만, 지금 자신에게는 그보다 우선해야만 하는 일이 있음을 떠올리고 대화를 계속했다.

"짐수레 쪽은 어떤가? 수리할 수 있겠나?"

"네. 다행히 당한 것은 바퀴에 발톱 공격을 받은 한 대뿐이니까 일단 임시로 예비 바퀴를 갈아 끼우면 움직일 수 있습니다. 마을에 도착하면 차축까지 한꺼번에 교환해야 합니다만."

사비에르의 질문에 책임자는 그렇게 대답하고 머리를 긁었다.

병참부대는 단순히 물자 운반만 맡은 존재가 아니다. 만약의 경우를 대비해 망가진 짐수레나 무기, 방어구 등을 즉석에서 수리할 수 있는 사람이 포함된 일종의 기술집단인 것이다.

어떤 의미에서 이번 전투의 최고 수훈자는 병참부대 사람들이라고 할 수 있다.

그도 그럴 것이 군룡 무리에 포위된 상태에서 짐수레를 끄는 '둔룡'들이 놀라 날뛰지 않도록 줄곧 제어하고 있었던 것이다.

기사들이 모는 '주룡'을 잘 데리고 있었던 시종들도 같은 수고를 했지만, 짐수레꾼의 수고에는 비할 바가 아니었다. 전투를 전제로 훈련을 받은 기사들의 '주룡'과 단순 노동력으로서의 훈련밖에 받지 않은 '둔룡'은 전쟁터에서의 대응력에 현격한 차이가 있기 때문이다. 나중에 어떤 형태로든 그들의 노고에 보상을 해 줄 필요가 있다. 사비에르는 잊어버리지 않게끔 머리 한 구석에 그렇게 새겨두면서 병참부대의 책임자에게 물었다.

"알겠다. 짐수레의 수리가 끝나는 대로 출발한다. 미안하지만 서둘러 다오. 지금 상황에서 다른 용류가 피 냄새를 맡고 오면 큰일이다. 아, 그리고 부상자를 그대로 짐수레에 태우고 이동하고 싶은데 문제는 없나?"

사비에르의 질문에 병참부대 책임자는 잠시 생각한 뒤 끄덕였다.

"네, 괜찮을 겁니다. 원래 짐수레의 운송량에는 여유가 있었고, 다행이라고 하기는 좀 그렇습니다만, 지금 여기에서 물을 많이 써서 짐이 가벼워졌으니까요."

"그런가, 물 문제도 있구나. …… 알았다. 그러면 짐수레의 수리와 부상자 운반에 관해서는 자네에게 일임한다. 적절하게 처리해 다오."

"옛!"

병참부대 책임자는 큰 목소리로 그렇게 대답하고는 빠른 걸음으로 짐수레 쪽으로 돌아갔다.

"…………"

물러가는 병참부대 책임자의 뒷모습을 잠시 바라보던 사비에르는 이윽고 시선을 정면으로 되돌렸다.

"조제프."

"옛."

"우리들만으로 산에서 작전하는 건 무모하겠지?"

질문이라기보다는 이미 확신하고 있는 내용을 확인하는 뉘앙스의 물음에 노련한 기사는 작게 고개를 끄덕였다.

"예, 이미 적의 본성을 파악한 이상, 충분히 준비를 하고 임하면 어느 정도의 성과는 낼 수 있겠지만 피해가 허용 범위를 초과하리라는 것은 확실하겠지요."

숲속은 용들의 본거지다. 백 명 남짓의 병력으로 잘 통솔된 50마리의 군룡을 해치우는 일은 다소 난이도가 높다.

때문에 사비에르는 원통한 심정에 입술을 깨물면서도 결단을 내렸다.

"…… 알았다. 내 토벌 작전은 실패다. 왕국 수도에 원군을 요청한다."

"알겠사옵니다."

현명한 판단이십니다, 라고 덧붙이려고 했지만 기사 조제프는 그 말을 삼켰다.

가까스로 원통함을 억누르고 이성적인 판단을 내린 이 젊은 지휘관에게 그 말은 빈정거림으로밖에 들리지 않을지도 모른다.

아무리 본심에서 나온 칭찬의 말일지라도 상대에게 의도가 왜곡돼 전달될 위험이 있다면 그 자리에서는 입에 담지 않는 편이 낫다.

조제프가 입을 다물고 있는 사이에 사비에르는 도로 저편을 힘주어 노려보면서 말했다.

"짐수레의 수리가 완료되는 대로 행군을 재개한다. 바로 움직일 수 있도록 준비를 갖춰 두도록."

"알겠습니다. 발길을 돌려 영지로 돌아가는 것입니까?"

조제프의 질문에 사비에르는 굳은 표정을 지은 채 고개를 가로저었다.

"아니, 반대다. 그대로 나아가 왕령으로 향한다. 부상자들에게 의사의 치료를 받게 할 수 있을 것이다."

"과연."

젊은 지휘관의 판단에 노련한 기사는 속마음을 표정에 드러내지 않은 채 솔직한 감탄을 담아 말했다.

실제로 사비에르의 말은 아무것도 잘못되지 않았다.

단순히 가장 가까운 마을을 향하는 것뿐이라면 여기서 돌아서는 편이 빠르지만, '의료진이 있는 가장 가까운 장소'라는 조건에서는 이대로 곧장 도로를 나아가 왕령에 도달하는 것이 가장 좋다.

왕령에는 그 영토의 크기에 따라 여러 종류의 군사기지를 두는데, 카파 왕국에서는 일정 규모 이상의 군사기지에는 의료진을 최소한 한 명 이상 배치하고 있는 것이다.

부상자에 대한 배려가 사비에르의 마음에 크게 자리 잡고 있다는 것만은 틀림없어 보인다.

하지만 그와 동시에 조제프는 이런 생각이 들었다.

(왕이 출동시키는 원군은 반드시 그 기지에 들를 것이다. 사비에르 님은 거기서 원군과 합류해 다시 출격하고 싶으신 거겠지.)

차기 가질 변경백이라는 사비에르의 지위를 생각하면, 원군 지휘관의 됨됨이가 어떤가에 따라 사비에르 본인이 원군의 총지휘자 자리에 서는 것도 있을 수 없는 얘기는 아니다.

아마도 사비에르는 아직 포기하지 않은 것이다. 자신이 이 전쟁에서 명백한 전과를 올리는 것을.

그런 사비에르의 행동은 노련한 기사인 조제프에게는 조금 위태롭게 보였지만, 전과와 명성을 쫓는 자세는 그의 부친이나 영민들이 자신에게 무엇을 원하고 있는지 충분히 이해하고 있다는 증거라고도 할 수 있었다.

"부상자가 걱정이다. 그들의 몸에 해롭지 않은 한에서 행군을 서두르고 싶다. 조제프, 걸을 수 없게 된 병사들을 우리들의 주룡에

태워 주고 싶은데, 문제가 있겠는가?"

열심히 자신에게 주어진 사명에 최선의 결과를 내려고 애쓰는 젊은 지휘관의 모습을 보고 조제프는 새삼스레 이 젊은이를 지켜 주고 싶다는 감정을 강하게 느꼈다.

"문제 없을 겁니다. 엄밀하게 적용한다면 보병을 주룡에 태우는 것은 군법 위반입니다만, 넓은 의미에서는 지금도 전시라고 할 수 있으니까요. 전시에는 군법보다 현장의 유연한 판단이 우선한다는 건 암묵적으로 동의된 일입니다."

기사 조제프는 가볍게 수긍하고는 그렇게 말하며 사비에르의 제안을 받아들였다.

사비에르나 조제프같은 기사들이 모는 '주룡'이라는 생물은 중량급 말과 비교해도 두세 배 정도는 덩치가 크고, 힘도 두 배에 가깝다고 한다.

완전무장한 인간 둘 정도를 오랫동안 태우고 있어도 전혀 문제가 없다. 먹이를 충분히 주고 중간 중간 휴식을 취하도록 한다면 3명이 타는 것도 가능하다.

"알겠다. 그러면 부상자들에게 부담이 가지 않는 선에서 가능한 한 서둘러 '소금 도로'를 빠져나간다. 불침번과 물 당번 및 휴식 계획을 다시 한 번 검토하도록. 임무에 실패한 이상, 한시라도 빨리 실패를 보고하고 원군을 요청할 의무가 있기 때문이다."

사비에르는 불그스름한 서녘 해가 비추는 '소금 도로' 저편을 강렬하게 노려보며 그렇게 내뱉었다.

"알겠사옵니다."

　기사 조제프는 허세처럼도 들리는 젊은 지휘관의 말에 그렇게 짧게, 성실한 목소리로 대답하는 것이었다.

[제4장] 젠지로의 일상

왕국 수도.

그날, 드물게도 이른 오전부터 일정이 잡혀 있던 젠지로는 왕궁에서 많은 귀족들을 상대로 의례적인 대응에 쫓기고 있었다.

왕좌 옆에 마련된 왕의 배우자 좌석에 털썩 앉은 젠지로 앞에 잘 차려입은 귀족들이 순서대로 나와 머리를 숙이고 갔다.

"팬튼 남작가의 현 당주, 토마소입니다. 젠지로 님. 저희 팬튼 남작가는 올해도 저와 제 처가 수도의 저택을 지킬 것입니다. 앞으로도 변하지 않는 충성을 왕국과 왕가에 바치고자 합니다."

"잘 알았다. 팬튼 남작. 귀공의 충성, 기쁘게 생각한다. 아우라 폐하의 대리로서, 자네의 말을 폐하에게 전해드린다고 약속하지."

그렇게 말하고 젠지로가 끄덕이자 눈앞의 중년 남자──팬튼 남작 토마소는 한 번 더 고개를 숙인 후 천천히 물러갔다.

다음으로 방 뒤편에 대기하고 있던 노인이 젠지로 앞으로 나왔다.

"처음 인사 올립니다. 젠지로 님. 보보네 기사 가문의 전 당주, 브라스입니다. 저희 집안은 올해도 이 늙은 몸이 수도에서 일하게 되었습니다. 두 분 폐하의 하명이 계시면 이 노구에 채찍을 가하여 그

어떠한 책무라도 완수해 보여드리겠습니다."

"알겠다, 브라스 경. 자네의 변함없는 충성, 아우라 폐하께 전해두리라."

이어서 이번에는 젊은 기사가 나왔다.

"젠지로 님, 카바예로 기사 가문의 당주 콘라도의 장자, 프란시스코라 하옵니다. 저희 집안의 수도 근무는 작년과 마찬가지로 제가……"

다들 똑같은 말이었다.

요컨대 자신이 집안을 대표해 왕국 수도에서 근무한다고 선언하면 젠지로가 승인하는 것이다.

이것은 그런 의례적인 대화였다.

원래 봉건국가치고는 예외적일 만큼 왕가의 힘이 강력한 카파 왕국에서는 각 지방 영주 집안에서 현 당주, 전 당주, 차기 당주 중 누군가 한 사람을 수도에 상주시키는 게 불문율이 되어 있었다.

원래는 왕가에 보내는 '인질'의 의미를 띠고 시작된 관습이었지만, 오늘날에는 왕가에도 지방 영주들에게도 메리트가 크다는 점 때문에 특별한 원한 관계 없이 지속되고 있다.

방금 말한 것처럼 카파 왕국에서 왕의 권한은 극단적으로 강하다. 때문에 일족 중에서도 필두에 가까운 결정권을 갖는 자가 왕국 수도에 체류한다는 것은 귀족들에게 있어서도 이득이 큰 것이다.

그렇게 대귀족이 수도에 집중해 있다 보니 수도의 경제력은 크게 활성화된다. 경제가 윤택하면 그만큼 지방에서 수도로 민중이 모여

들게 된다.

수도의 인구가 늘고 경제력이 높아지면 수많은 이권이 발생한다. 그 이권을 손에 넣기 위해, 혹은 손에 넣은 이권을 놓치지 않기 위해 귀족들은 수도에서 벗어날 수 없게 된다.

그러한 저마다의 속셈이 맞물려 명문 귀족 가문들은 1년에 한 번, 집안을 대표해 수도에 머무르는 사람이 왕에게 그 사실을 보고하고 왕으로부터 수도 체류의 허가를 얻는 것이다.

본래라면 여왕인 아우라가 참석해야 할 의식이지만, 오늘 '체류 보고'를 할 예정인 귀족들은 모두 작년 담당자가 그대로 눌러앉는 경우밖에 없어서 바쁜 아우라를 대신해 젠지로가 나온 것이다.

(담당자가 바뀌는 경우는 여러 가지 성가신 절차와 조정이 필요한 것 같지만 그렇지 않다면 그저 인사를 하는 것뿐이니까, 이 정도는 아우라를 번거롭게 하지 않아도 되지.)

의자에 앉은 채 연이어 귀족들의 인사를 받고 있는 젠지로는 진지한 표정을 지은 채 속으로는 그런 생각을 했다.

아우라는 지금쯤 왕궁 별실에서 샤로와·지르벨 쌍왕국의 외교관을 상대로 어려운 탐색전을 벌이고 있을 터였다.

그런 아우라의 부담을 조금이라도 덜어주기 위해 젠지로는 이렇게 대역으로 표면에 나서고 있는 것이다.

물론 여왕에게서 국서로 '권력의 이동'이 있는 것처럼 보일 위험이 있는 큰 무대에는 단독으로는 나서지 않았고, 어려운 판단을 필요로 하는 장면에도 나서지 않았다.

젠지로가 대역으로 나서는 것은 이번처럼 '왕족'이라는 지위만 있다면 자동음성재생기가 달린 봉제인형이라도 대신할 수 있는 경우뿐이다.

보람 있는 일이라고 하기는 어렵지만, 그렇게 해서라도 아우라에게 도움이 되기만 한다면 젠지로는 그 이상은 바라지 않았다.

그러나 그런 젠지로의 심정을 이쪽 세계의 귀족들이 이해할 수 있을 리는 없었다. 때문에 개중에는 이와 같은 자리를 이용해 이런저런 어프로치를 해 오는 사람도 있다.

지금 막 젠지로 앞에서 무릎을 꿇은 중년의 귀족이 그런 타입이었다.

"두란 백작가의 현 당주, 디에고라 하옵니다. 저희 집안은 올해도 이어서 제가 수도에 머무르게 되었습니다. 그나저나 이곳은 무척 덥군요. 저희 영지는 고지대라서 이곳의 더위에는 좀처럼 익숙해지지 않습니다. 수도에 비하면 아무것도 없는 시골입니다만, 이 시기만큼은 고향이 몹시 그립습니다."

주절주절, 불필요한 얘기를 지껄이는 중년 귀족을 보는 젠지로의 눈동자 안쪽에 살짝 경계의 빛이 어렸다.

그런 젠지로의 작은 변화를 눈치 채는 기미도 없이 중년 귀족은 계속 떠들었다.

"아무것도 없는 시골이긴 합니다만, 아름다운 경치와 맑은 공기만큼은 어느 곳에도 뒤지지 않습죠. 젠지로 님께서 피서를 오신다면 더할 나위 없는 영광일 것입니다. 그 때는 대대적으로 환영해 드리겠습니다."

중년 귀족의 말에 표정이 굳어져 있던 젠지로의 눈이 약간 가늘어졌다.

언뜻 듣기에는 단순한 피서지 추천이지만 거기에는 숨겨진 의미가 있다.

현재 카파 왕국에서 젖먹이인 카를로스=젠키치를 제외하면 왕족이라 부를 수 있는 건 아우라와 젠지로 두 사람뿐. 그 중의 하나인 젠지로가 '피서'를 위해 수도를 벗어난다면 여왕인 아우라는 무슨일이 있어도 정치의 중추인 수도에서 꼼짝할 수 없게 된다.

즉, 이 중년의 귀족은 아우라의 동반 없이 젠지로만 자기 영지로 초대하고 싶다고 말하는 셈이다.

(아아, 역시 이건. 아직도 내가 지금의 처지에 불만이 있다고 보고 있는 건가?)

내심 조금 짜증을 느끼면서 젠지로는 눈앞에서 한쪽 무릎을 꿇고 있는 귀족의 의중을 추측했다.

남존여비 사상이 강한 이 나라의 가치관에 비추어 보면 확실히 젠지로가 처해 있는 입장은 본의 아닌 것으로 보일지도 모른다.

일반적인 카파 왕국의 귀족 남성이라면 아내가 가장이고 남편은 내조자라는 상황 같은 건 자존심이 허락하지 않을 일이다.

(뭐, 선의에서든 악의에서든 이런 제안을 해 오는 인간이 아주 없어지지는 않겠지. 그렇다고 무시할 수만은 없는 노릇인가. 귀찮긴 하지만.)

한숨은 마음속에 담아두고 젠지로는 일부러 꾸며낸 것처럼 웃으며 대답했다.

"호오, 그건 매력적이로군. 젠키치가 다 크면 아우라 폐하와 함께 한 번 방문해 보고 싶다. 그 때는 안내를 부탁하네."

짐짓 농담처럼 던진 그 말을 해석하자면, "지금 아우라와 거리를 둘 생각은 털끝만큼도 없다."는 뜻 정도일 것이다.

"하, 하하하. 그건 꽤나 먼 훗날의 일이로군요. 예, 그 때는 기쁜 마음으로 안내해 드리겠습니다."

젠지로의 진의가 전해진 것이리라.

중년의 귀족은 눈동자 속에 젠지로에 대한 실망의 빛을 띠우며 깊숙이 머리를 숙였다.

"음. 기억해 두마."

젠지로는 그런 중년 귀족의 변화를 전혀 눈치 채지 못한 척 하며 그렇게 대답하는 것이었다.

◆

3시간 가까이 점심 휴식을 갖게 돼 있는 혹서기의 왕궁은 낮에 낭비한 시간을 조금이라도 채우기 위해 해가 떠 있는 동안에는 일을 쉬지 않았다.

때문에 젠지로가 후궁에 돌아온 것은 발밑도 제대로 보이지 않을 만큼 주변이 어두워졌을 무렵이었다.

금속제 랜턴 비슷한 조명을 든 시녀의 인도로 후궁 거실로 돌아온 젠지로는 시녀에게 짧게 "고맙다."고 말하고 그대로 혼자서 거실 문을 열었다.

"…… 후우."

벌써 어두침침해진 거실에 돌아온 젠지로는 가장 먼저 LED 스탠드 라이트의 스위치를 켰다.

어둠에 익숙해진 눈에 LED의 백색광이 조금 눈부셨다.

밝은 백색광이 비추는 거실에서 젠지로는 천천히 옷을 벗었다.

폭이 넉넉한 바지. 기모노처럼 앞을 여미는 타입의 윗도리. 그 위에 걸치는 장식이 들어간 조끼 비슷한 붉은 옷.

모두 남국답게 통기성이 높은 옷감으로 만들었지만, 만듦새가 꼼꼼한 만큼 역시 정장은 더웠다.

눈 깜짝할 사이에 그것들을 벗어 던지고 티셔츠와 트렁크 차림이 된 젠지로는 일순 시선을 벽에 있는 5도어 냉장고의 냉동실로 향했지만, 잠시 생각한 후 고개를 흔들며 유혹을 뿌리쳤다.

"안 돼. 지금 얼음을 꺼내면 밤까지 버틸 수 없을 거야."

적어도 아우라가 돌아올 때까지는 시원한 얼음 선풍기는 미뤄야 할 것이다.

대신에 젠지로는 냉장고에서 은주전자를 꺼내 유리컵에 내용물을 따라 단숨에 마셨다.

"후우……"

마치 지금 마신 수분이 그대로 땀샘으로 직행한 것처럼 젠지로의 온몸에서 땀이 솟았다.

"아아. 아우라를 기다리지 말고 먼저 목욕을 할까?"

그런 유혹에 휩싸인 젠지로는 무의식중에 목욕도구를 수납해 둔 선반으로 시선을 향하다가 문득 뭔가를 떠올렸다.

"…… 그러고 보니, 비누 만들기는 별로 진척이 없네."

며칠 전부터 잿물과 식물성 기름으로 만드는 비누 제조에 착수한 젠지로였지만, 아직 노력이 결실을 맺었다고 보기는 힘들었다.

첫째 날에 만든 것은 다름 아닌 '재가 섞인 기름'이었고, 그 다음 날엔 비교적 유화가 진행된 것도 있었지만 '비누화' 된 것은 몇 개 안 되었다.

안 좋은 게 기름인지 잿물인지, 아니면 젠지로의 솜씨인지 알 수 없는 일투성이라서 당분간 시행착오를 거듭할 필요가 있을 것 같았다.

"어쩌면 가성소다를 만드는 것부터 시작하는 편이 좋을까? 아냐, 하지만 아무리 생각해도 자연재료에서 가성소다를 만드는 게 가성소다 없이 비누를 만드는 것보다 어려울 것 같은데."

젠지로의 고민은 끝이 없었다.

오늘날의 수제 비누는 식물성 기름에 수산화나트륨 수용액(가성소다 수용액)을 반응시켜 만드는 게 일반적이다.

잿물을 쓰는 것은 좀 더 옛날 방식이고, 가성소다가 있다면 그걸 사용하는 편이 훨씬 비누를 만들기 쉬운 것이다.

젠지로는 일단 가성소다 만드는 방법도 컴퓨터에 다운은 받아 뒀지만, 당연히 실제로 시도해 본 적은 한 번도 없었다.

젠지로가 알고 있는 가성소다 제조법은 두 가지다.

하나는 소금물을 전기분해해서 만드는 방법인데, 이것은 전기분해에 필수인 '이온교환막'을 손에 넣을 도리가 없으니 포기할 수밖에 없다.

따라서 지금 젠지로가 생각하고 있는 건 다른 방법이다.

그건 '수산화칼슘'과 '탄산나트륨'을 복분해반응(두 종류의 화합물을 반응시켜 새로운 두 종류의 화합물로 바꾸는 반응을 말함)으로 '수산화나트륨'와 '탄산칼슘'으로 만드는 것이다.

필요한 것은 수산화칼슘과 탄산나트륨.

우선 수산화칼슘은 별칭 '소석회'로 불린다. 이것은 조개껍질을 태워 만든 '생석회'를 물에 반응시키면 나온다.

다른 하나, 탄산나트륨은 탄산수소나트륨——'중조'를 가열해서 얻을 수 있다고 한다.

즉, 단도직입적으로 말하자면 '조개껍질'과 '천연 중조'만 있으면 이론상으로는 '가성소다'를 제조할 수 있다는 얘기다.

'조개껍질'과 '천연 중조'

공교롭게도 이 두 물질은 유리 제조에 필요한 자원이라 이미 아우라가 왕궁에 어느 정도 사들여 두었다.

원재료는 이미 왕궁 안에 있는 것이다. 젠지로가 '가성소다'의 제조에 손을 대는 것도 무리는 아닐 것이다.

하지만 말할 필요도 없이 '조개껍질'과 '천연 중조'에서 '가성소다'를 정제해 내려면 몇 가지 공정이 필요하다.

젠지로와 같은 생초보가 전문가의 지시도 받지 않고 해본다 쳐도 간단히 성공할 수 있는 일이 아니다.

  게다가 낙관적으로 생각해도 여러 단계 중 하나를 끝내는 데도 한 달 정도의 시간이 걸릴 것을 각오하는 편이 좋다.

  그리고 만에 하나 그 모든 공정을 다 마쳐서 '가성소다'의 정제에 성공했다 하더라도, '가성소다'는 눈에 아주 약간만 튀어도 실명할 수 있을 정도로 위험한 물질이다.

  게다가 공기 중의 이산화탄소와 반응해 탄산수소나트륨으로 변질되거나 금세 공기 중의 수분을 머금어 녹아 버릴 정도로 다루기 까다로운 물질인 것이다.

  역시 냉정하게 생각하면 '가성소다'를 정제해서 비누를 만들 정도라면 차라리 이대로 잿물로 비누를 만드는 데 집중하는 편이 현실적인 것 같았다.

  "좋아, 역시 지금 방법으로 당분간 진행해 보자. 일단 유화 현상은 전반적으로 일어나게끔 됐으니까, 이번엔 잿물과 기름의 성분을 X축, Y축으로 놓고 표를 만들어서 경향을 분석해 보도록 할까."

  뇌가 돌아가기 시작한 젠지로는 그대로 컴퓨터로 향해 전원을 넣고 곧바로 스프레드시트 프로그램을 열었다.

  "먼저 잿물의 재료가 되는 재를 몇 종류 준비하고, 식물성 기름도 여러 종류 준비하고. 때로는 섞어서 써 보는 게 좋을까? 아냐, 우선은 전체의 경향을 살펴보는 것이 먼저야. 미안하지만 시녀들의 협력을 받아야겠다!"

결국 젠지로는 아우라가 돌아올 때까지 그대로 혼자 컴퓨터 앞에 앉아 앞으로의 계획표를 채우는 작업에 몰두한 것이었다.

———◆———

해가 지고, 밤이 되었다.

후궁의 거실에서는 젠지로와 아우라 여왕 부부가 언제나처럼 검은 소파 위에 앉아서 대화의 장을 열고 있었다.

"그러니까, 거의 결정됐다는 거야? 그, 쌍왕국의 왕자와 왕녀가 우리나라에 오기로 한 얘기가."

흰 티셔츠와 얇은 파란색 린넨 바지라는 털털한 차림의 젠지로는 검은 가죽 소파에서 몸을 일으키다시피 해서 마주 앉은 아내에게 그렇게 확인했다.

얇은 붉은색 실내복 차림의 아우라는 미간에 주름을 모은 채 젠지로의 그 말에 고개를 끄덕여 보였다.

"응. 아직 비밀 단계지만 거의 확정됐다고 할 수 있지. 가능한 한 정보를 노출하지 않은 채로 일을 진행시킬 생각이지만…… 아마 소용없는 노력일 거야. 가까운 시일 안에 남대륙 서부와 중부에 큰 지진이 내달리겠지. 당연히 진원지는 우리 왕궁이고. 미안하지만 당신도 나름대로의 각오를 해 줘요."

담담하게 성가신 일에 휘말리게 될 앞날에 대해 말하는 아내에게 젠지로는 짜증난다는 표정을 감추지 않고 한숨을 쉬었다.

"…… 알았어. 근데 정보를 노출하지 않는 게 어렵다는 건 무슨 얘기야? 이쪽은 감추고 싶어 하지만 저쪽은 그럴 뜻이 없다는 건가?"

젠지로의 질문에 아우라는 소파 위에서 다리를 반대편으로 꼬면서 고개를 옆으로 저었다.

"아니, 쌍왕국에 있어서도 샤로와 왕가 사람이 나라 밖으로 나간다는 것은 보통 일이 아니야. 저쪽이 의도적으로 정보를 흘리는 일은 없겠지. 하지만 이쪽은 그렇지 못해. 왜냐면 왕궁에 타국 왕족을 장기간 머물게 해야 하니까. 그걸 준비하기 위해 특별 예산을 잡지 않으면 안 되고 인원도 확보해야만 해. 게다가 이 얘기는 저쪽의 요청을 이쪽이 받아들이는 형태니까 특별 예산이나 인건비에서 적자가 나지 않도록 쌍왕국에 무언가 보상을 요구할 필요가 있고, 그러려면 또 저쪽 대표와 회담해야 하지. 그만큼 사람, 물건, 돈이 움직이면 아무리 조심해도 눈치 빠른 녀석들은 알아차릴 거야."

"과연."

젠지로는 납득했다. 확실히 정보 그 자체는 차단할 수 있어도 돈이나 물자의 흐름을 왕족이나 귀족들의 눈에 띄지 않게 하는 건 불가능에 가깝다.

왕족 두 명이 장기간 체류하는 데 필요한 막대한 돈과 물자가 움직이면 눈치 빠른 인간은 금세 이변을 알아차릴 것이다.

얼굴을 찡그리면서도 아직 어딘가 남 일을 얘기하는 것 같은 남편에게 여왕은 타이르듯이 말했다.

"아마도 정보가 흘러 나가기 시작하면 확증을 잡기 위한 표적이 되는 건 젠지로, 당신일 걸요. 주변이 꽤나 소란스러워질 거야."

"으에에……"

그 말에 젠지로는 이번에야말로 진짜 떨떠름한 표정을 지었다.

일의 진위를 확인하기 위해 귀족들이 이런 저런 수단을 써서 탐색의 손길을 뻗쳐오는 상상을 하고 만 것이다.

"하아……"

젠지로의 입에서 긴 한숨이 흘러 나왔다.

하지만 모처럼의 편안한 시간을 음울한 이야기만으로 보내는 것은 아깝다.

마음을 추스리고 냉장고에서 얼음과 과실수를 꺼내 온 아우라는 자기 것인 빨간 글래스와 젠지로의 파란 글래스에 그것을 따르면서 화제를 옮겼다.

"그러고 보니 당신, 내일은 오랜만에 일이 없는 날이지? 뭘 할 예정이에요?"

아우라의 물음에 젠지로는 아우라가 내민 파란 잔을 건네받으며 대답했다.

"아, 고마워. 응, 모처럼이니 비누 사용 실험을 할까. 어제 만든 비누 중 일부가 꽤 괜찮게 나왔거든. 시녀들의 협력을 얻어 사용감을 시험해 달라고 하고 싶어."

요즘 젠지로가 힘을 쏟고 있는 잿물과 식물성 기름을 사용한 비누 만들기는 비교적 순조롭게 진행되고 있었다. 물론 제조법이 확립될 때까진 아직 시행착오가 더 필요하겠지만, 우발적으로 제대로 된 것이 만들어지기도 했다.

그러나 그 '완성품'도 실 사용감을 시험해 보지 않으면 진정한 의미의 완성이라고는 할 수 없다.

때문에 문자 그대로의 의미로 시녀들의 '손을 빌리는 것'이다.

여성의 연약한 피부를 실험에 사용하는 것은 조금 켕기지만, 이것만은 젠지로 혼자서 해보는 게 불가능한 일이라 어쩔 수 없다.

사람의 체질이란 건 각각 다른 데다가, 같은 사람이라도 그 날의 컨디션이나 계절에 따라 상태가 바뀐다.

보다 많은 사람들에게 임상 실험을 해 보지 않으면 이런 제품의 안전성은 보장할 수 없는 것이다.

"그렇겠네. 당신이 고향에서 가져온 목욕용 소모품에도 한계가 있지."

젠지로와 결혼하고부터는 줄곧 일본제 비누와 세안비누, 샴푸, 린스를 사용하고 있는 아우라는 납득한 듯이 끄덕였다.

"응, 사실 비누는 가장 여유가 있어. 하지만 제일 부족한 샴푸를 만드는 건 어려우니까."

몸을 닦는 비누로 머리를 감으면 오염은 제거되지만 뻣뻣해지고 오히려 머리카락이 손상될 수 있다.

장래에는 카파 왕국의 상류계급이 일반적으로 사용하는 머리카락용 향유를 함께 쓰거나 하는 방법으로 윤기를 잃지 않고 더러움을 씻어낼 방법을 모색하고 싶다고 생각하고 있지만, 그건 비누를 완성하는 것보다도 훨씬 나중의 일이 될 것이다.

솔직히 샴푸의 재고가 없어지기 전에 비누가 완성될 기미는 보이지 않았다.

그렇게 의식의 반쯤을 생각하는 데 할애한 게 화를 부른 것일까.

언제나처럼 테이블 위에서 파란 키리코 글래스를 집어 들려고 한 젠지로의 손에서 글래스가 미끄러져 떨어졌다.

"앗!?"

하고 소리를 질렀을 때는 이미 늦었다.

목제 테이블 위에 떨어진 키리코 글래스는 챙그랑, 하는 단단한 소리를 남기고 산산이 부서졌다.

크고 작은 파란 유리 파편과 거의 녹아버린 얼음이 광을 낸 테이블 위에 흩어지고, 과즙이 섞인 물이 테이블에서 양탄자 위로 줄줄 흘러내렸다.

운이 나빴다면 나빴다. 같은 높이에서 떨어뜨려도 털이 긴 양탄자나 푹신한 소파 위였다면 깨지지 않았을지도 모르는데, 하필이면 딱딱한 테이블 위에 떨어지고 말았다.

"어이쿠! 일 저질렀네!"

무심코 젠지로는 혀를 찼다.

젠지로에게는 상당히 속상한 일이다. 지구에서라면 다시 사면 그만인 유리 그릇도 이쪽 세계에서는 두 번 다시 손에 넣을 수 없는 소중한 물건인 것이다.

아직도 은제, 목제 컵이 입에 닿는 느낌에 적응하기 힘든 젠지로에게는 무척 귀중한 물건이었음에 틀림없다.

하지만 자신의 부주의로 깨버린 것이니 누구를 탓하랴.

"에휴, 깨버린 건 어쩔 수 없지. 미안하지만 시녀에게 부탁해서 치워달라고 해야겠군."

젠지로가 테이블 위의 호출 종에 손을 뻗으려 한 그 때였다.

"흐음…… 오늘 남은 예정은…… 문제 없나, 아마."

마주 앉은 소파에서 일어서려던 아우라는 입가에 손을 대고 그렇게 중얼거린 후, 젠지로를 말렸다.

"잠깐, 젠지로. 그렇게 하지 않아도 돼요. 좋은 기회야. 당신도 정통 카파 왕가의 일원이니까 알 권리가 있어."

"아우라?"

그냥 유리컵 하나 깬 것을 가지고 갑자기 뭔가 거창한 말을 꺼내는 아내에게 젠지로는 호출 종으로 뻗으려 했던 손을 멈추고 수상쩍다는 듯이 고개를 갸웃했다.

그런 남편의 의혹을 아는지 모르는지 아우라는 벌떡 일어나더니 테이블 위에 흩어진 유리 파편을 향해 오른손 손가락을 전부 쫙 펴고 손바닥을 내밀었다.

"지금부터 펼치는 것은 우리 카파 왕가의 '비밀 마법'이에요. 마법을 완전히 사용할 수 있게 된 뒤에 당신도 습득하게 되겠지만, 무슨 일이 있어도 다른 사람에게 이 마법의 존재를 알려서는 안 돼. 다른 사람 앞에서 사용하는 건 절대 금지. 이건 푸죠르 장군이나 마르케스 백작같은 국가의 중진은 물론, 파비오나 에스피리디온처럼 내 심복들이라도 예외는 아니에요. 카를로스에게도 내가 괜찮다고 하기 전까지는 이 마법의 존재를 알려주면 안 돼. 알겠죠?"

아우라는 오른손 손바닥을 깨진 유리에 댄 채 소파에서 자신을 올려다보는 젠지로의 눈을 똑바로 바라보면서 그렇게 강한 어조로 말했다.

"알았어."

아내의 말투에서 농담을 해도 되는 상황이 아니라고 이해한 젠지로는 순순히 수긍했다.

"으음."

남편의 대답에 만족한 것인지 작게 고개를 끄덕여 보인 아우라는 천천히 온몸에서 피어오르는 마력의 빛을 드높이며 주문을 외웠다.

'대상의 시간을 하루 되돌리라. 그 대가로 나는 시공령에게 마력 1300을 바친다.'

효과는 극적이었다.

테이블 위의 유리 조각들이 빛의 반구에 감싸이는 것 같더니 다음 순간, 그 반구는 똑바로 볼 수도 없을 만큼 강렬한 빛을 뿜었다.

"우와앗!? …… 어엇!?"

반사적으로 눈을 감은 젠지로가 다시 눈을 뜨니 테이블 위에는 원래대로 돌아간 파란 사쓰마 키리코 글래스가 있었다.

젠지로는 놀라움으로 눈을 크게 뜬 채 혼잣말처럼 물었다.

"이건……! 회복 마법…… 은 아닌, 거지?"

결과만 보면 물체 회복 마법으로 보이지만 그렇지 않다는 건 조금 전 아우라가 외운 주문을 미루어 보아 간단히 추측할 수 있었다.

젠지로의 말에 아우라는 선 채로 고개를 끄덕였다.

"그래요. 물체 회복이라면 우리 왕가의 '혈통마법'과는 지나치게 계통이 다르잖아? 이건 우리 카파 왕가의 비밀마법, '시간역행'이야."

"'시간역행'……"

젠지로는 눈앞에서 일어난 현상에 압도된 듯이 그렇게 웅얼거렸다.

카파 왕가의 혈통마법은 '시공마법'. 시간과 공간을 지배한다고 들었을 때부터 젠지로는 시간을 마음대로 다룰 수 있을 가능성에 대해 조금은 생각하고 있었지만, 막상 이렇게 눈앞에서 그 현상이 펼쳐지니 말로는 표현할 수 없는 흥분에 휩싸였다. 아니, 굳이 말로 하자면 감동이라고 하는 게 좋겠다.

옥타비아 부인이 '수구제작' 마법을 보여줬을 때도 이런 감동은 없었다.

첫날 밤 아우라의 젖가슴에 얼굴을 묻었을 때의 5분의 1정도는 될 만한 감동이 지금 젠지로의 마음을 지배하고 있다.

눈빛이 변한 남편의 반응을 깨달은 것이리라.

소파에 다시 앉은 아우라는 쓴웃음을 감추지 않고 설명을 계속했다.

"감격에 찬물을 끼얹는 것 같아 미안하지만, 이 마법은 사실 보기보다 대단하지는 않아."

"그게 무슨 소리야?"

시선을 지금 막 부활한 키리코 글래스에서 마주 앉은 아우라의
얼굴 쪽으로 옮긴 젠지로는 그렇게 짧게 물었다.

아우라는 실내복이 민소매인 탓에 드러나 있는 어깨를 가볍게 으
쓱하고는,

"먼저 첫째, '시간역행'이 가능한 대상은 '마력을 가지지 않는 것'
에 한정되어 있어. 때문에 살아있는 것에게 사용하는 건 애초에 불
가능하지. 가능한 생물은 마력을 가지지 않는 하등 생물——벌레나
작은 물고기 정도일 걸. 당연히 마법도구 종류도 재생할 수 없어.
그러므로 대상은 생물도 마법도구도 아닌 것만 해당하는 셈인데, 그
런 것 중에 가치가 있는 건 별로 없으니까. 직계 왕족이 막대한 마
력을 사용하면서까지 '시간역행'을 구사해야 할 정도의 물건이라는
건 의외로 많지 않아요."

그렇게 말하고 웃었다.

확실히 이쪽 세계의 가치관에서 보면 왕가의 비밀마법을 쓰면서
까지 회복시켜야 할 만큼 가치를 가진 '살아 있는 것도 아니고 마법
도구도 아닌 것'이 주위에 흔하게 굴러다니지는 않는다는 걸 모르는
바는 아니다.

실제로 아우라 자신도 '시간역행'을 유익하게 사용했던 기억이 거
의 없었다.

가장 효과적으로 활용했다고 여겨지는 기억이 선왕이었던 아버지

가 소중히 아끼던 파이프를 실수로 밟아서 깨뜨렸을 때 남몰래 복구시켰던 것이니까. 천상 그 정도인 것이다.

"게다가 이 마법은 대상의 크기와 되돌리는 시간의 길이에 비례해 필요로 하는 마력량이 증가해. 한 달이 넘게 걸린다 치면 아무리 나라고 해도 마력이 바닥날 각오가 필요하고, 1년 넘게 걸리게 되면 '미래보상'을 조합해서 미래에 갖게 될 마력까지 빌려다 한꺼번에 쏟아 넣지 않으면 발동할 수 없어. 도저히 타산이 맞지 않잖아. 그러나 만에 하나 이 마법의 존재가 세상에 알려질 때 그런 세세한 제약들까지 같이 알려질 가능성은 희박하지. 죽은 자의 소생도 가능한 만능 마법으로 오해받을 것이 뻔해. 그래서 이 마법의 존재는 절대 비밀인 거야. 알겠죠, 젠지로?"

아우라는 도도하게 '시간역행'이 얼마나 쓰기 불편한지를 설명했지만, 젠지로의 눈에 떠오른 흥분의 빛은 좀처럼 바래지 않았다.

아직도 눈에 흥분하는 기색을 담은 채 젠지로는 마주 앉은 아우라의 눈을 바라보며 조금 떨리는 목소리로 물었다.

"즉, '마력이 들어있지 않으며', '그다지 크지 않은' 물체의 시간을 '단시간' 되돌리는 것이라면 불가능하지 않다, 라는 것이지?"

"으, 으응. 뭐, 그렇게 되나."

드물게도 남편의 기백에 제압된 것처럼 몸을 조금 뒤로 빼면서도 아우라는 고개를 끄덕였다.

흥분상태인 젠지로는 그런 아내의 미묘한 변화를 알아채지 못하고 얼굴에 만면의 미소를 띤 채 서둘러 방 구석으로 달려갔다.

"그럼, 그럼 말야. 이거, 이것도 가능한 한 짧은 시간 역행시킨다고 하면 아우라한테 얼마나 부담이 될까?"

그렇게 말하며 젠지로가 가리킨 것은 일본에서 가져온 날 이후로는 한 번도 눈에 띄지 않던 전자제품, '에어컨'이었다.

이쪽에 와서 금방 설치를 포기했기 때문에 아직 포장 비닐도 벗기지 않은 채였다.

젠지로의 의도를 알 수 없어 고개를 갸웃한 아우라는 그래도 순순히 남편의 질문에 대답했다.

"그건…… 역시 컵이랑은 크기가 비교도 안 되니까 지금처럼 가볍게 되돌릴 수는 없어. 으음, 최소단위인 하루를 되돌린다고 하면 절대 불가능한 부담은 아니지만. 당일에 마력을 전혀 쓰지 않았고 다음날도 마력을 쓸 예정이 절대로 없는 그런 날 밤이라면 가능할 거야."

사실 아우라가 마력을 소비할 기회라는 건 그렇게 많지 않다.

그러나 현재 카파 왕국에서 아우라밖에 구사할 수 없는 '순간이동' 마법은 만약의 경우를 위한 카드다.

이 카드를 언제든 낼 수 있게끔 마력을 온존해 두는 것이 지금 아우라의 책무이기도 하다.

그런 제한이 붙은 아우라의 대답이었지만 젠지로에게 있어서는 충분히 흡족했던 모양이다.

만면에 웃음을 띤 젠지로는 양손의 주먹을 꽉 쥐고 몇 번이나 가늘게 떨며 흥분을 드러냈다.

"좋았어, 좋아, 됐어! 이걸로 마침내 '에어컨' 설치 작업에 들어갈 수 있어!"

그 말에는 만감이 교차하는 느낌이 배어 있었다.

젠지로가 오늘까지 에어컨 설치에 도전하지 않은 이유는 "설치하다가 실패해서 고장이라도 나면 돌이킬 수 없다"는 공포감 때문이었다.

하지만 이렇게 '시간역행'이라는 마법이 있으면 에어컨의 파손은 '돌이킬 수 없는' 일이 아니다.

그렇다면 주저할 것 없이 '에어컨' 설치 작업에 임할 수 있다는 얘기다.

만약 맨 첫 시도에서 단번에 성공하지 않더라도 다시 시작할 수만 있다면 아무것도 두려워할 게 없다.

"저기, 아우라. 좀 부탁할 것이 있는데……"

그렇게 말하며 아우라에게 슬며시 다가가는 젠지로의 미소는 '어머니에게 급히 필요한 용돈을 조르는 아버지'가 지을 법한 미소였다.

[제5장] 낯의 난적, 저녁의 강의, 밤의 휴식

　가능한 한 의례적인 공식 행사에만 참석하기로 한 젠지로지만, 그렇게 바깥에 얼굴을 내밀기 시작하면 아무래도 깨끗하게 떨어버릴 수 없는 종류의 일도 생기게 된다.

　그날 젠지로는 왕궁 한편에서 열린 입식 파티에 참석하지 않으면 안 되었다.

　"아아, 그러면 젠지로 님은 완전히 새로운 술을 만들고 계시다는 거군요. 훌륭하십니다."

　그렇게 젠지로 앞에서 과장스럽게 칭찬을 늘어놓으며 가슴 앞에 손을 모으고 있는 건 슈퍼모델도 저리 가라 할 장신의 미녀, 파티마 기젠이었다.

　"아니, 그냥 취미요. 칭찬 받을 만한 일은 아니네."

　젠지로는 상대에게 상처를 주지 않는 범위 안에서 가능한 한 쌀쌀맞게 응대하며 어떻게든 그 대화를 끝내보려 했지만, 역시 그 '굶주린 늑대' 푸죠르 장군의 여동생. 집요함과 밀어붙이는 힘을 오빠에게 물려받은 모양이었다.

　"어머, 겸손하신 말씀. 술은 문화이기도 합니다. 전혀 새로운 술을 만드신다는 것은 문화적으로도 경제적으로도 나라를 윤택하게 하는 훌륭한 일입니다."

그렇게 불쾌할 정도의 공치사를 늘어놓으며 젠지로를 놓아 주지 않았다.

"하하, 너무 띄우지 말게. 파티마 아가씨처럼 아름다운 미녀가 그런 듣기 좋은 말을 속삭이면 하늘 높은 줄 모르고 우쭐해질 것 같소."

젠지로는 어디까지나 사교의 틀에서 벗어나지 않는 말과 몸에 밴 접대용 웃음으로 둘러치면서 속으로는 (일이 성가시게 됐네)라고 생각하며 식은땀을 흘렸다.

이 입식 오찬회라는 자리는 공적인 행사가 아닌 만큼 신분이나 예의범절에도 그다지 까다롭지 않았다. 그건 예의범절에 아직 서투른 젠지로에게 있어서는 다소의 실수쯤 문제가 되지 않는다는 장점이 있는 반면, 이렇게 집요한 접근을 당하기 쉽다는 단점도 있었다.

그건 그렇다 쳐도, 이 입식 오찬회에 참석한 건 실수였다.

이제 와서지만 젠지로는 자신의 판단을 후회했다.

사전에 예정되어 있던 참가자의 면면을 보고 적극적으로 접근해 올 만한 야심가가 없다고 판단해서 안일하게 참석했던 것인데, 야심가가 없다는 상황이 지금은 오히려 역효과였다.

그 결과, 이 자리는 거의 막차에 뛰어오르듯이 참가한 야심가의 여동생 파티마 기젠이 그 누구의 방해도 받지 않고 실컷 젠지로에게 대쉬를 할 수 있는 독무대가 되어 버린 것이다.

(아무리 그래도 좋아하지도 않는 남자에게 잘도 이렇게 적극적으로 대쉬하는구나. 역시 귀족의 가치관은 좀 이해하기 힘든 부분이 있는 것 같아.)

젠지로는 눈앞에서 열심히 수다를 떠는, 자기보다 키가 머리 반 정도 큰 장신의 미소녀를 바라보며 그런 감상을 품었다.

말하긴 좀 그렇지만, 이 파티마라는 소녀는 젠지로가 이쪽 세계에 와서 만난 사람들 중 단연코 가장 속내를 읽기 쉬운 타입이다.

17살이라는 나이를 생각하면 무리도 아니겠지만, 젠지로의 눈으로 봐도 표정을 완벽하게 꾸며내지 못하고 있다.

특히 드센 성격이 그대로 드러나 있는 길게 찢어진 검은 눈이 문제다. 아무리 입으로는 젠지로를 치켜세워도, 아무리 입가에 매력적인 웃음을 지어도, 그 눈빛은 '사냥감을 노리는 사냥꾼의 눈'인 것이다.

젠지로의 관심을 끌려고 하는 것도 전부 오빠의 명령 때문이다. 그녀의 바람은 기젠 집안의 번영일 뿐, 젠지로와 행복한 가정을 꾸리는 일에 가치를 두고 있는 것이 아니다.

적어도 젠지로에게는 그렇게밖에 보이지 않았다.

아무리 예쁜 소녀라 해도, 그런 사람을 측실로 들이는 일 따위 있을 수 없다. 7살이나 어린 소녀를 상대로 어른스럽지 못하다는 생각도 조금 들었지만, 젠지로는 반발심마저 느꼈다.

그런 젠지로의 속내를 민감하게 눈치 챈 소녀 파티마는 초조해져서 더욱 거세게 공격해 왔다. 물론 그럴수록 젠지로는 마음이 더욱 멀어졌다.

이젠 거의 진흙탕 같은 악순환이다.

"저는 술을 살짝 즐기는 정도입니다만, 기젠 집안 사람들 중에는 대대로 애주가가 많습니다. 현 당주인 오빠는 술에 얽힌 일화도 꽤 많이 갖고 있어서 말이지요."

"오호, 사람은 겉모습만으로는 모르는 경우가 많다 하지만 푸죠르 장군은 그 예외로군. 모든 일화가 그 겉모습대로 호걸이라 부를 만한 것뿐일 테지."

지나치게 쌀쌀맞게만 대응하는 것도 좋지 않을 것 같다고 생각한 젠지로가 그렇게 감탄한 것처럼 대화를 받자, 파티마의 표정이 순식간에 환해졌다.

"네. 오빠는 18살 때 숙부 에미디오 경과 술내기를 해서 주당으로 소문난 숙부를 이겨버렸답니다. 숙부는 내기에 걸었던 귀한 창을 오빠에게 넘기게 돼서 서로 치고 받고 난리가 났어요. 그리고 넌더리가 난 숙부가 그 뒤로 완전히 술을 끊었기 때문에 숙모 데보라 부인이 어찌나 고마워 하던지요."

여전히 오빠의 무용담을 말하기 시작하면 멈출 줄 모르는 소녀였다.

아우라의 신랑 후보 중 하나였던 푸죠르 장군에게 별로 좋은 감정이 없는 젠지로는 이렇게 대대적으로 그 사람을 치켜세우는 말을 듣는 게 썩 기분 좋지 않았다.

(그래? 술이 그렇게 세다면 다음번엔 80도 정도 되는 엄청나게 센 증류주를 만들어다 단숨에 마시게 해 볼까.)

젠지로는 그런 변변찮은 생각까지 드는 것이었다.

그 자신만만함과 위압감이 옷을 입고 걸어 다니는 듯한 사내를 인사불성으로 취하게 만들어 몸도 못 가누게 한다면 꽤나 즐거울 것 같다.

눈앞의 남자가 그런 속 좁은 상상을 하고 있음을 전혀 알 리 없는 파티마는 사랑하는 오라버니에 대한 자랑을 점점 기세등등하게 늘어놓았다.

"…… 게다가 저번 전쟁에서 세운 무공 중 몇 가지는 시로도 읊어지고 있답니다. 괜찮으시면 다음에 음유시인을 초대해서 들어 보세요. 왕궁 전속 음유시인이라면 누구나 알고 있을 테니까요."

아주 의기양양한 표정으로 오빠 자랑을 계속하는 장신의 미소녀에게 젠지로는 쓴웃음을 거둘 수 없었다.

"파티마 아가씨는 오빠인 푸죠르 장군을 마음속 깊이 존경하고 있는 게로군."

그런 아이를 어르는 듯한 따뜻한 말투에 자신이 완전히 탈선해버렸다는 걸 깨달은 파티마는 뒤늦게 뺨을 붉게 물들였다.

"아, 죄, 죄송합니다. 혼자 멋대로 열이 올라서……"

그렇게 말하며 부끄러운 듯이 고개를 숙이는 파티마는 교태스럽게 꾸며낸 미소를 지을 때보다 몇 배는 사랑스러웠다. 그래도 생기 넘치는 표정으로 오빠의 무용담을 이야기하던 때만큼 매력적이지는 않다는 것이 조금 아니꼽지만.

"아니, 사과할 것 없소. 푸죠르 장군은 군부의 중진 중 중진이오.

그의 일화를 듣는 건 유익하기도 하고, 또 나 개인적으로도 흥미롭네."

"황공하옵니다, 젠지로 님."

그녀를 감싸는 젠지로에게 장신의 소녀는 그 커다란 몸을 움츠리고 부끄러운 듯이 고개를 숙이는 것이었다.

━━━━━◆━━━━━

몹시 피곤한 입식 스타일 오찬회를 간신히 끝내고 후궁으로 돌아온 젠지로였지만, 안타깝게도 이 날은 아직 편하게 쉴 시간을 가질 수 없었다.

"젠지로 님. 옥타비아 님이 오셨습니다."

"알았다. 곧 가마."

오늘 오후에는 옥타비아 부인의 마법 강의가 있는 것이다.

이 1년 동안 완전히 익숙해진 젠지로와 옥타비아 부인의 '교실'.

그곳에서 두 사람은 언제나처럼 테이블을 사이에 두고 마주앉아 정숙하게 수업을 진행했다.

"그러면 젠지로 님. 잘 부탁드립니다. 마법을 사용해 보십시오."

"음, 알겠다."

'선생'의 말에 따라 젠지로는 의자에 깊숙이 앉은 채 천천히 심호흡을 했다.

'마력시인능력'에 눈을 뜬 지금의 젠지로에게는 자신의 몸에서 피어오르는 엷은 마력의 빛을 느낄 수 있었다.

책상 위에 모은 두 손에 떠오르는 그 빛을 시야의 한 끝에 두면서 젠지로는 머릿속에 마법의 발동 결과를 선명하게 떠올린 다음 '주문'을 입에 올렸다.

'내 손끝을 기점으로 구형으로 세상을 도려내라. 그 대가로 나는 시공령에게 마력 359를 바친다.'

젠지로가 외친 것은 마법언어였다. 단음절에 복수의 의미를 담는 것이 가능한 마법언어로는 아주 적은 수의·단어라도, 언령이 자동으로 변환하면 이 정도로 긴 문장이 되어 들린다.

주문은 곧 제대로 발동했다.

젠지로의 중심에——정확하게는 반듯하게 세운 젠지로의 오른손 검지손가락 끝에——반투명한 빛의 돔이 만들어졌다.

카파 왕가의 혈통마법인 시공마법 중 하나. '공간차단결계'다.

공간 그 자체를 단절해 외부의 간섭을 차단하는 강력한 방어용 마법이지만, 지속 시간이 30초도 안 되기 때문에 실질적으로는 쓰임새가 거의 없는 마법이다.

"좋았어."

어쨌거나 무사히 마법 발동에 성공한 젠지로는 저도 모르게 기뻐서 소리를 냈다.

"훌륭하십니다, 젠지로 님. 이제 '공간차단결계' 마법은 거의 문제 없이 구사하실 수 있게 되었습니다."

"그래. 이 마법이 마력량 면에서는 내게 가장 쉬우니까."

직선적인 칭찬의 말에 익숙하지 않은 탓인지 젠지로는 기쁜 듯 뺨을 실룩이면서도 반사적으로 그런 겸손의 말을 입에 올렸다.

이쪽 세계의 마법은 본인이 방출하는 마법량에 가까우면 가까울수록 쉽게 발동할 수 있는 것이다. 사실 젠지로는 마법사의 필수 능력인 '마력출력조절' 능력을 아직 사용하지 못한다.

그러나 그렇게 말하고 어깨를 으쓱하는 젠지로에게 조용한 심성의 여선생은 작게 미소를 지으며 전에 없이 장난스럽게 말했다.

"아니요, 젠지로 님. 젠지로 님은 이미 '마력출력조절'으로 들어가는 입구에 와 계십니다. 눈치 채지 못하셨습니까? 사람이 방출하는 마력량이라는 것은 늘 일정한 게 아닙니다. 그날 그날의 컨디션이나 감정 상태에 따라 미묘하게 변화합니다. 오늘 젠지로 님의 마력량은 '공간차단결계'의 발동에 필요한 마력량보다 조금 많았습니다."

예상 밖의 말에 젠지로는 잠시 할 말을 잃었다.

"…… 그렇다면 어째서 마법이 발동한 거지?"

놀라움에 압도되면서도 말투는 왕족으로서의 그것을 무너뜨리지 않는 젠지로에게, 예의범절과 교양 선생이기도 한 옥타비아 부인은 내심 깊은 만족을 느끼면서 침착하게 설명했다.

"그것은 조금 전에 말씀드린 대로입니다. 젠지로 님이 아주 조금이지만 무의식중에 마력량을 조절해서 출력했기 때문입니다. 믿어지지 않으신다면 한 번 더 시험해 보면 어떠십니까? 이번엔 자신의 몸에서 올라오는 마력광에서 눈을 떼지 마시고."

지속 시간이 짧은 '공간차단결계'는 벌써 사라진 뒤였다.

"으음……"

아직 제대로 확신을 갖지 못한 채 젠지로는 그래도 선생의 말대로 한 번 더 방금 구사했던 마법을 행했다.

'내 손끝을 기점으로 구형으로 세상을 도려내라. 그 대가로 나는 시공령에게 마력 359를 바친다.'

단 이번에는 자신의 몸에서 올라오는 마력량의 변화를 의식하면서.

그러자 확실히 테이블 위에 맞댄 두 손에서 올라오는 마력광이 조금 작아지는 것이 보였다. 다음 순간 마법이 무사히 발동해 주변에 빛의 돔이 나타났다.

"과연…… 이것은 확실히 내가 마력량을 조절한 것인가."

"네. 아직은 아주 조금입니다만, 그 요령을 깨우치기만 하면 마력 출력조절을 자유롭게 구사할 수 있게 되겠지요. 그것이 마법사로서의 두 번째 걸음입니다."

"알았다. 계속 지도를 하라."

최근에야 겨우 쑥스러움 없이 할 수 있게 된, 위에서 내려다보는 명령형의 말에 옥타비아는 공손하게 머리를 숙였다.

"네. 재주 없는 몸입니다만 젠지로 님께 힘이 되어드릴 수만 있다면 그에 앞서는 기쁨은 없습니다."

무엇 하나 예의에 어긋나지 않는 완벽한 동작에 완벽히 정중한 말투. 지나치게 완벽한 예법과 말투는 상대방과 거리를 두는 느낌을 주기 마련이지만 옥타비아 부인의 경우는 그 인덕 때문인지, 방긋 웃는 것만으로도 따듯한 친밀감을 안겨주는 것이었다.

"그러면 오늘부터는 마력출력조절의 훈련을 시작하도록 하지요. 방법은 이렇게…… 보이십니까? 이렇게, 마력량이라는 것은 출력을 줄이거나 늘리거나 할 수 있는 것입니다."

그 말대로 옥타비아의 전신에서 피어오르는 마력광은 옥타비아의 의지에 따라 자유자재로 그 광량이 늘거나 줄었다.

"그럼, 젠지로 님도 해 보십시오."

"으, 으음…… 음, 으으음……!"

젠지로는 조금 전에 마법을 사용했을 때 했던 것처럼 마력량을 증감시켜보려 했지만, 그 결과는 그다지 좋지 않았다.

전혀 무반응인 것은 아니지만 뚫어져라 바라봤을 때 "자세히 보니 조금 빛이 강해졌다 약해졌다 하는 것, 같기도?"라 할 정도의 변화밖에 만들 수 없었다.

제로에서 두 배까지 자유자재로 조절하던 옥타비아 부인과는 비교하기도 민망할 만큼 조잡했다.

그러나 학생 나름대로의 분투를 젊은 여선생은 칭찬했다.

"그래요, 그렇게 하시면 됩니다. 마력시인능력에 눈을 뜰 때를 '눈이 번쩍 뜨인다'고 표현하는 것처럼, 마력출력조절능력의 습득은 '직접 몸을 움직여 깨우친다'고 표현하곤 합니다. 즉, 한 번 눈을 뜨면 그걸로 끝인 마력시인능력과는 반대로, 마력출력조절능력은 눈을 뜬 다음부터가 시작인 것입니다. 지금까지 한 번도 움직인 적이 없는 몸을 사용하는 거지요. 말하자면 지금의 폐하는 갓난아기와 마찬가지. 갓 태어난 아기가 뒤집기를 하고, 기고, 물건을 잡고 일어나기를 배워 가는 것처럼 오랜 시간을 들여 자신의 또 하나의 몸인 '마력'을 움직이는 법을 배워 가는 것입니다."

그 길에 지름길은 없다. 필요한 것은 꾸준히 노력을 거듭하는 것뿐이다. 그리고 몸을 움직이는 것과 마찬가지로, 일정 수준 이상이 되려면 재능이 필요하다는 것이다.

재능이 없는 자는 아무리 수련을 쌓아도 일정 수준 이상으로는 마력을 모으거나 방출하는 게 안 되기도 하고 섬세한 조정을 할 수 없는 경우도 있다.

"흐으음……!"

요컨대 이 훈련은 '쓸데없는 노력'으로 끝날 가능성도 꽤 높다는 것이다. 하지만 젠지로가 그 사실을 알았다고 해서 '노력을 포기한다'는 선택지가 떠오르지는 않았다.

(이 마력출력조절능력을 익히지 않으면 '순간이동' 마법을 습득할 수 없어.)

아우라가 다음에 출산할 때까지 젠지로가 '순간이동' 마법을 배우지 않으면 또 저 하늘에 기도할 수밖에 없는, 자신의 뼈를 깎는 듯한 경험을 겪지 않으면 안 되는 것이다.

"으읍…… 그으으……!"

(에에잇, 아우라를 위해 배우란 말이닷!)

젠지로는 지켜보는 옥타비아 부인이 흐뭇한 시선을 보내고 있는 것도 깨닫지 못한 채, 열심히 '마력출력조절'의 수련에 계속 정진하는 것이었다.

◆

낮의 오찬회에서 저녁의 마법 수업까지, 한창 더운 혹서기에 비교적 바쁜 반나절을 보낸 젠지로는 아우라가 돌아왔을 땐 티셔츠와 바지만 입은 편한 차림으로 검은 소파에서 뒹굴며 DVD를 보고 있었다.

"다녀왔어, 젠지로."

반사적으로 리모컨을 조작해 DVD를 잠깐 정지시킨 젠지로가 소파에서 몸을 일으켜 목소리가 난 곳을 보자, 그곳에는 평소와 다른 차림을 하고 있는 애처의 모습이 있었다.

"아, 어서 와, 아우라. 그 옷은 어떻게 된 거야? 아침엔 평소처럼 드레스 차림이지 않았나?"

오늘 아침에 배웅할 때는 평소와 마찬가지로 이브닝드레스처럼 가슴께가 V자로 패이고 슬릿이 심하게 들어간 붉은 드레스를 입고 있던 아우라가 어째서인지 지금은 옥타비아 부인이 즐겨 입는, 사리와 비슷한 민족의상을 입고 있었다.

단, 늘 푸른색을 기조로 한 배색을 좋아하는 옥타비아 부인과는 달리 아우라의 사리는 빨강을 기조로 한 화려한 것이었다.

남편의 반응에 조금 기분이 좋아졌는지, 아우라는 웃음짓더니는

"흐으음, 놀랐어? 오늘은 오후부터 전통적인 공식 행사에 얼굴을 내밀고 있었거든. 기본적으로 우리나라에서는 드레스도 정장으로 인정하고 있지만, 몇 가지 고풍스러운 행사에서는 이런 민족의상을 입는 것이 의무라서."

양손을 넓히고 가슴을 펴며 모처럼의 옷을 걸친 자신의 모습을 남편 앞에서 한껏 뽐냈다.

"어때? 어울려?" 라는 마음의 소리가 분명하게 들리는 듯한 그런 태도와 시선을 느끼지 못할 만큼 젠지로는 둔한 남자가 아니다.

그렇다고 말주변이 좋지도 않은 젠지로가 할 수 있는 거라곤 쑥스러움을 견디고 정직하게 감상을 말하는 것뿐이었다.

"오오, 처음 봤는데 그런 차림도 좋네. 평소의 드레스 모습도 물론 좋지만 뭔가 굉장히 신선해."

다행히 어눌하긴 해도 성실한 남편의 칭찬은 제대로 아내의 마음에 닿은 모양이다.

"그래? 군복이나 드레스에 비하면 움직이기 불편해서 평소에는 이 옷을 잘 입지 않지만, 당신이 그렇게 말한다면 앞으로는 가끔 이런 옷도 괜찮을지 모르겠네."

명랑하게 웃는 그 얼굴은 새삼스럽게 젠지로가 반해버릴 만큼 매력적이었다.

젠지로는 깨닫지 못했지만 아우라는 그 여왕다운 첫인상과는 달리, 남녀 관계에 있어서는 의외로 순정파에 귀여운 구석이 있다.

평소에는 거실에 돌아오자마자 정장을 벗고 편한 실내복으로 갈아입는 아우라였지만, 오늘은 웬일인지 그 빨간 사리를 입은 채로 젠지로와 나란히 소파에 앉았다.

"……"

"음……"

지극히 자연스럽게 젠지로가 오른팔을 아우라의 오른쪽 어깨에 두르자 아우라는 그 흐름을 거스르지 않고 머리를 젠지로의 오른쪽 어깨에 기댔다.

물이 담긴 대야 뒤에서 선풍기를 돌리고 있다고는 해도 혹서기의 밤은 여전히 더웠지만, 그래도 가끔은 이렇게 살을 맞대고 싶어진다.

"…………"

"…………"

그렇지만 역시 사랑의 파워에도 한계는 있다.

서로의 감촉을 실컷 즐긴 것인지, 아니면 이 이상 더위를 견디지 못하게 된 것인지.

누가 먼저랄 것도 없이 젠지로와 아우라는 떨어졌다.

"그러고 보니 '디브이디'를 보고 있던 거 아니었어? 계속 안 봐도 괜찮아?"

몸을 떨어뜨린 아우라는 문득 자신이 거실에 들어왔을 때 본 젠지로의 모습을 떠올리고 그렇게 물었다.

하지만 젠지로는 고개를 옆으로 저었다.

"아니, 그건 아우라가 돌아올 때까지 시간을 때우려고 본 거였으니까. 내일 혼자 있을 때 이어서 보면 돼."

"흐음, 그래."

젠지로가 자신을 배려하고 있다는 것을 안 아우라는 이번엔 순순히 그걸 받아들이기로 했다.

그것이 게임이나 음악 감상이었다면 나름대로 아우라도 함께 즐기는 것이 가능했겠지만, DVD 감상만은 어쩔 수가 없었다.

왜냐면 기계의 음성에는 언령이 작용하지 않기 때문이다. 말을 알아들을 수 없이 화면만 봐도 재미있는 영화나 TV 프로그램이란 건 거의 없다. 축구나 야구와 같은 스포츠 중계는 TV 게임을 통해서 룰을 대략 파악했기 때문에 나름대로 즐길 수 있게 됐지만, 역시 젠지로가 살던 세계의 스포츠 팀에 대한 애정이 없는 만큼 몰입할 수 있는 정도는 아니었다.

이렇게 될 줄 알았다면 채플린의 무성영화라도 가져올 걸 그랬다, 라고 젠지로는 후회했던 것이다.

어쨌거나 화제가 끊긴 아우라는 이어서 매일의 관례처럼 굳어진 질문을 남편에게 던졌다.

"그래서, 오늘은 어땠죠? 뭔가 특별한 일은 없었나요?"

"응? 오후의 오찬회는 특별할 게 없었달까? 뭐, 기젠 가문의 파티마 아가씨가 난입해 들어와서 좀 당황했지만."

파티마 기젠의 난입. 현재 가장 적극적으로 대쉬하고 있는 소녀의 이름에 아우라는 순간 표정이 굳었다.

"파티마가? 괜한 꼬투리를 잡힌 건 아니겠지?"

"괜찮아. 적당히 따돌렸으니까, 라기보다 중간에 파티마의 브라더 콤플렉스가 발동해서 폭주해버렸거든. 아, 하지만 얘깃거리로 내가 '증류주'를 만들고 있다는 걸 말해버렸어. 문제가 될까?"

조금 낭패라는 표정으로 묻는 남편에게 여왕은 잠시 생각하더니,

"아니…… 그것뿐이라면 문제는 없겠지. 어차피 증류주는 다음 번 밤 파티 때 내놓을 생각이었으니까."

"그래, 그건 다행이네."

하지만 아우라는 안도의 한숨을 쉬는 젠지로에게 못을 박는 걸 잊지 않았다.

"단, 그런 식의 누설은 조심해 줘. 증류주나 비누 정도라면 문제가 없지만, 유리같은 건 재현한다 해도 왕가의 비전으로 삼고 싶으니까."

게다가 섣불리 젠지로가 국가에 부를 가져다주는 듯한 행동을 보이면 '여왕 반대파'가 젠지로를 허수아비로 추대할 구실이 될 수도 있다.

그런 위험에 대해서는 젠지로도 이해하고 있다.

"응, 미안. 조금 경솔했어."

그렇게 조신한 얼굴로 반성의 말을 뱉었다. 나쁜 의미에서 익숙해져 버린 것이리라. 요즘 조금 부주의한 언동이 늘었다.

"…… 음, 이번엔 큰 일 없이 끝났으니 다음부터 조심하면 충분해. 그밖에 다른 일은 없었어?"

조금 어거지로 화제를 전환해 준 아내의 호의에 젠지로는 미안한 마음이면서도 따르기로 했다.

"그래, 옥타비아 씨와의 마법 수업에서는 꽤 진전이 있었어. '시공차단결계' 마법은 10번에 9번은 성공하게끔 됐고, 마력출력조절도 조금이지만 가능하게 됐어. 봐봐."

그렇게 말하고 젠지로는 몸에서 나오는 마력광을 털끝만큼 미세하게 세게 했다가 약하게 해 보였다.

"오호! 짧은 기간에 벌써 그렇게까지 된 건가. 음, 대단한데. 난 할아버지에게 마법을 배우기 시작하고는 조금이나마 내 의지대로 마력출력조절을 할 수 있게 되기까지 2년 이상 걸렸는데."

그렇게 말하며 젠지로를 칭찬했다.

하지만 사실을 알고 있는 젠지로는 쓴웃음을 지을 수밖에 없었다.

"그건 아우라가 7살 때 얘기잖아? 그야 나는 이미 나이를 먹은 어른이라 이해력도 있고 인내력도 있으니 그런 어린아이에 비해 빨리 배우는 게 당연하지."

아무리 그래도 20대 중반부터 시작한 자신이 7살부터 시작한 아우라와 같은 속도로밖에 마법기술이 늘지 않는다면 좀 슬픈 일이다.

젠지로에게는 확고한 목표가 있는 것이다. 아우라가 둘째를 임신할 때까지는 '순간이동'의 마법을 구사할 수 있게 되어야 한다, 라는 큰 목표가.

그것을 위해서라면 자신이 할 수 있는 최대한의 노력을 다할 생각이다.

"괜찮아. 나 열심히 할 테니까."

"흠, 너무 빠지지는 마."

아우라는 결의를 새롭게 다지는 젠지로에게 가벼운 말투로 아무렇지도 않은 듯 다짐을 받았지만, 속으로는 꽤 심각하게 걱정했다.

(아이고, 이런. 또 내버려 두면 한계까지 '자습'할 생각이구나. 아무튼 서방님은 별 일 아닌 것에도 지나치게 열중한다니까.)

이건 또, 당분간은 세심하게 상태를 살피면서 때때로 쉴 수 있게끔 유도하지 않으면 안 될 것 같다.

(정말이지, 그냥 게으름뱅이보다 더 손이 가네.)

그런 비난이 섞인 감상을 품는 아우라였지만, 그 남편의 옆얼굴을 바라보는 시선은 어디까지나 상냥하게 감싸 안는 것 같았다.

[제6장] 움직이기 시작한 사태

소금 도로에서 사비에르의 병사들이 일전을 치른 그 날부터 열흘 정도가 지난 어느 날 오후.

언제나처럼 집무실에서 업무를 보고 있던 아우라는 왕령 끄트머리의 성채에서 보낸 '소비룡'이 지금 막 날라 온 서류를 보고 한 번 깊게 한숨을 쉬었다.

"…… 후우. 그런가, 가질 변경백의 아들은 토벌에 실패한 건가. 으음, 도로를 봉쇄하고 있던 장애물을 파악하고 그 정보를 가지고 돌아온 것만으로도 성과라 할 수 있지마는."

조금 번거롭게 됐군, 이라고 말하며 아우라는 의자 위에 앉은 채 빙글빙글 목을 돌렸다.

"예. 그 보고서에 적혀 있는 대로, 토벌 대상이 잘 통솔된 50마리가 넘는 군룡이었다면 백 명 정도의 병력으로는 다소 짐이 무거울 것입니다. 사비에르 경의 판단은 결코 잘못된 것이 아니라고 봅니다만."

"알고 있어."

아우라는 정면을 향한 채 대각선 뒤에서 말을 건 파비오 비서관에게 그렇게 짧고 쌀쌀맞은 대답을 돌려주었다.

사비에르의 판단이 틀리지 않았다는 의견에는 아우라도 동의한다.

현재 카파 왕국은 여전히 지난 대전의 피해를 복구하는 중이다. 비록 직할 왕령의 백성이 아닌 지방 영주의 백성이라 해도 사지가 성한 젊은이는 그만큼 귀중한 존재인 것이다.

'군룡'의 괴멸에는 성공했지만 병력은 반으로 줄었다. 라고 한다면 토벌 성공이라고 할 수 없다.

그런 의미에서는 가질 변경백의 셋째 아들은 첫 출진한 젊은이라고는 여겨지지 않을 정도로 이성적이고 적확한 판단을 내렸다고 할 수 있다.

적어도 아우라는 이 '토벌 실패'를 사비에르의 마이너스 포인트라고는 생각하지 않았다. 하지만 아우라의 입장에서는 사비에르의 그 판단을 두 손 들어 환영할 수 없다는 것 또한 사실이다.

"이것으로 '군룡 토벌'의 주도권은 가질 변경백 집안에서 푸죠르 장군에게 넘어가게 됐다."

아우라는 크게 한숨을 쉬었다.

'교외 연습' 명목으로 푸죠르 장군이 이끄는 왕실군의 정예 1천은 이미 성채를 향해 행군을 개시했다.

어쩌면 벌써 성채에 도착했을지도 모른다.

어쨌거나 이미 이 건의 주도권은 푸죠르 장군의 손으로 옮겨갔다.

수도를 벗어날 수 없는 아우라는 그저 잠자코 경과를 지켜보는 수밖에 없다.

"뭐, 됐어. 그 남자가 하는 일이니, 어떻게든 사태는 해결해 보이겠지."

인격은 어쨌든 푸죠르 장군의 무인으로서의 능력은 신뢰할 만하다.

이 한 건으로 차기 영주의 명성을 높이고 싶었던 가질 변경백 부자에게는 좀 안됐지만, 가질 변경백령에서 일어난 일이니 다소 그들의 의도에서 벗어났다 해도 어쩔 수 없다. 하지만……

"확실히 푸죠르 장군이 해결하지 못할 가능성은 생각하기 어렵습니다. 문제는 장군이 그 공적을 발판으로 더 높은 지위를 노릴 생각이라는 것이지요."

변함없이 파비오 비서관은 그 좁은 얼굴이 사실은 잘 만들어진 가면인 것은 아닐까, 라고 의심하고 싶어질 정도로 무표정을 유지한 채 감정이 느껴지지 않는 어조로 말했다.

"…… 음, 다른 측면에서 보면 오히려 좋은 타이밍인지도 모르겠어. 이걸로 쌍왕국의 왕자, 왕녀가 와 있는 동안에는 그 사내가 여기에 없게 됐으니까."

그렇게 말하는 아우라의 말투는 어딘가 억지로 자신을 위로하는 듯한 느낌이었다.

그 옛날, 젠지로가 아직 초등학생이었을 때 텔레비전 음악 프로그램의 토크 코너에서 들은 일화가 있다.

그것은 어떤 뮤지션이 데뷔하기 전에 가난뱅이로 보내던 시절의 에피소드로, "그 무렵 겪은 경험 중 가장 힘들었던 아르바이트는 무엇이었나요?"라는 질문에 대한 대답이었다.

그 뮤지션은 전혀 주저하지 않고 즉시 대답했다. "그건 에어컨 설치 공사 아르바이트죠."라고.

왜냐하면, 에어컨 설치 의뢰가 들어온 방에는 에어컨이 없다. 그리고 그 방에 에어컨 설치를 의뢰했다는 것은 에어컨을 필요로 할 정도로 덥다는 이야기다.

에어컨이 없는 공간에서 땀범벅이 되어가며 작업해 무사히 설치를 마친 뒤 다시 가는 곳은 다음 작업장. 당연히 거기에도 에어컨은 없다.

한여름의 일본에서 에어컨이 없는 공간에서 에어컨이 없는 공간으로 이동을 반복하는 고행에 가까운 아르바이트. 그것이 에어컨 설치 공사 아르바이트다, 라고 그 뮤지션이 말하던 것을 듣던 당시의 젠지로는 "아하하, 진짜 그렇네."라며 에어컨이 빵빵한 거실에서 과자를 먹으면서 웃었던 것이다.

그러면 왜 이제 와서 그런 10년도 더 전에 들은 이야기를 떠올리고 있는가 하면, 간단하다.

"망할! 눈에 땀이 들어갔어! 수평계의 눈금이 안 보여!"

"젠지로 님, 괜찮으십니까!?"

"제, 젠지로 님, 발, 발밑, 조심하십시오!"

현재 젠지로는 한여름의 일본으로 '피서'하러 가고 싶을 만큼 더운 이세계의 후궁에서 익숙하지 않은 '에어컨 설치 작업'에 땀을 흘리고 있던 것이다.

"…… 좋아, 백보드 설치 완료……"

가까스로 침실 벽에 에어컨 백보드를 설치한 젠지로는 이미 그것만으로도 큰 일 하나를 해치운 것처럼 만족스러운 표정으로 그렇게 중얼거렸다.

"젠지로 님, 타월입니다."

"아아, 고마워."

젠지로는 옆에 대기하고 있던 키가 큰 시녀에게 차갑게 식힌 젖은 타월을 받아들어 얼굴의 땀을 닦았다.

"…… 후우, 살 것 같네."

이 열기로 가득 찬 침실에서 벽에 기대 놓은 사다리에 올라가 익숙하지 않은 작업에 몰두했던 것이다. "살 것 같다."는 감상은 결코 과장이 아니었다.

시녀 몇 명이 사다리를 받치게 하거나 백보드를 손으로 잡고 있도록 하면서 가까스로 세 개의 나무 기둥에 긴 나사못을 박아 은색으로 빛나는 금속제 백보드를 수평으로 설치하는 데 성공했다.

"목수들한테 감사해야겠군. 어제는 아우라에게도 폐를 끼쳤으니 나중에 내가 직접 감사 표시를 해야겠네."

젠지로는 방금 설치한 백보드를 올려다보며 그렇게 중얼거렸다.

어제 이 에어컨을 설치하기 위해 일부러 특별 허가를 내려 후궁에 목수를 들여다 침실 벽에 나무 기둥을 세운 것이다. 기둥에는 단단하게 겯지름을 해 두어 무거운 에어컨을 달아도 절대 쓰러지지 않게끔 보강해 두었다.

흰 대리석으로 만든 벽에 나무 기둥을 세우고 비스듬하게 겯지름까지 해 두었기 때문에 모양새는 상당히 볼품이 없지만 별 수 없다.

아무리 그래도 대리석 벽에 나사못을 박을 수는 없었다. 저쪽 세계라면 석재용 못이나 그 못을 박기 위한 전동공구도 있지만 안타깝게도 젠지로가 이쪽 세계로 올 준비를 할 때엔 그렇게까지 특수한 도구에는 미처 눈길이 닿지 않았던 것이다.

아무튼 차가운 타월로 얼굴을 닦고 한 숨 돌린 젠지로는 주변에 반듯하게 서서 대기하고 있는 시녀들의 존재를 깨닫고 말을 걸었다.

"여러분도 사양 말고 냉장고의 타월을 사용해도 좋아. 아, 그리고 주전자에 든 물도 실컷 마시고. 그대로 있으면 열사병이나 탈수증에 걸리게 되니까."

시녀들도 지금까지 사다리를 지탱하거나 젠지로가 나사를 박는 동안 밑에서 백보드를 붙잡고 있거나 하는 꽤나 힘든 일을 해 준 것이다.

조금이라도 체온을 낮추고 수분을 공급하지 않으면 농담이 아니라 쓰러지기 딱 좋다.

"네, 감사합니다."

"그럼 사양하지 않겠습니다."

볼이나 이마에 땀이 송송 맺힌 시녀들은 젠지로의 말에 순순히 감사를 표하고 재빨리 냉장고가 있는 옆의 거실로 향했다.

혼자 침실에 남은 젠지로는 일본에서 여기 저기 웹사이트를 뒤져 출력해 온 '혼자서 하는 에어컨 설치 방법'이 적힌 종이 다발을 침대 위에 펼쳐 놓고 다시 한 번 훑었다.

"그러니까, 백보드는 수평을 맞춰 단단히 벽에 설치했고, 다음은 실내기를 백보드에 걸어 문제가 없는지 시험하는 건가. 그 다음엔 배관, 전원, 배수관을 벽에 뚫은 구멍으로 내보내고……"

그렇게 말하며 젠지로가 백보드 오른쪽 옆을 보자 거기에는 두꺼 운 대리석 벽에 둥근 구멍이 뚫려 있는 것이 보였다. 물론 배수관이 역류하지 않도록 비스듬히 아래로 뚫은 구멍이다.

"그나저나 어떤 세계든지 장인들은 참 대단해. 구멍의 크기도 각 도도 완벽하게 이쪽이 주문한 대로란 말야."

젠지로는 백보드 오른쪽 옆에 뚫려 있는 구멍을 올려다보며 감탄 했다.

그 구멍은 어제 왕궁 직속의 석공이 뚫어준 것이다.

젠지로가 두 팔을 활짝 편 것보다도 두꺼운 석벽에 전동공구도 없이 기대했던 그대로 구멍을 뚫어 보인 그 기술은 저도 모르게 홀 려버릴 만큼 훌륭했다.

그도 그럴 것이 왕궁 직속이 될 정도로 수준 높은 석공은 흙 계 통의 '4대 마법'을 구사할 수 있는 모양으로, 구멍을 뚫기 전에 '석질

연화', 뚫은 후에는 '석질 경화'의 마법을 부린 것이라고 했지만, 그걸 감안하더라도 역시 대단한 기술인 것에는 변함이 없다.

젠지로는 얼굴을 닦아내 미지근해진 타월을 펼쳐 다시 접어서 아직 시원함이 남아 있는 안쪽 부분으로 한 번 더 얼굴을 닦고, 새로이 기합을 넣듯이 말했다.

"좋았어, 그럼 먼저 실내기 배관 접속을 끝내자. 그 다음은 배관 종류를 구멍으로 밖에 빼서 실외기 설치다! …… 실외기 설치라……"

이 무더위 속에 이번에는 그늘도 없는 안뜰에서 지금까지와 비슷한 수준의 작업을 하지 않으면 안 된다.

"…… 하아."

젠지로는 열어젖힌 창으로 쏟아지는 햇빛을 노려보며 저도 모르게 한숨을 토하는 것이었다.

◆

젠지로가 후궁 안뜰에서 시녀들이 든 양산 그늘에만 의지해 익숙치 않은 에어컨 설치 작업에 폭포처럼 땀을 흘리고 있을 무렵, 집무실에서 일을 마친 여왕 아우라는 왕궁 후원을 찾았다.

흰 갑옷과 단창으로 무장한 근위병으로 사방을 둘러싸인 아우라는 여자치고는 보폭이 큰 씩씩한 걸음걸이로 잡초가 무성한 대지를 밟으며 걸어 나갔다.

왕궁의 얼굴이라고 해야 할 정원이나 빈객을 초대해 야외 파티를 열곤 하는 안뜰에 비해, 이곳 후원은 '살풍경'하다고밖에 할 수 없는 모양새였다.

그 대신 크기만큼은 정원과 안뜰을 합친 것보다 넓었다.

이곳은 왕궁에 종사하는 장인들이 작업장으로 사용하는 공간이다.

석공은 후원에서 돌을 자르고, 목수도 여기에서 원목을 손질한다. 대장장이는 왕궁 기사들의 무기를 고치고, 가죽 장인은 방호구의 수선을 맡고 있다.

말하자면 이곳은 왕궁 안에 있는 '공업 단지'라고 할 만한 공간인 것이다.

왕궁 안에는 그밖에도 넓은 밭과 거대한 우물, 식육용 가축의 방목지 등이 존재한다. 이런 구역 배치를 보면 이 왕궁도 여차할 때는 적의 침공에 맞설 수 있는 성채로서의 기능도 가지고 있음을 알 수 있을 것이다.

그러나 다행히 지난 대전 때도 이곳이 전쟁의 불길에 휩싸이는 일은 없었지만.

근위병을 거느리고 걷는 아우라의 존재를 깨달은 장인들은 순간 작업하던 손을 멈추고 그 자리에서 가볍게 목례했다.

"음, 수고가 많다. 그대로 계속하라."

아우라는 가볍게 말을 건네며 그대로 그 자리를 지나쳤다.

작업장에서 일하고 있는 장인은 비록 왕이 앞에 나타나더라도 예를 생략하는 것이 허용되어 있다. 그런 부분은 의외로 유연한 편이다.

장인들의 이목을 끌며 아우라가 잰걸음으로 향한 곳은, 올해 들어 새로 세운 한 채의 목조 건물이었다.

왕궁 수로 옆에 지어 수차 한 대를 확보하고 있는 부분이, 신참치고는 꽤나 우대를 받고 있다는 사실을 짐작케 했다.

그 오두막 앞에서는 지저분한 작업복 차림의 남자 몇 명이 직립 부동 자세로 아우라의 내방을 기다리고 있었다.

"아우라 폐하, 이렇게 발걸음을 해 주셔서 감사합니다."

대표로 그렇게 말한 사람은 머리도 수염도 허연 노인이었다. 조잡하지만 튼튼해 보이는 긴소매 셔츠 밖으로 드러난 손은 단단한 마디가 도드라져서 그가 숙련된 장인임을 말해주고 있었다. 단, 알 만한 사람이 보면 그 셔츠 안에 감춰진 근육이 '현역'이라고 부르기에는 조금 빠져 있다는 것을 알 수 있으리라.

그에 비해 뒤편에서 완연한 긴장을 감추지 못하고 몸이 딱딱하게 굳어 있는 건 모두 10대 중반에서 후반 정도의 젊은 남자들이었다.

그들은 몸도 아직 여린데다가 손바닥도 보드랍다.

한 번 현역에서 은퇴한 노인 대장장이와 햇병아리인 대장장이 견습.

그들은 '유리 제조'를 위해 아우라가 모은 장인들이었다.

현 시점에서 얼마나 성과를 낼 수 있을지 전혀 예측할 수 없는 상황이다보니 현역 세대 중에서는 인재를 끌어오는 게 불가능했던 것이다.

아우라는 조아리고 있는 '유리 제조 팀'의 면면 앞에서 크게 가슴을 펴고 단도직입적으로 물었다.

"보고를 하라. 성과가 있었다고?"

아우라의 말에 늙은 대장장이는 작게 머리를 끄덕였다.

"예, 폐하. 폐하의 지시대로 흰 모래, 태운 조개껍질 가루와 천연 중조 분말의 혼합물을 최대한 고온으로 5일 밤낮 계속 가열한 결과, 어떻게든 녹여서 액체로 만드는 데 성공했습니다. 그것을 철봉으로 찍어다 재 속에 묻어 식혀서 굳힌 것이 이것입니다. 보십시오."

그렇게 말하며 늙은 대장장이는 그 마디 굵은 손에 든 길고 가느다란 물체를 아우라에게 내밀었다.

"음."

아우라가 그렇게 말하고 턱을 끄덕이자 옆에 대기하고 있던 근위병 중 하나가 늙은 대장장이의 손에서 그것을 받아들어 전체적으로 조심스럽게 살피며 이상한 점이 없는지 확인하고는 아우라에게 건넸다.

아우라는 건네받은 그 물체를 자신의 손으로 확인하고 말했다.

"…… 호오, 과연."

그것은 단적으로 표현하면 '녹색이 감도는 흑요석'과 비슷한 물체였다.

표면은 그럭저럭 윤기가 있고 광택이 났지만 색은 거의 까만색에 가까워, 누가 말해주지 않는다면 녹색이 섞여 있다는 것도 눈치 채지 못 할 것이었다.

실수로라도 젠지로가 가져온 식기나 술병에 사용된 '유리'와 같은
물질로는 보이지 않았다.

그러나 그것을 손에 들고 태양빛에 비춰보면, 아주 살짝이긴 해
도 투명한 성질이 있다는 것을 알 수 있었다. 특히 그 돌의 그림자
에 손을 댔을 때 손에 비치는 그림자가 검은색이 아니라 녹색이라
는 점이 확실한 증거였다.

"음."

그 그림자를 본 아우라는 만족스러운 미소를 지으며 끄덕였다.

이 상태로는 아무런 쓸모도 없는 지저분한 돌멩이에 지나지 않겠
지만, 적어도 젠지로가 보여준 DVD에서 소개한 방법이 일단은 유
리 제조법이 맞다는 것을 증명한 셈이다.

첫 성과로서는 꽤 괜찮은 편이라 해도 좋을 것이다.

"잘 했다. 그 기세로 이 물질의 제조법을 확립해 나가면서 투명
도를 높이는 방법도 모색하도록 하라. 이것은 완전히 미지의 작업이
다. 기한은 없다. 실패를 두려워하지도 말라. 단, 시행착오를 겪었다
고 포기하는 것은 용서치 않겠다. 앞으로도 애쓰도록."

"예, 예잇! 분부 받들겠사옵니다!"

아우라의 말에 늙은 대장장이는 그렇게 대답하며 요란스러울 정
도로 깊이 머리를 숙였다. 뒤에서 굳어 있던 젊은 대장장이 견습들
도 당황해서 한 템포 늦게 머리를 숙였다.

실제로 아우라의 말은 진심이었다. 처음부터 젠지로가 보여준

DVD와 똑같은 물건을 만들 수 있을 거라고는 아우라 스스로도 전혀 생각하지 않았다.

이렇게 빨리 '자세히 보니 이건 확실히 유리다'라고 그럭저럭 말할 수 있는 물건이 나왔다는 것만으로도 지나친 성공이라는 생각이 들 정도였다.

유리는 철보다 녹이기 힘들다는 사실을 젠지로에게 들은 바 있는 아우라는 당분간 그럴싸한 물건은 나오지 않을 거라고 각오하고 있었던 것이다.

"그래서, 어떤가? 지금은 제련용 가마를 그대로 갖다 쓰고 있는 모양인데, 이대로 가도 되겠는가?"

아우라의 질문에 늙은 대장장이는 떨떠름한 얼굴로 고개를 저었다.

"아니요, 폐하. 그건 좀 어려울 것 같습니다. 솔직히 이번처럼 계속 사용하면 언제 망가진다 해도 이상하지 않습니다. 게다가 요만한 양을 정제하는 데 닷새나 걸려서는 기술 개선에도 지장이 있습니다."

"흐음…… 그렇다면, 역시 그 자료에 있던 '내화벽돌'이라는 것도 함께 제조에 착수하는 편이 결과적으로는 빠르다는 얘긴가…… 그러면 지금 인원으로는 일손이 부족하겠군."

아우라는 잠시 입을 다문 채 오른손으로 턱을 쓰다듬으며 생각했다. 그리고,

"잘 알았다. 가능한 한 추가 인원을 확보할 수 있도록 해 보마.

그러나 어차피 당장은 어려울 테니, 당분간은 지금의 인원으로 할 수 있는 만큼 작업을 진행해 다오. '유리 제조' 그 자체의 연구를 진행할 것인지, 아니면 '내화벽돌'의 연구를 우선하는지의 여부는 자네의 판단에 맡기겠네. 최선을 다하라. 알겠느냐?"

그렇게 말하며 늙은 대장장이에게 날카로운 시선을 향했다.

"옛, 알겠사옵니다."

여왕의 칙명을 늙은 대장장이는 엎드려 받드는 것이었다.

유리 제조 연구실을 뒤로 한 아우라는 호위 병사를 거느린 채 수로 근처를 걸어 또 다른 구역으로 향했다.

이윽고 아우라의 시야에 조금 기묘한 광경이 들어왔다.

"흐음, 여긴가."

그것은 수로에 나란히 설치한 수차 여러 대였다. 세어 보니 열 대가 넘는 수차가 일렬횡대로 늘어서 있음을 알 수 있었다.

상식적으로는 있을 수 없는 광경이다.

이렇게 수차를 가까이에 연이어 설치하면 수력이 부족해져서 하류쪽에 있는 수차는 출력이 제대로 나지 않는다. 그러나 이 수차에 한해서는 그런 걱정은 처음부터 할 필요가 없었다.

왜냐하면 이 수차들은 모두 사람 무릎께밖에 오지 않기 때문이다. 애초에 동력을 거의 기대할 수 없다.

아우라가 드레스 자락을 손으로 누르며 몸을 굽혀 미니어처 수차를 위에서 들여다보던 바로 그 때였다.

"아, 아우라 폐하! 오셨습니까. 사전에 말씀을 주셨으면 마중 나갔을 텐데요!"

조금 배가 나온 중년 사내와 근육질의 남자들이 이쪽으로 달려오는 것이 보였다.

아직 숨도 제대로 고르지 못한 채 황급히 엎드려 절하려는 장인들을 아우라는 어깨를 살짝 으쓱하며 손으로 저지했다.

"괜찮다. 예정에 없던 갑작스러운 방문이라 미안하군. 내 변덕 때문에 자네들에게 심려를 끼쳤구나."

"하아, 당치도 않은 말씀입니다."

엎드리지는 않았지만 수차 장인들은 다 같이 깊숙이 머리를 숙였다.

비생산적인 언동에 시간을 허비하는 취미가 없는 아우라는 여기에서도 솔직하게 말을 꺼냈다.

"여기도 어느 정도 '성과'가 나온 것 같구나. 내가 본 바로는 10개의 수차 중에서 6개가 망가진 것 같던데."

"예, 보신 대로입니다. 파손된 6개 중에서 5개는 기존 방식의 수차이고, 나머지 1개는 폐하의 지시대로 만든 '신형' 수차입니다."

"그리고 살아남은 4개는 모두 신형인가."

"예. 그렇습니다."

"대단하구나. 서방님의 지식이라는 것은……"

아우라는 주위 사람들에게 들리지 않게 입속으로 중얼거렸다.

이 수차의 내구성 실험은 젠지로의 아이디어를 아우라가 실행한 것이다.

전에 아우라가 젠지로에게 "이 나라의 수차는 북대륙의 것에 비해 잘 망가진다."고 불평했을 때, 젠지로가 아무것도 아닌 것처럼 말한 "그건 톱니바퀴에 톱니 갯수가 '서로소'가 아니라 그런 거 아닌가?"라는 의견을 실제로 반영해 본 것이 이 10대의 미니어처 수차다.

톱니바퀴들이 '서로소'가 아니라는 것은 맞물리는 톱니바퀴의 톱니 수 간의 공약수가 1밖에 없는 상태를 말한다.

에를 들면 5와 9는 공약수가 1밖에 없기 때문에 '서로소'가 되고, 5와 10은 1 외에 5라는 공약수가 있어서 '서로소'가 아니다.

톱니바퀴를 조합할 경우 두 톱니바퀴의 톱니 수가 '서로소'를 이루는지 아닌지는 대단히 중요한 포인트다.

맞물리는 두 톱니바퀴의 톱니 수가 '서로소'라면 모든 톱니가 같은 확률로 맞물리게 된다. 하지만 '서로소'가 아닌 경우는 수많은 톱니바퀴 중 항상 같은 것끼리 맞물리는 게 나오는 반면 전혀 맞물리지 않는 톱니도 나오게 된다.

그렇게 되면 무슨 일이 벌어질까?

'서로소'인 경우는 두 톱니바퀴의 톱니들이 고르게 닳아가기 때문에 쓰면 쓸수록 맞물림이 최적화되는 데 반해, '서로소'가 아닌 경우에는 극단적으로 닳는 톱니와 전혀 닳지 않는다고 봐도 될 만한 톱니가 생겨 쓰면 쓸수록 두 톱니바퀴 모두 모양이 뒤틀리게 된다.

뒤틀린 톱니바퀴는 언젠가 삐걱거릴 것이고, 얼마 지나지 않아 망가진다.

실제로 같은 재질로 똑같이 정교하게 만든 톱니바퀴라도 서로소가 되어 있는 것과 그렇지 않은 것을 비교하면 평균수명은 농담이 아니라 10배 이상 차이가 나기도 한다.

현대 지구에서 만들고 있는 초경도합금에 미크론 단위의 정교함을 자랑하는 톱니바퀴라면 '서로소'가 아니더라도 기술력으로 어떻게든 커버하겠지만, 이쪽 세계의 수차처럼 닳기 쉬운 나무 재질에 정밀도까지 떨어지는 톱니바퀴의 경우, 그 차이는 여실히 드러나게 돼 있다.

"폐하의 말씀대로였습니다. 폐하가 지시하신 톱니 수를 가진 톱니바퀴는 저희들이 지금까지 만들어 온 톱니바퀴에 비교도 되지 않을 만큼 오래 가는 것 같습니다."

자기들의 전문 분야에 문외한인 여왕이 적절한 조언을 내려주었다는 사실에 장인들은 마음속 깊이 진심으로 감탄했다.

원래 그 칭찬을 받아야 할 사람은 자신이 아니라 젠지로라고 생각하고 있는 아우라는 내심 복잡한 심경이었지만, 그런 마음을 이 자리에서 표정에까지 드러낼 정도로 허술한 인간은 아니었다.

"대단한 건 아니다. 내 제안은 그냥 문득 떠오른 생각에 불과해서 자네들 장인의 실력이 없으면 실현할 수 없는 것이다. 내 말을 받아들이고 이렇게 빠른 시일 내에 실현해 낸 자네들의 기술이야말로 이 나라의 보물이다. 앞으로도 왕가, 왕국, 그리고 날 위해 그 기술을 한껏 발휘해 다오."

"예, 예에이."

여왕의 말에 수차 장인들은 새삼스레 그 자리에서 깊이깊이 머리를 조아렸다.

머리를 숙이는 장인들을 만족스럽게 내려다보며 아우라는 입가에 커다란 미소를 짓고 말했다.

"그런고로, 앞으로 왕령의 수차는 이 신형 톱니바퀴로 교환하고 싶은데, 문제는 없겠나?"

다짐을 받는 아우라에게 중년의 장인은 최대한 공손한 태도를 취하면서도 뭔가 아뢰고 싶음이 역력한 눈빛을 하고 말했다.

"그건, 물론입니다. 폐하의 하명이라면 당장이라도 착수하겠습니다. 그런데 그…… 한 가지 여쭙고 싶은 게 있사옵니다만……"

"응? 뭔가? 괜찮다. 말하라."

이 시점에서 이 수차 장인이 하고 싶은 말을 반쯤 확신한 아우라였지만, 모르는 척 하며 뒷말을 채근했다.

"옛, 그러면 허락을 받잡고 실례하겠습니다. 폐하는 이 신형 수차에 대한 정보를 다른 영주들에게도 알리실 생각이신지요?"

장인의 질문은 아우라의 예상을 배반하는 것이 아니었다.

(역시, 그 점을 신경 쓰고 있었나. 뭐, 이 사내의 입장에서 생각하면 무리도 아니겠지만.)

종래의 톱니바퀴보다 압도적으로 수명이 긴 신형 톱니바퀴.

그 존재는 발주자인 왕후귀족이나 사용자인 농민들에게는 복음 그 자체겠지만, 극히 일부, 그런 톱니바퀴를 사용하게 되면 막대한 손해를 입는 사람들이 있다.

말할 필요도 없이 그들 수차 장인들이다.

톱니바퀴의 내구성이 좋아진다는 것은 다른 말로 하면 그들 수차 장인들의 일거리는 줄어든다는 것을 의미한다.

보기에 따라 스스로 자기 목을 조르는 것과 마찬가지다. 장인이 염려하는 바도 타당하다.

그런 장인들의 속마음을 상당히 정확하게 파악하고 있으면서도 아우라는 포커페이스를 무너뜨리지 않고 쌀쌀맞은 말투로 대답했다.

"그래, 그야 물론 가르치고말고. 한 나라의 왕으로서 이런 유익한 정보는 신뢰할 수 있는 부하들과 공유할 의무가 있으니까 말이다."

"그, 그렇습니까……"

중년의 장인은 '절망'이라는 이름의 조각상을 만든다면 모델을 해도 될 만한 표정을 지으며 쉰 목소리로 말했다.

털썩 어깨를 떨구는 장인의 변모를 의도적으로 무시하며 아우라는 조금은 가식적인 태도로 말을 이었다.

"아, 그래, 그렇지. 이건 전혀 다른 건이다만, 사실 자네들에 대한 의뢰 형태를 바꾸고 싶은데. 지금까지처럼 수차 한 대의 설치와 수리를 의뢰할 때마다 비용을 지불하는 방식이 아니라, 한 번 설치한 수차의 관리 및 보전을 자네들에게 일임하고 그 경비는 미리 연초에 한꺼번에 지급하는 형태를 생각하고 있네."

"예? 그건, 그러니까……"

수차 장인들은 아우라의 말을 그 즉시 알아듣지는 못했지만, 이 윽고 그 말의 의미를 이해함에 따라 재차 그 표정이 변했다.

절망에서 환희로.

아우라의 제안은 간단히 말하면 '연간계약'이다.

지금까지는 수차가 망가질 때마다 장인들에게 일을 의뢰하고 수 리를 받았다.

이런 방식이라면 앞으로 신형 수차가 도입돼 고장이 줄어듦에 따 라 절감되는 수리비가 곧바로 장인들에게는 수익 악화로 이어진다.

그래서는 장인들이 버틸 수 없다.

그런 사태를 피하기 위해 아우라는 수차의 관리와 보전에 대한 연간계약을 맺어 연초에 보수를 일괄 지급하고, 계약 기간 동안 수 차의 가동에 아무런 문제가 발생하지 않는다 하더라도 지급한 보수 를 반환할 필요는 없다고 말하는 것이다.

물론 반대로 계약 기간 내에 수차가 고장 나는 경우에는 몇 번이 라도 추가 요금 없이 수리할 의무가 발생하지만, 그건 그들의 책임자 가 회계 관리를 엄청나게 방만하게 하지 않는 한에는 큰 문제가 없 을 것이다.

(물론 지금까지 수차를 수리하는 데 든 연 평균 견적을 내서 계약금은 그

보다 낮게 책정하겠지만.)

아우라는 속으로 그런 생각을 하고 있었지만, 만약 아우라의 속마음이 읽혔다 해도 장인들의 기쁨이 수그러들지는 않았을 것이다.

아우라가 제안한 방식이라면 수차 장인들이 한꺼번에 몰락할 최악의 가능성은 회피할 수 있다.

아우라 역시 당장 갑작스러운 개혁을 시행해 수차 장인들을 길바닥에 나앉게 하는 일은 피하고 싶었다.

게다가 연간계약이라는 형식으로 가면 도중에 '예상 밖의 지출'이 생기는 일이 없어지기 때문에 국고 지출을 계산하기 쉽다는 장점도 있다.

장인들 역시 수입 자체는 약간 줄어들지만 매년 정해진 시기에 정해진 금액이 들어오게 되면 연간계획을 세우기 쉽다는 얘기가 된다.

(이쯤이 적당한 타협점이겠지. 또 서방님 덕분에 약간이지만 국고에 여유가 생길 것 같군. 자, 이 돈을 어떻게 쓸까?)

"감사합니다, 아우라 폐하. 정말로, 감사합니다!"

엎드려 절하며 인사를 하는 장인들 앞에서 여왕 아우라는 이미 다음의 한 수에 골몰하고 있었다.

---◆---

그날 저녁 무렵.

젠지로와 아우라는 후궁에 있는 사랑하는 아들, 카를로스 젠키치 카파, 통칭 카를로=젠 왕자의 방에서 우연히 마주쳤다.

왕궁에서 업무를 마친 아우라가 곧바로 아이에게 향하는 건 늘 있는 일이지만, 거기에 젠지로가 있는 건 대단히 드문 일이었다.

이렇게 말하면 자식에 대한 애정이 엄마인 아우라에 비해 아빠인 젠지로는 빈약한 것처럼 들리지만 그렇지는 않다.

카파 왕국의 모국어인 '남대륙 서방어'를 못 하는 젠지로는 초기 습득 언어에 혼란을 주지 않기 위해 왕자 앞에서 말하는 것이 금지되어 있기 때문이다.

아무리 조심을 해도 오랫동안 함께 있으면 저도 모르게 내 자식에게 말을 걸고 싶어지는 것이 인지상정이다. 때문에 젠지로는 눈물을 머금고 아들의 방에 오래 머무르지 않도록 애쓰고 있는 것이다.

"…………"

말없이, 젠지로는 사랑하는 아들의 방을 건너다보았다.

넓이는 고작해야 4평 정도일까. 후궁의 방이라고 하기에 굉장히 좁았다.

그도 그럴 것이, 원래는 더 넓었던 방에 나무 칸막이를 세워 일부러 좁게 만들었기 때문이다. 물론 까닭이 있다.

어째서 원래는 넓던 방을 일부러 좁게 만든 것일까?

그 이유는 이 방에 한 발짝이라도 발을 들이밀면 이해할 수 있을 것이다.

시원하다. 해가 졌다고는 해도 아직 기온이 거뜬히 30도는 넘을 터인데, 이 방만은 확연하게 5도 이상 서늘하게 느껴진다.

그 원인은 방 한 구석에 놓여 있는 커다란 '얼음 덩어리'와, 그 앞에서 열심히 커다란 부채를 부치고 있는 젊은 시녀에게 있었다.

사람 손으로 만든 바람이 얼음 덩어리를 훑고 방 전체에 그 냉기를 퍼뜨렸다. 물론 젖먹이인 카를로=젠 왕자에게 직접 바람을 닿게 하는 건 오히려 몸 상태를 안 좋게 할 가능성이 있기 때문에 조심했다.

얼음에 커다란 부채로 바람을 불어넣어 실온 자체를 낮춘다. 그 효율을 조금이라도 높이려고 방을 좁게 한 것이다. 방이 넓으면 그만큼 얼음에 의한 온도 저하 효과가 떨어지기 때문이다.

"아, 이 상태로 실례하겠습니다, 젠지로 님."

"…………"

젠지로는 부채를 부치고 있는 손을 멈추지 않은 채 그렇게 인사하는 시녀에게 말없이 작게 고개를 끄덕임으로써 노고를 위로했다.

교대로 하는 일이라고는 해도 쉬지 않고 부채질을 계속 하는 것은 상당한 중노동일 것이다.

(연장 코드를 여기까지 늘일 수 있으면 선풍기도 이쪽에 가져다 둘 수 있을 텐데.)

시녀의 수고를 보고 그런 생각을 한 젠지로였지만, 실제로 그런 짓을 하면 시녀는 자못 슬퍼하게 되리라.

사실 이 얼음 부채질 담당이라는 자리는 현재 후궁 시녀들 사이에서 가장 경쟁률이 높은 인기 업무 중 하나인 것이다.

얼음을 계속 부채질한다는 것은 확실히 나름 중노동이지만 어차피 시녀의 일은 이것도 저것도 전부 중노동인 건 마찬가지다.

그러니 얼음 곁에서 냉기를 만끽할 수 있는 일이 다른 일보다 단연 인기가 높은 건 당연하다고도 할 수 있다. 적어도 불볕더위 속의 정원에서 잡초를 뽑거나 주방에서 화덕 앞에 붙어 앉아 화력을 일정하게 유지하는 일에 비교하면 '천국'이라 해도 과언이 아니다.

젠지로가 그런 생각을 하고 있는 사이에 아우라는 아이가 잠든 침대에 다가가 살며시 그 안을 들여다보았다.

"······ 후아아?"

카를로=젠 왕자는 엄마인 아우라가 들여다본 타이밍을 맞춘 것처럼 반짝 하고 그 커다란 눈을 떴다.

"음? 뭐야, 깨어 있었던 거니, 카를로스"

사랑스러운 아이의 잠든 얼굴을 들여다보려다 실패한 아우라는 살짝 불만스럽게 말했다.

"네. 조금 전에 깨어난 참입니다. 지금은 기분이 좋은 것 같네요."

그렇게 말하며 밝게 웃는 유모의 눈가에는 다크서클이 살짝 생겨 있었다.

아마도 이 작은 왕자님은 어젯밤에도 성대하게 울어 젖혀서 유모의 수면시간을 대폭 갉아먹은 것이리라.

이러한 유모의 노고를 볼 때마다 여왕인 자신이 엄마로서의 책무를 다하는 게 얼마나 불가능한 일일지 뼈저리게 느끼는 아우라였다.

때문에 이렇게 아이와 만나는 시간을 소중히 하지 않으면 안 된다.

"안아줘도 될까?"

내 아이를 품에 안는 일에도 유모의 허락을 받지 않으면 안 된다는 것이 조금 한심했지만, 현재 아이에 관한 일은 낳은 엄마인 자신보다 기르는 엄마인 유모 쪽이 더 잘 알고 있으니 괜한 허세를 부릴 수 없다.

"네, 물론이고 말고요, 폐하. 전하에게 어머니의 온기를 전해 드리도록 하세요."

"음."

유모의 말을 듣고 아우라는 살며시 양손을 카를로=젠 왕자의 머리와 몸 아래로 넣어 신중한 태도로 더 이상 없을 만큼 따뜻하고 부드러운 생명체를 안아 올렸다.

"아우아!"

품에 안긴 아기는 엄마의 팔 안에서 즐겁다는 듯이 소리를 내고는 그 포동포동한 양손을 아우라의 얼굴을 향해 뻗었다.

"후후후, 왜 그러니, 카를로스? 뭐니, 그 손은?"

평소의 강건함은 어디로 갔는지, '칠칠맞다'고 표현하고 싶을 정도로 황홀해하는 표정으로, 여왕은 아이의 손에 얼굴을 닿게 하려고 고개를 숙이며 아기의 부드러운 몸을 얼굴 쪽으로 안아 올렸다.

"다앗, 다앗, 아아."

아우라의 손가락 두 개보다도 작은 왕자의 손바닥이 아우라의 뺨을 어루만졌다.

"후, 후후후, 왜 그러니, 응? 아이고, 간지럽잖니."

"아, 아, 다아앗."

보고 있기만 해도 저절로 미소가 지어질 정도로 흐뭇한 엄마와 아기의 모습.

그때까지 말없이 보고 있던 아빠가 참을성이 다한 것처럼 엄마와 아기 쪽으로 다가와서 입을 열었다.

"젠키치, 아빠란다!"

젠지로의 입에서 나온 그 말은 '남대륙 서방어'였다.

이쪽 세계에 온 지 1년하고도 조금 지났다. 나름대로 이쪽 세계의 말을 배운 젠지로는 '남대륙 서방어'를 약간은 구사할 수 있게 되었다.

구사할 수 있다, 라고 해봤자 고작 '일본 중학교 3학년의 평균적인 영어 실력' 정도였지만, 그래도 몇 백 단어는 젠지로의 머릿속에 들어 있다.

그 중에서도 지금 말한 "아빠란다."라는 말은 유일하게 아우라와 가정교사인 옥타비아에게 "발음까지도 문제없음"이라는 점수를 받은 말이다.

그 이외의 말은 현재 "뜻은 통하지만 발음이 엉망"이라는 이유로 카를로=젠 왕자 앞에서 말할 허가를 받지 못했다.

때문에 젠지로는 자식에 대한 마음을 모두 그 짧은 단어에 담았다.

"젠키치, 아빠란다!"

그렇게 말하며 젠지로는 얼굴 옆에 양손을 펄럭여 재미있는 표정을 짓고 아이의 얼굴을 들여다보았다.

"후아? 후아아, 후아아!"

그 얼굴이 재미있는 건지, 아니면 펄럭펄럭 움직이는 손가락에 흥미를 느꼈는지 아들의 시선은 엄마에게서 아빠에게로 옮겨갔다.

"음……"

재미없어진 건 아우라였다. 사랑하는 남편이지만 아이 앞에 있을 땐 그 작은 천사의 시선과 미소를 두고 쟁탈전을 벌이는 라이벌이다.

"어디, 어디, 카를로스. 여길 보렴. 으응, 카를로스는 엄마가 제일 좋지?"

"다아, 다앗."

흔들흔들, 안고 있는 아이를 어르고 말을 걸며, 반강제로 주의를 자기 쪽으로 돌렸다.

"후훗."

아이의 관심을 되돌린 여왕은 젠지로에게 도발적인 시선을 던지며 승리를 과시하듯이 웃었다.

그 태도에는 젠지로도 조금 울컥한 모양이었다.아우라의 도전을 받아들였다는 듯이 다시 한 번 아이에게 다가가 말했다.

"젠키치, 아빠란다!"

그러나 슬프게도 젠지로가 해도 되는 말은 그것이 유일했다.

"카를로스는 엄마가 제일 좋대! 파파는 두 번째래. 아빠도 그걸로 됐네~?"

제멋대로 말하는 아이 엄마에게 아빠는 열심히 고개를 흔들어 보이며 말했다.

"젠키치, 아빠란다!"

필사적인 표정으로 고개를 옆으로 젓는 젠지로에게 아우라는 짓궂은 미소를 지어 보이며,

"어머, 이상하네~? 아니면 아니라고 확실하게 말해주면 좋을 텐데, 그치? 카를로스?"

"젠키치, 아빠란다~!"

"우와아, 목소리 큰 것 좀 봐, 카를로스가 깜짝 놀라잖아. 무셔라~ 아빠, 무섭다~"

아우라는 필사적으로 웃음을 참으며 정색하고 덤비는 젠지로의 시야에서 품에 안은 왕자를 멀어지게 하려는 듯이 빙글 몸을 돌렸다.

자세히 보니 옆에서 의자에 앉아 있는 유모도, 방구석에서 부채질을 하고 있는 시녀도 웃음을 참느라 부들부들 어깨를 떨고 있다는 것을 깨달았지만, 지금은 그런 남들의 시선에 신경 쓸 겨를이 없

었다.

아우라가 놀리고 있다는 걸 알면서도 완전히 열을 받아버린 젠지로는 뚜벅뚜벅 아우라 앞으로 돌아 들어가서는,

"젠키치, 아빠란다~!!"

오늘 중 가장 큰 목소리로 외쳤다.

갑작스러운 출현, 필사적인 표정, 그리고 오늘 들었던 말들 중 가장 큰 목소리.

세 가지 요소가 합쳐진 결과는⋯⋯

"흐⋯⋯ 흐⋯⋯ 흐에에에엥!"

사랑하는 아이의 대성통곡이었다.

◆

"큭크크크크⋯⋯!"

"아우라⋯⋯ 그만 웃어⋯⋯"

아내와 마주 앉은 젠지로는 거실 소파 위에서 웃음을 멈추지 않는 아우라를 언짢은 표정으로 나무랐다.

"미, 미안. 그치만⋯⋯ 아, 안 돼. 카를로스가 울음을 터뜨렸을 때 당신이 지은 그 얼빠진 얼굴을 떠올리면⋯⋯ 차, 참을 수가, 푸하하하!"

"……………"

눈꼬리에 눈물까지 맺히며 포복절도하는 아내에게서 젠지로는 기분이 상했다는 듯이 시선을 거뒀다.

아무래도 지금은 무슨 말을 해도 소용없을 것 같다.

사랑하는 아들을 울리고 만 그 상황에서 뒷일은 아우라와 유모에게 맡기고 도망치듯 거실로 돌아온 젠지로는 한동안 혼자 풀이 죽어 있었건만, 조금 뒤늦게 돌아온 아우라는 방에 들어오자마자 저 모양이었다.

소파로 뛰어들더니 그대로 엎드려 손으로 소파를 팡팡 두드리며 웃어대는 아내의 모습은 솔직히 말해 그다지 유쾌한 풍경이 아니었다.

젠지로는 전에없이 험악한 눈길로 배를 잡고 뒹구는 아내를 내려다보며 목소리를 낮춰 최종 통고를 했다.

"아우라, 이봐, 슬슬 그쯤 해 두지?"

"푸하하하, 아, 알았어. 지, 지금 그만…… 무, 무리야, 아하하하하!"

아무래도 젠지로의 최종 통고는 사실상 무시당한 모양이었다.

하는 수 없다. 최종 통고를 무시당한 이상, 남은 것은 '실력행사'뿐이다.

"……………"

말없이 일어선 젠지로는 아우라가 뒹구는 소파 쪽으로 천천히 다가가,

"에에잇! 그렇게 웃고 싶다면 실컷 웃게 해 주지!"

쓰러지듯이 아우라를 덮쳤다.

"잠깐, 젠지로!?"

"에잇, 에잇, 에잇!"

틈을 노려 아우라를 위에서 덮치는 데 성공한 젠지로는 그대로 양손으로 아우라의 허리나 겨드랑이를 간지럼 태웠다.

"히익!? 잠깐, 꺄, 히히히히히, 그, 그만······!"

"간질, 간질, 간질."

체력으로는 아우라가 앞설 텐데도 자세가 좋지 않아서인지 아우라는 소파 위에 쓰러진 채 젠지로에게 옴짝도 못 하고 당했다.

"아하하하, 자, 잠깐, 멈춰, 파하앗하하!"

"어디, 맛이 어떠냐."

점점 젠지로도 즐거워진 것인지 왕자의 방에 있었을 때와 입장이 바뀐 것처럼, 조금 짓궂게 웃으며 양손으로 더욱 격렬하게 사랑하는 아내의 몸을 여기저기 간질였다.

허리, 겨드랑이 아래, 허벅지 안쪽, 목덜미, 발바닥, 심지어 겨드랑이 아래를 지나쳐 몸 앞에 있는 포인트나 허리 조금 아래쪽에 있는 은밀한 곳 부근까지, 정신없는 틈을 타 마음껏 탐닉했다.

"힉, 그, 만······!"

"푸히히히히, 귀여운 것, 뭐 어때, 좋잖아? 좋잖아?"

"잠깐! 당신, 처음이랑 취지가 달라진 거 아니야?"

결국 그 부부의 애정행각은 욕실담당 시녀가 입욕 준비 완료를 보고하러 올 때까지 뜨겁게, 금슬 좋게 이어졌던 것이었다.

———————◆———————

　하루 내내 쌓인 더러움을 욕실에서 씻어낸 젠지로와 아우라는 언제나처럼 편한 잠옷 차림으로 거실에 돌아왔다.

　"정말이지, 내가 카를로스 앞에서 당신을 지나치게 놀렸던 것도 그렇고, 그 뒤에 돌아와서 너무 웃은 것도 미안하지만, 그건 아니잖아. 간지럼을 태우는 것에서 끝나면 몰라도, 지금 왕으로서의 책무가 중해서 둘째를 갖는 건 어렵다고 했는데도, 그런……"

　"아니, 좀 장난을 친 것뿐인데."

　"…… 당신은 장난으로 여자 옷고름을 풀어요?"

　"마누라에 한해서, 가끔은."

　화기애애하게 이야기를 나누면서 돌아온 두 사람은 웬일인지 거실 소파에 앉지 않고 그대로 침실을 향해 똑바로 걸어갔다.

　"못 말려…… 뭐, 됐고. 그러면 어디 한 번 보도록 할까요. 성공한 거지? 당신이 전부터 말했던 '에어컨'인지 뭔지의 설치에."

　"응. 뭐, 일단은. 아직까지는 문제없이 움직이고 있다, 라고 생각하는데."

　아우라의 말에 자신 없는 표정으로 젠지로는 그렇게 대답하고 침실 문에 손을 댔다.

　하루를 거의 꼬박 바쳐서 간신히 설치를 끝낸 에어컨. 시험가동 때는 문제없이 냉풍을 토해주었기 때문에 전원을 켠 채로 두었다.

그리고 그 뒤로는 아직 한 번도 침실 문을 열지 않았다.

"줄곧 켜놓았으니까, 기대만큼 작동하고 있었다면 지금쯤은."

젠지로는 침실 문에 손을 댄 채로 눈을 꼭 감았지만, 심호흡을 한 번 크게 하고는 결심한 표정으로 기세 좋게 문을 열어젖혔다. 그러자,

"…… 좋았어!"

젠지로의 희망대로 문 건너편에서 혹서기의 카파 왕국에는 있을 수 없는 차갑게 식은 공기가 흘러나왔던 것이다.

"이건 대단한 물건이네. 조명이나 냉장고를 처음 봤을 때도 놀랐지만, 지금의 충격이 훨씬 커."

부부 공용인 킹사이즈 침대에 앉은 아우라는 설치된 지 얼마 지나지 않은 에어컨에서 불어나오는 냉풍에 양손을 대고 감탄의 말을 뱉었다.

막 목욕을 마친 따끈한 몸에 에어컨의 냉풍이 기분 좋았다.

"후우……"

아우라는 나른한 고양이처럼 눈을 가늘게 떴지만 문득 옆에 앉은 남편의 표정이 왠지 썩 밝지 않다는 것을 눈치 챘다.

"왜 그래요, 젠지로? 석연치 않은 얼굴을 하고. 뭔가 불만이 있는 거야?"

옆에서 이쪽으로 얼굴을 향하고 살피는 사랑하는 아내에게 젠지

로는 조금 미안하다는 듯이 머리를 긁적이고는,

"아아, 응. 그게, 솔직히 말하면 아직 불완전해서, 이거. 에어컨의 출력에 비해 방이 지나치게 크기도 하고, 창문을 닫아도 밀폐가 잘 안 되니까 여기저기로 열기가 들어오고. 지금은 밤이라 꽤 시원하지만 틈새로 햇빛이 들어오는 낮에는 기대만큼 시원하지 않을 것 같아."

그렇게 말하고 한숨을 쉬었다.

첫 번째 도전에서 에어컨이 작동하도록 설치하는 데 성공한 건 행운임에 틀림없지만, 그래도 역시 에어컨의 효과는 현대 일본의 주택에 설치한 경우에 비해 낮다고 할 수밖에 없었다.

젠지로가 가져온 에어컨은 일반 가정용 치고는 최대급인 약 12평 용량인데, 이 침실은 적어도 15평은 됐다.

게다가 방금 말한 대로 카파 왕국의 건축물은 기밀성이 낮았다.

이래서는 지금과 같은 밤은 그렇다 쳐도, 40도가 넘는 혹서기의 한낮에는 미처 대처하기 힘들 것 같은 생각이 들었다.

"그건 너무 욕심이 과한 거 아니야?"

조금 놀란 것처럼 눈을 동그랗게 뜬 아우라에게 젠지로는 쓴웃음으로 답했다.

"응, 뭐, 그렇다고 하면 그럴지도 모르지만, 왠지 에어컨이 있는 방은 '별세계'라 할 정도로 시원하다는 이미지가 있어서. 게다가 아직 가장 큰 문제가 남아 있고."

"가장 큰 문제?"

되묻는 아내에게 젠지로는 한 번 끄덕이고는 머리 위에서 가동 중인 에어컨을 밑에서부터 노려보았다.

"응. 과연 이번 에어컨 설치가 정말 성공한 것인가? 하는 문제. 확실히 아직까지는 이상한 소리가 나거나 물이 새지도 않고 정상적으로 돌아가는 것처럼 보이지만. 들은 얘기로는 무리하게 설치해서 서서히 부담이 쌓이다가 며칠 지나면 멈춰버리는 패턴이 꽤 많다더라고."

그렇게 되면 수리하기 위해서는 그 날짜만큼을 '시간역행' 마법으로 되돌리지 않으면 안 된다.

그것은 아우라에게 '부탁' 할 수 있는 영역을 넘는 것이다. 그럴 경우에는 에어컨을 완전히 포기하는 수밖에 없을 것이다.

(한 줄기 희망은 장래에 내가 '시간역행'과 '미래보상'을 배워서 스스로 고칠 수 있게 되는 것뿐인가.)

'미래보상' 또한 시공마법의 비술 중 하나다.

간단히 말하면 자신이 미래에 갖게 될 마력까지 한꺼번에 가불해서 최대 마력량을 초과하는 마법의 발동을 성공시킨다는 거친 기술이다.

사용하면 당연히 지불한 만큼의 기간 동안에는 전혀 마법을 쓸 수 없게 되기 때문에 아우라는 절대 사용해서는 안 되는 마법이지만, 기본적으로 전력외인 젠지로라면 사용할 찬스는 있다.

물론 젠지로가 마법을 사용할 수 있게 되면 젠지로의 마력도 '국익을 위해' 나라의 관리 아래 놓일 가능성이 높기 때문에, 그렇게 편하게 사용할 수 없을지도 모른다.

무엇보다 젠지로가 그 마법을 쓸 수 있게 되는 건 최대한 낙관적으로 계산해도 내년이다. 그 시점에서 에어컨을 설치 전 상태로 되돌리고 싶다면 '1년' 가까운 시간을 역행하지 않으면 안 되는 것이다.

그 정도나 시간을 많이 되돌리려면 '미래보상'으로 몇 달 치의 마력을 지불할 필요가 있을 것이다. 아무리 자신의 마력이라고 해도 왕족이라는 입장을 고려하면 사적인 일로 사용해도 괜찮을 영역을 넘어 버린 느낌이 든다.

"에이, 고민해도 소용없지. 현재로서는 문제없이 움직이고 있으니 당분간 에어컨의 은혜를 만끽하기로 할까."

고민을 떨쳐버리려는 듯이 그렇게 말하는 젠지로에게 아우라는 끄덕끄덕 동의를 표했다.

"음, 그게 좋겠어. 그리고 우선 내일이라도 이 침실에 의자와 테이블을 들이도록 하죠. 아침식사나 점심 휴식도 지금처럼 침대 가장자리에 앉아서 하는 건 좀 품행에 문제가 있으니까."

"아우라…… 생활의 거점을 거실에서 침실로 옮길 기센데."

예상 이상의 반응을 보이는 사랑하는 아내에게 젠지로는 살짝 쓴웃음을 보였다.

에어컨의 냉풍이 나오는 침대 위에 앉아버리면 이제 열기로 가득 찬 거실로 돌아간다는 선택지는 머릿속에서 사라져 버린다.

취침시간까지는 아직 여유가 있는 젠지로와 여왕 아우라는 침대 가장자리에 나란히 앉아 밤의 대화로 꽃을 피웠다.

"그러면 당신은 오늘 낮 시간을 거의 이 '에어컨' 설치에 들였다는 거네?"

"응. 허풍 떠는 게 아니고, 정말 그것밖에 할 수 없었어. 비누 만들기나 증류주 만들기처럼 하고 싶은 일은 잔뜩이었지만."

아우라의 물음에 젠지로는 그렇게 대답하고 고개를 위아래로 끄덕였다.

요즘은 아우라의 대리역으로 왕궁 행사에도 조금씩 얼굴을 내밀게끔 된 젠지로는 예전처럼 한가한 몸이 아니다. 그래서 모처럼 온종일 아무 예정도 없는 오늘은 매우 귀중한 날이었지만, 이미 다른 일을 할 만한 시간적인 여유도 체력도 남아 있지 않았다.

기온이 40도가 넘는 가운데 에어컨을 설치하는 작업은 젠지로에겐 그만큼 중노동이었던 것이다.

사실 소금 도로에서는 그 불볕더위 속에서 며칠씩이나 행군을 계속하는 병사들이 있었지만, 젠지로의 솔직한 감상으로는 '병사들은 모두 사람이 아니라 초인'으로밖에 여겨지지 않았다.

(역시 시간이 걸리더라도 몸을 이 나라의 기후에 익숙하게 만들 필요가 있겠어…… 에어컨을 설치하자마자 이런 생각을 하는 건 뭣하지만.)

내심 그런 생각을 하는 젠지로였지만, 그런 생각은 오히려 에어컨 설치에 성공했기 때문에 떠올랐을 것이다.

사람은 힘든 상황에 처했을 때는 그 상황에서 도망치는 것 외엔 머릿속에 떠오르지 않는 법이다. 기특한 생각이 드는 건 괴로움에서 벗어난 뒤에야 가능한 것이다.

어쨌거나 그건 지금 해야 할 말이 아니라고 판단한 젠지로는 화제를 돌리듯이 자신이 이제부터 하고 싶다고 생각하고 있는 것을 옆에 앉은 아내에게 전했다.

"음, 비누나 증류주 제조는 한가한 틈을 봐서 진행하려고. 요즘은 나도 왕궁에서의 일이 늘어서 마음대로 시간을 내기는 힘들지만."

남편의 말에 아우라는 조금 눈썹을 찡그리며 대답했다.

"하고 싶은 일이 있으면 일을 줄여도 되는데? 내 몸 상태도 거의 원래대로 돌아오고 있는 중이니까."

그건 의심의 여지도 없이 아우라가 젠지로를 배려하는 마음에서 한 말이었지만, 남편은 아내의 호의에 기댈 생각이 없었다.

"그래서, 몇 년 뒤에 아우라가 또 출산할 때 작년처럼 허둥지둥하라고? 싫은데, 그런 건. 자랑은 아니지만 난 평범한 사람이라 비록 한 번 몸에 익힌 일이라도 반년 이상 손을 놓으면 싹 잊어버릴 자신이 있거든."

"그건 확실히 자랑은 아니로군."

단호하게 가슴을 펴며 대답하는 남편의 말에 아우라는 쓴웃음을 지으며 어깨를 으쓱했다. 이어서 아우라는 조금 표정을 긴장시키고 젠지로에게 전했다.

"알았어. 솔직히 말하면 확실히 나도 작년엔 출산시의 행동 제약이라는 걸 쉽게 봤었지. 당신이 지금과 비슷한 정도로 일을 해 주면 고마운 건 사실이야. 하지만 오해하지 말았으면 하는 건, 난 그저 당신에게 쉴 여유를 주고 싶어서 '하고 싶은 일이 있으면 일을 줄여도 좋다'고 말하는 게 아니거든. 지금까지의 실적을 봤을 때, 당신이 만들고자 하는 것이 이 나라에 좋은 영향을 미칠 것을 기대하고 있기 때문이기도 해."

그런 아우라의 말에 젠지로는 난감한 표정으로 머리를 긁적였다.

"아니, 저기, 너무 기대하면 곤란한데. 내가 하고 있는 일 따위, 이것도 저것도 그냥 선무당이 여기저기 찔러보는 거나 마찬가지니까. 분명히 말하는데, 십중팔구는 실패할 각오로 하고 있다고. 아, 그런데 그런 말을 한다는 건, 혹시 어떤 성과라도 있었던 거야?"

말하는 도중에 눈치 챘는지 그렇게 묻는 젠지로에게 아우라는 빙긋 웃으며 고개를 끄덕였다.

"으응. 전에 지시를 내린 장인들의 작업장에 오늘 낮에 다녀왔는데, 예상을 넘는 성과가 있었어. 먼저, 유리. 실험작 제1호로 꽤 그럴듯한 게 만들어졌어. 내일이라도 가져와서 보여 줄게. 뭐, 이번에 만든 건 광택이 있고 녹색을 띤 검은 돌일 뿐이지만, 그래도 작업의 방향성이 틀리지 않았다는 게 입증됐다고 할 수 있지."

"호오, 그건 굉장한데."

젠지로는 솔직하게 감탄을 드러냈다.

필요한 재료에 대한 최소한의 정보와 제조법이라고 부르기 민망할 정도로 조잡한 설명에만 의지해 그럭저럭 결과물을 낸 것이다. 치하의 말은 결코 과분한 것이 아니었다.

"당연하지만 아직 문제도 많아. 현재로서는 유리라고 부르기도 망설여지는 새카만 물건인 데다 그걸 원하는 형태로 만들 기술도 아직 확립을 못 했으니까. 무엇보다 이 나라에서 일반적으로 쓰는 흙 가마에는 유리가 녹는 온도의 부담이 지나치게 커. 이대로 계속 사용하다간 10번도 못 쓰고 내구 한계를 넘을 거라고 장인들이 말했어."

아우라는 떨떠름한 표정으로 그렇게 현재의 문제점을 나열했다.

따라 하는 것처럼 표정을 찌푸린 젠지로는 오른손으로 턱을 받치며 생각에 잠겼다.

"으음. 그렇다면 역시 '내화벽돌'이 필요할 것 같네."

"그래. 분하긴 하지만."

아우라는 수긍하고 밉살스럽게 콧소리를 냈다.

그만큼 전에 DVD에서 본 '내화벽돌 만드는 법'이 마음에 들지 않았던 모양이다.

확실히 '점토에 낡은 내화벽돌을 부순 가루를 섞어 내화벽돌로 지은 가마에서 천천히 굽는다.'는 설명은 아무런 단서도 되지 않으니 무리도 아니다.

잠들기 전에 아내가 더 이상 기분이 나빠지면 곤란하기에 젠지로는 조금 다급한 말투로 이야기를 계속했다.

"그러니까, 다음 문제는 유리의 색을 어떻게 빼는가와 모양을 만드는 방법이겠네? 모양을 만드는 건 그 TV 프로그램에도 나온 것처럼 길고 가는 관에 묻힌 다음에 불면서 부풀리는 것이 가장 현실적이라고 생각해. 요즘엔 유리창 같은 건 '플로트식'이라고 불리는 방법으로 만들고 있다고 하지만."

젠지로는 오렌지색 LED 스탠드 라이트가 비추는 침실 천장을 노려보듯 하면서 어디서 주워들은 정도의 지식을 뇌리에서 쥐어짰다.

"으응? 불어서 늘리는 방법은 당신이랑 같이 본 거고, 그 '플로트식'이라는 건 처음 듣는데."

흥미를 느낀 건지 살짝 이쪽으로 몸을 내민 아내의 잠옷 차림에 눈을 빼앗기면서 젠지로는 성실하게 대답했다.

"나도 자세히는 몰라서 정말 대충밖에는 설명 못하겠지만, 요컨대 유리가 녹는 온도보다 저온에서 액화하는 금속 용액의 표면에 녹인 유리를 띄워서 유리를 판자처럼 만드는 방법이야. 그렇게 하면 나중에 연마하지 않아도 양쪽 모두 매끌매끌하고 평평한 판유리가 되는 거지. 봐, 따뜻하게 녹인 동물성 기름을 물에 띄운 걸 생각하면 상상하기 쉽지? 그런 상태로 잠시 놔두면 기름 바닥이 편편하게 굳잖아? 그런 느낌이야."

"과연. 굉장히 규모가 큰 방법이지만 원리는 이해가 가."

끄덕이며 이해를 표하는 아우라였지만 그 표정은 그다지 감명을 받은 것처럼 보이지는 않았다.

그건 '유리'에 대한 젠지로와 아우라의 기대치가 서로 다르기 때문일 것이다.

유리라고 하면 유리창을 먼저 떠올리는 젠지로에 비해, 아우라는 무엇보다도 구형의 유리──유리구슬에 가장 큰 관심이 있었다.

아우라가 플로트식 제조법에 그다지 흥미를 보이지 않는 것도 당연하다 할 수 있다.

사실 플로트식으로 유리를 제조하는 데는 불어서 만드는 유리보다 훨씬 큰 어려움이 따른다. 유리를 띄우기 위한 금속 용액의 온도를 조절할 필요가 있고, 액화 금속 옆에서 작업을 하는 사람이 증발하는 금속을 들이마실 위험이 있다.

생산 라인 대부분을 컴퓨터로 제어할 수 있도록 자동화된 현대 기술 하에서나 효율적인 얘기일 뿐, 이쪽 세계의 기술 레벨에서는 입으로 불기나 그것을 응용해 크라운 방식으로 만든 유리를 장인의 손으로 연마해서 평평하게 만드는 편이 오히려 효율이 좋을지도 모른다.

젠지로는 거기까지 생각이 닿지는 않았지만 아내의 관심을 끌지 못했다는 것만은 이해했다.

"그럼, 또 하나의 문제. 유리의 색인가. 이쪽도 그 프로그램에서 한 것처럼 최대한 모래 속의 철분을 제거할 수밖에 없겠지. 방법은 좀 더 정성들여 모래를 맷돌에 갈고, 물 속에서 잘 휘저어 가능한 한 침전물 위쪽만 골라내는 수밖에."

유리 제조를 방송한 TV 프로그램에서도 간단히 설명했지만, 유리에 색이 들어가는 주된 원인은 모래에 섞인 금속 때문이다.

때문에 가장 간단하고 확실한 대책은 모래에서 금속 입자를 최대한 제거하는 것이다.

모래를 맷돌로 열심히 갈아 할 수 있는 한 곱게 부숴서 금속 입자를 제거하기 쉬운 상태로 만든다. 그리고 그 모래를 물이 가득 든 통에 넣고 충분히 저은 뒤 모래가 전부 가라앉을 때까지 천천히 기다린다.

그렇게 하면 비중이 무거운 금속 입자가 먼저 가라앉고 가벼운 모래가 그 위에 쌓인다.

그 다음에 침전물에서 윗부분만을 떠내면 된다.

젠지로의 대답에 여왕은 최근 단련의 성과로 라인을 되찾기 시작한 턱에 손을 대고 말했다.

"흐음. 일단 그 순서에 대해서는 영상을 봤을 때 당신한테 설명을 들었기 때문에 그대로 시켰는데 말이야. 맷돌에서 잘 안 갈린 탓인지, 물속에서 제대로 휘젓지 않았던 건지, 결과는 아까 말한대로야."

"으음, 어쩌면 모래 자체에 문제가 있을 지도 모르지. 실제로 유리에 적합한 모래와 그렇지 않은 모래는 굉장히 차이가 나는 모양이던데. 원료에 문제가 있으면 아무리 노력해도 한계가 있을지도 몰라."

극단적인 얘기로, 사철이나 마찬가지인 검은 모래를 아무리 열심히 맷돌에 간다 해도 대단한 효과를 보기는 어렵다는 얘기다.

물론 아우라 말대로 덜 갈았거나 휘저어서 선별하는 작업이 잘 안 됐을 가능성도 충분히 있기 때문에 젠지로의 의견이 전적으로 옳다고 할 수는 없다.

그러나 아우라의 귀에도 젠지로의 의견은 충분히 신빙성 있는 것으로 들린 듯했다.

"과연, 모래 그 자체의 적성인가. 한 번 각지에서 여러 종류의 모래를 모아 볼까."

"응, 그게 좋다고 생각해. 다음은 그 TV 프로그램에 나왔던 거지만, 자석으로 면밀하게 철분을 제거한다거나. 자석은 일단 냉장고에 붙여 둔 게 몇 개 있는데, 거기에 철조각을 붙여서 자기를 띠게 하면 너무 약하겠지. 충전지가 많이 있으면 그걸 직류 전원으로 사용하고, 구리선이 있으면 전자석 흉내 정도는 가능할 텐데."

중학생 시절에 배운 과학 수업 지식을 머릿속에서 끄집어내는 젠지로에게 아우라는 고개를 갸웃하며 질문을 던졌다.

"구리선? 뭐야 그건? 선처럼 뽑은 구리라는 건가?'

"응. 구리선. 실처럼 가늘고 길게 늘인 구리를 둥글게 감아서 거기에 전기를 흐르게 하면 심지에 자기가 흐르게 돼. 그렇게 해서 철을 자석으로 만드는 실험을 어릴 때 학교에서 했던 기억이 있거든. 이쪽엔 구리선 같은 게 있을까? 경우에 따라서는 철선으로 대용할 수는 있지만 효율은 좀 떨어져. 구리는 은 다음으로 전기가 잘 통하는 금속이니까.

젠지로의 물음에 아우라는 커다란 가슴 아래에 팔짱을 끼고 생각했다.

"으으음. 적어도 지금 이 나라에는 없는 게 틀림없어. 문제는 왕궁 소속 기술자에게 명령해서 만들게 할 수 있는가 없는가인데……그렇게까지 가느다란 것이라면 어려울 것 같은데. 게다가 돌돌 감아서 사용한다는 거지? 그렇다는 건 충분히 유연해야 한다는 거잖아. 어쩌면 조금 비용이 들어도 구리보다 은 쪽이 쉬울지도 몰라. 그렇게 가느다란 걸 만드는 건 은세공 영역에 가까우니까."

아우라의 대답에 젠지로는 살짝 의표를 찔린 듯한 표정을 지었지만 금세 납득한 표정으로 바뀌어 고개를 끄덕였다.

"아, 그런가. 전선처럼 대량으로 만드는 게 아니라 소규모로 실험하는 데 쓸 거라면 은으로 만들어도 그렇게까지 비싸게 먹히지는 않는다는 거구나. 응, 알았어. 가능성이 있을 것 같으면 부탁하기로 할까. 이쪽도 안뜰 나무 그늘 아래에 작업대를 만들고 준비해 둘 테니까."

문외한인 젠지로는 자기가 발생했을 때 주위에 어떤 악영향을 미칠지 정확한 예상을 할 수 없다.

건전지를 전원으로 한 전자석 정도로는 컴퓨터를 비롯한 가전제품이 망가질 거라고 생각할 수 없지만, 그래도 섣부른 판단은 위험하다. 돌다리도 두들겨 보고 건너는 게 맞는 것이다.

이 더위 속에 바깥에서 작업을 할 생각을 하면 조금 치가 떨리지만, 나무 그늘 아래나 분수 가까운 장소를 택하면 견딜 수 없을 정도는 아닐 것이다.

"알았어. 은세공사는 내 쪽에서 알아봐 둘게. 모래도 가능한 한 다양한 지역에서 실험적으로 모으도록 하지."

"응, 부탁해."

유리에 관한 얘기는 이쯤에서 일단 끝났다.

아우라는 이어서 '수차' 실험의 결과에 대해 이야기하기 시작했다.

"그리고, 당신이 말했던 수차의 톱니바퀴를 '서로소'로 한다는 아이디어 말인데, 굉장해. 당신이 말한 대로야. 서로소가 된 톱니바퀴는 그렇지 않은 톱니바퀴보다 몇 배나 튼튼해."

눈을 반짝반짝 빛내며 얼굴에 저절로 웃음이 피어나는 것을 억누를 수 없는 아우라는 흥분한 목소리로 그렇게 보고했다.

"아, 성공했구나. 잘 됐다. 꽤 엉성하게 주워들은 지식이라서 솔직히 상당히 불안했거든."

"완전히 극적인 변화였어. 지금은 일부러 연한 목재로 만든 미니어처를 써서 실험하는 단계지만, 이 상태를 봐서는 실제 크기에서도 문제없을 거라고 기술자들이 장담하더군."

이걸로 왕국의 수차 관리 예산을 얼마간 절약할 수 있게 됐다. 그렇게 말하며 웃는 아우라의 표정은 왕으로서의 박력이 넘치고 있어서, 솔직히 젠지로는 침대 위에서 살짝 뒷걸음질 칠 뻔했다.

(아하하, 우리 마누라, 미인에다가 상냥하지만 박력 있네.)

서방이 그런 감상을 품고 있다고는 생각지도 못하고, 여왕은 그 커다랗게 솟은 두 젖가슴 아래로 팔짱을 끼고 자못 즐거워하며 생각했다.

"이건 순전히 왕가의 임시 수입이거든. 예전처럼 결산서에서 당겨오던 돈과는 달리 사용처는 완전 자유야. 후후후, 큰 돈은 아니지만 매년 정기적으로 들어온다는 게 매력이야. 꿈을 펼칠 수 있다고."

참고로, 톱니바퀴의 맞물림 이외에도 같은 조건의 소형 수차를 많이 만들어서 실험하는 방법을 제안한 것도 젠지로였고, 수차 업계에만 피해가 가지 않도록 연간계약으로 바꾼다는 아이디어를 낸 것도 실은 젠지로였다.

젠지로 자신은 그다지 대단한 것이 아니라고 생각하고 있는 모양이지만, 이번 건으로 아우라는 원래부터 높았던 서방님에 대한 평가를 큰 폭으로 상승 조정했다.

그러나,

"그래, 잘 됐네. 정말 잘 됐어. 하지만 모처럼 생긴 차익이니까 최대한 유익하게 사용하고 싶겠지? 사용처에 대해서는 조금 더 안정이 된 후에 천천히 생각해 보면 어때?"

라고 젠지로가 다독이듯이 아내의 어깨를 톡톡 두드리며 말하자, 아우라는 지금까지의 흥분이 마치 연기였다고 생각될 정도로 금세 표정을 바꿨다.

"아니, 미안하지만 천천히 생각할 여유는 당분간 없을 거야. 이런 일에 시간을 할애할 수 있는 것도 지금 뿐이거든. 실은 쌍왕국에서 프란체스코 왕자와 보나 왕녀가 이쪽을 향해 출발했다는 보고가 들어왔어. 따라서 이제 조금 있으면 샤로와·지르벨 쌍왕국의 왕자와 왕녀가 도착할 거야. 그러면 나도 당신도 자유로운 시간은 압도적으로 줄어들겠지."

움직이려면 지금 해야 한다. 라는 아우라의 말에 젠지로는 저도 모르게 한숨을 뱉었다.

"뭐? 그 얘기, 벌써 그렇게 진행된 거야?"

"응. 대형 용차로 이동하는 건 기후나 그 밖의 요인이 일정에 큰 영향을 끼치기 때문에 언제라고는 단언할 수 없지만, 순조롭다면 한 달 정도 뒤에는 이쪽에 도착하겠지. 그러고 나면 나도 당신도 응대하느라 바빠질 거야. 당분간은 여유 없는 나날이 계속되리라는 것을 지금부터 각오해 뒀으면 해."

젠지로의 한숨이 전염된 것처럼 아우라도 크게 숨을 토했다.

쌍왕국의 왕족이 온다.

그 크나큰 이벤트 앞에서는 다른 형편이나 당사자들의 심경 따위는 접어둬야 한다.

아우라의 말대로 당분간은 웃는 얼굴 아래에 긴장과 경계심을 감춘 접대로 분주한 나날이 이어지게 될 것이다. 아무리 국서는 표면에 나서지 않는다고 해도 현재 왕국에 두 사람밖에 없는 왕족의 한 사람이라는 사실은 변하지 않는다.

젠지로의 스케줄은 당분간 꽉 찬 것이나 다름없다는 이야기다.

"알았어. 힘낼게."

한 번 어깨를 푹 수그렸던 젠지로는 심호흡을 크게 해 음울한 공기를 토해내고는 기분을 새롭게 다지는 것처럼 그렇게 대답하는 것이었다.

여왕 부처는 그 후에도 잠시 동안 침대 위에 앉은 채 사무적인 대화를 계속했는데, 그 대화는 침대 옆에 놓아 둔 휴대전화의 전자음에 의해 끊겼다.

"어이쿠, 타이머가 울려 버렸네."

"뭐야, 벌써 잘 시간인가. 역시 실내가 쾌적하면 뭘 해도 시간이 빨리 가네."

킹사이즈 침대 위를 구르듯이 움직여 휴대전화를 잡고 알람을 멈춘 젠지로에게 아우라는 아쉽다는 듯이 그렇게 말했다.

시간 가는 줄을 잊고 수면시간을 줄이는 일이 없도록, 혹시나 해서 휴대전화 알람을 세트해 놓았던 게 도움이 됐다.

"응, 더 이상 얘기를 계속해도 한이 없을 테니, 그만 잘까."

에어컨의 리모컨을 쥐고 삑 하고 버튼을 누르는 젠지로에게 아우라는 조금 불만스럽게 말했다.

"으, 끄는 거야?"

냉풍의 매력에 폭 빠져버린 아내에게 젠지로는 쓴웃음으로 대답했다.

"아니, 끄는 거 아냐. 슬립 모드라고 해서, 잘 때의 설정으로 바꾼 거야. 아무리 그래도 자고 있을 때 제일 센 바람을 쐬는 건 몸에 안 좋으니까."

"그렇구나……"

아쉽다는 듯이 고개를 갸웃하는 아내의 얼굴을 보고 있으려니, 젠지로는 의견을 철회하고 다시 에어컨을 초강풍으로 틀고 싶어졌다.

실제로 밤에도 30도를 밑돌지 않는 이 땅에서는 에어컨을 최대

출력으로 해 놓는 편이 실온을 '적정 온도'에 가깝게 유지할 수 있을 것 같다는 생각이 들었다. 하지만 첫날부터 괜한 모험을 할 필요는 없을 것이다.

"그럼, 불도 끌게. 괜찮지?"

"으응, 문제없어."

침대에서 내려간 젠지로는 침실을 비추고 있던 오렌지색 플로어 스탠드 라이트의 스위치를 껐다.

조명이 꺼진 침실은 나무 창문을 닫은 탓에 별빛조차 들어오지 않는 완전무결한 어둠에 휩싸였다.

하지만 젠지로에게는 벌써 1년 이상 지내며 익숙해진 편안한 내 집이었다.

깜깜한 어둠 속에서 별로 헤매지도 않고 침대로 돌아온 젠지로는 그대로 더듬더듬 침대 위로 올라가 사랑하는 아내가 기다리고 있을 침대의 한가운데로 다가갔다.

이 어둠 속에서도 아우라는 이쪽의 윤곽 정도는 눈에 보이는 모양으로, 네 발로 기어 다가온 젠지로에게 알맞게 손을 내밀어 자신 쪽으로 이끌었다.

"젠지로……"

"응, 고마워."

당연하다는 듯이 손을 맞잡고, 당연하다는 듯이 입을 맞추고, 당연하다는 듯이 나란히 자리에 누운 남과 여.

"그럼, 잘 자."
"으응, 잘 자."

여왕과 국서. 쌍왕국의 왕자와 왕녀가 오면 좋건 싫건 이 나라는 격심한 충격을 받게 될 것임에 틀림없다. 그 동요를 정면에서 받아 안고 제어하는 게 왕족의 역할이다.

앞으로 어떠한 곤란이 두 사람에게 덮쳐올 것인지, 그것은 시공마법 술사인 아우라도 알 수 없는 일이었다. 그러나, 그러하기에 이렇게 밤의 어둠속에서만큼은 서로만을 느끼고 마음 편히 잠에 몸과 마음을 맡겨야 하는 것이다.

서로 사랑하는 아내와 남편은 서로의 숨소리와 체온을 피부에 느낄 수 있을 만큼의 거리를 유지하며, 조용히 잠 속으로 빠져드는 것이었다.

〈이상적인 기둥서방 생활 4〉로 이어집니다.

[부록] 주인과 시녀의 ^{문 화 마 찰}간접교류

후궁에서 일하는 시녀들 사이에 젠지로의 평가는 높다.

조금 건방진 말투를 써도 된다면, '다루기 쉬운 주인'으로 받아들여지고 있다 해도 좋을 것이다.

일에 대해 까탈스럽게 굴지 않는다. 변덕스러운 명령을 내리지도 않는다. 사정이 있어서 규정대로 일을 완수하지 못하더라도 이유를 설명하면 심하게 질책하지 않는다. 그리고 일을 완수하면 "고맙다."는 치사를 잊지 않는다.

하나하나 열거하면 무엇 하나 거창한 건 없지만, '마음 편한 환경'이라는 것은 그런 작은 마음 씀씀이가 쌓이고 쌓여 조성되는 것이다.

그런 젠지로에 대해 시녀들의 평판이 좋은 것은 당연하다면 당연한 일이다.

그러나 모든 면에서 '완벽'한 것이란 좀처럼 없다. 그런 게 세상 이치다. 시녀들에게 젠지로에 대한 불만이 전혀 없는 것은 당연히 아니다.

거실과 침실에는 시녀들을 거의 들이지 않는다는 것. 괜히 사양

하느라 알기 쉽게 명령을 하지 않는다는 점. 이세계인인 탓인지 식사 취향이 카파 왕국 사람과 매우 다른 부분이 있다는 것. 시녀 한 사람 한 사람에게 들으면 그야말로 다종다양한 '불만'이 튀어나온다.

그러나 시녀들 모두에게 "그 중에서도 제일 불만스러운 점을 하나 꼽아 보라"고 한다면 아마도 대다수의 의견은 하나로 모일 것이다.

"그 비정상적일 정도로 '목욕 좋아하는 것' 좀 어떻게 해 달라"는 한 마디로.

그 날 오전, 바보같을 정도로 거대한 후궁의 욕실을 몇 명의 시녀가 일사불란하게 청소하고 있었다. 기온이 높은 카파 왕국에서 중노동은 기본적으로 상대적으로 시원한 아침저녁에 한다.

소형 풀장으로 착각할 정도로 넓은 욕조의 물을 빼고, 그 안에 맨발로 들어간 젊은 시녀들은 손잡이가 긴 브러시를 양손으로 잡고 이마에 땀을 흘리며 열심히 물때를 벗기고 있었다.

단순하고 재미라고는 눈곱만큼도 없는 중노동이다.

"아~ 으~ 허리 아파~"

젊은 시녀들의 입에서 불만의 목소리가 새어나오는 것도 무리가 아니었다.

브러시를 밀고 있던 키 큰 시녀가 옆에서 우는소리를 늘어놓는 쇼트커트의 자그마한 시녀에게 따지고 드는 것 같은 말투로 대꾸했다.

"여기는 소리가 울리니까 바보같이 큰 소리를 내지 마, 페. 그래도 넌 키가 작은 만큼 나보다는 편하잖아? 난 아까부터 계속 꾸부정한 자세라고."

몸집이 작고 머리가 짧은 시녀——페에게 장신의 시녀가 그렇게 으르렁댔다.

그 말을 뒷받침하는 것처럼 키가 큰 시녀——돌로레스는 왼손을 브러시의 손잡이에서 떼고 손에 쥔 봉으로 툭툭, 저린 허리를 두드렸다.

실제로 돌로레스의 말에는 일리가 있었다. 낮은 곳을 청소하는 일은 허리가 높으면 높을수록 부담이 크다.

그렇다고 해도 쭈그리고 걸레질을 하는 게 아닌 이상, 손잡이가 긴 브러시를 사용해 청소한다면 키 차이에서 오는 부담의 크기 차이는 그리 크지 않다. 그저 단조롭고 힘든 노동에 돌로레스의 신경도 날카로워져 있던 것이다. 요컨대 일종의 화풀이다.

그런 화풀이를 잠자코 받아줄 만큼 페라는 소녀는 속이 너그럽지 않았다.

"뭐야, 목소리는 돌로레스 쪽이 더 크잖아. 목소리 크기가 몸 크기에 비례하는 거 아냐? 이 멀대야!"

"그건 아니지. 그렇다고 치면 네 목소리 따위는 귀를 쫑긋 세워야들릴 만큼 작아야 할 텐데."

"난 그렇게까지 작지 않아!"

아웅다웅하면서도 둘 다 브러시를 움직이는 손은 쉬지 않고 있는 점은 대단하다고 해야 할까.

바닥의 물청소를 하는 만큼 평소보다 허리 부분을 많이 접어 치마 길이를 무릎 위 5센티미터 이상인 미니로 만들었다. 맨다리를 훤히 드러내고 양말도 없이 수룡 가죽으로 만든 샌들 비슷한 신발만 신은 그 차림은 언뜻 보면 꽤나 선정적이고 매력적으로 보이는 것이었다.

그러나 아무리 선정적으로 보이는 복장을 하고 있어도 정작 본인들이 게걸음 자세로 다리를 쩍 벌리고 서서 바닥을 부모의 원수 보듯이 노려보며 이를 앙다물고 있어서야 색기를 느낄 구석이라고는 없는 것이다.

"그러니까 시끄럽다고 했잖아, 이 땅꼬마야."

"그쪽이 더 시끄럽거든, 멀대!"

넓은 욕실의 석벽에 두 소녀의 말다툼 소리가 반사되어 울렸다. 말다툼이 고조되면 필연적으로 손이 멈추게 돼 있다.

일하던 중에 언제부턴가 일손을 놓고 발도 멈추고 서로 노려보는 작은 소녀와 큰 소녀. 그 추태를 그 자리의 책임자가 못 보고 지나칠 리가 없다.

"…………"

욕실 한편에서 묵묵히 브러시를 움직이고 있던 중년의 시녀는 말 없이 발치에 있던 나무 대야를 손에 들고는 안에 든 것을 있는 힘껏 끼얹었다.

"으악!?"
"꺄악!?"

갑자기 맨다리에 냉수가 쏟아지자 페와 돌로레스는 펄쩍 뛰어오르며 비명을 질렀다. 그래도 치마 위까지는 물이 닿지 않은 것을 보면 힘을 조절한 덕이리라.

중년의 시녀는 졸린 것처럼 반쯤만 뜬 눈으로 페와 돌로레스를 노려보고 한숨을 쉬는 듯이 웅얼거리는 목소리로 말했다.

"손, 멈췄잖아. 일."

"네, 네엣, 죄송합니다. 올라야 님."

"죄, 죄송합니다. 올라야 님."

결코 덩치는 크지 않은 그 중년 시녀——욕실담당자 올라야의 질책에 페와 돌로레스는 채찍으로 맞은 것처럼 호들갑스럽게 벌벌 떨었다.

욕실담당 책임자인 올라야는 언뜻 보기엔 특별히 이렇다 할 특징이 없는 평범한 중년 시녀였다.

구태여 특징을 들자면 언제나 졸린 것처럼 보이게 반만 뜬 눈 정도일까.

"…………"

과묵하고 무표정한 그 시녀는 황급히 일손을 다시 놀리는 부하들을 흘낏 보고는 흥미를 잃은 것처럼 묵묵히 자기 일로 돌아갔다.

같은 담당책임자지만, 청소담당 책임자 이네스처럼 시끄러운 잔소리로 주의를 주지도 않았고, 조리책임자인 바네사처럼 꿀밤을 먹이지도 않았다.

그러나 그런 그녀가 노려보는 것만큼은 페 일당, 이른바 '문제아 3인방'조차 무슨 짓을 해서라도 피하려 하고 있다.

그 이유는 단 하나. 올라야는 아무 말도 하지 않고 무표정으로 젊은 시녀들의 일하는 태도만 보고 '합격, 불합격'을 판정하고 있는 것이다.

그리고 만에 하나 "이 시녀는 후궁 시녀로서 실격이다"라는 판단을 내리면 거기에 사사로운 정을 개입시키는 일은 일절 없다. 그저 담담히 시녀장인 아만다에게 '실격' 보고를 넣을 뿐이다.

일은 옆에서 보며 배우는 것. 가르치는 건 처음 한 번으로 충분. 상사의 일은 쓸 만한 부하와 쓸모없는 부하를 가리는 것. 이 올라야의 스탠스였다.

젊은 시녀에게 기술을 전수하는 것을 삶의 보람으로 삼고 있는 바네사나, 시녀들을 지도하는 것이야말로 자신에게 부과된 최대의 책무라고 여기고 있는 이네스와는 정반대의 사고방식이다.

그런 올라야의 '질책'을 받으면 그 낙천적인 성격과 느슨함 때문에 '문제아 3인방'이라는 불명예스러운 별명으로 불리고 있는 페 일당이라도 반사적으로 자세가 반듯해지는 것이다.

결과적으로 페 일당이 성실하게 일에 집중할 수 있게 만들었으니 이건 이것대로 훌륭한 조련이라고 해야 할지도 모른다. 당하는 젊은 시녀들은 괴롭겠지만.

"…………"

잠시 동안 말없이 브러시가 젖은 바닥을 긁는 소리만 욕실 안에 울려 퍼졌다.

표정을 꾸며내는 데 일가견이 있는 돌로레스는 둘째 치고, 늘 에너지를 주체하지 못하는 페조차 입을 다물게 만드는 올라야의 압박은 실로 대단한 것이다.

하지만 그렇게 얌전히 일사불란하게 일에 집중하는 자세를 계속 유지할 것 같으면 페가 '문제아 3인방의 리더'라고 불리지도 않았을 것이다.

방금 혼이 나고서도 일을 대충대충 할 정도로 바보는 아니었지만, 그래도 조금씩 마음이 들썩이기 시작한 페는 문득 또 한 명의 룸메이트인 레테의 목소리를 이 욕실에 들어온 뒤로 아직 한 번도 듣지 못했다는 것을 떠올렸다.

천연계 4차원인 레테는 마이페이스라 말수가 적은 편이긴 했지만, 아무리 그래도 일하면서 입을 한 번도 열지 않는 일은 드물었다.

손에서 일을 놓지 않으려고 조심하면서 페가 슬쩍 곁눈질하자 레테는 그 처진 눈에다 어딘가 얼빠진 것처럼 보이는 얼굴에 어울리지 않게도 엄청나게 진지한 표정을 짓고 시녀복 위로도 커다랗다는 걸 느낄 수 있는 가슴을 흔들면서 일사불란하게 브러싱에 매진하고 있었다.

(어라? 어째서 레테가 저렇게 열심이지?)

룸메이트답지 않게 부지런한 모습을 본 페는 영문을 몰라 고개를 갸웃했다.

그리고 페가 그 작은 머리를 갸웃거리고 있는 동안 자기 담당구역의 브러싱을 마친 눈 처진 거유 소녀는 물에 젖은 바닥 위로 찰박찰박 소리를 내며 페 쪽으로 다가오더니,

"이쪽은 끝났으니까 그쪽을 도울게. 페 짱, 내가 어디를 하면 될까?"

그렇게, 느긋한 품성의 레테치고는 상당히 빠른 말투로 물어왔다.

이건 아무래도 뭔가 이상하다. 이 처진 눈의 룸메이트는 결코 부지런한 성격이 아니다.

페는 레테의 물음에 대답할 말이 없어 작은 목소리로 되물었다.

(얘, 레테, 어떻게 된 거야?)

너 언제부터 그렇게 성실했냐? 라는 뼈가 있는 페의 물음에 레테는 처진 눈을 크게 뜨고 놀랐다는 듯이 대답했다.

"페 짱, 까먹었어? 서둘러 일을 마치지 않으면 낮의 '쇼핑', 우리

가 마지막이 될 텐데."

"앗!?"

"에엑!?"

'쇼핑'

그 말에 페는 물론 조금 떨어진 곳에서 브러시를 밀고 있던 돌로레스도 놀라서 외쳤다.

순간의 놀람이 지나자 두 사람의 얼굴에는 동시에 '이해'의 빛이 퍼졌다.

그렇다. 잊고 있었다.

오늘은 석 달에 한 번 있는 '후궁에 상인이 오는 날'이었다.

◆

몇십 분 후.

"빨리빨리!"

"페 짱, 복도에서 뛰면 아만다 시녀장에게 혼날 거야!"

"레테가 지갑을 잊고 와서 그렇잖아! 아아, 완전히 늦어버렸네!"

"그렇게 치면 페 짱이 까먹지 않고 욕실 청소를 좀 더 열심히 했더라면 벌써 끝났을 텐데~"

"됐으니까 서둘러, 쓸데없이 말다툼 할 여유는 없다고!"

엄청나게 서둘러 욕실 청소를 마친 '문제아 3인방'은 정신없이 후궁의 복도를 달렸다. 하지만 달렸다, 라고 해도 사실 그것은 그녀들의 주관적인 의견일 뿐, 객관적으로 평가하자면 기껏해야 '아주 조금 빠른 걸음걸이' 정도일 뿐이다.

이러쿵저러쿵 해도 그녀들도 후궁의 시녀다. 절대로 넘어서는 안되는 선을 넘는 일은 없다. 그 선에 상당히 가까이 가는 경우가 종종 있어서 '문제아 3인방'이라는 별명이 붙은 것도 또한 사실이긴 하지만.

어쟀거나 후궁 시녀라는 입장에서 낼 수 있는 최대한의 속도로복도를 달리는 3명은 뒷문에서 신발을 갈아 신고 찬연한 태양이 내리쬐는 한낮의 안뜰을 가로질러 별관으로 향했다.

카파 왕국의 후궁은 나라의 규모에 비하면 비교적 작긴 했지만, 그래도 '후궁'이라고 불리는 건물이 한 채만 덩그렇게 서 있는 건 아니었다.

젠지로가 먹고 자는 본관을 중심으로 몇 채의 건물과 그 주위의 정원을 감싸고 있는 성벽의 안쪽 전체를 '후궁'이라고 부르는 것이다.

페 일당이 지금 향하고 있는 곳은 그런 후궁 건물 중에서도 가장 바깥쪽에 있는 가옥이다.

후궁을 둘러싼 외벽과 거의 일체인 그 건물은 말하자면 후궁이라는 폐쇄된 공간과 바깥 세상을 잇는 입구의 역할을 하고 있었다. 때문에 평소에는 특별한 용무가 없는 한 젊은 시녀들이 접근하는 건 허락되지 않는다.

페 일당이 빠른 걸음으로 안뜰을 통과하자, 페 일당이 향하고 있는 건물 쪽에서 3명의 젊은 시녀들이 담소를 나누며 이쪽으로 돌아오는 모습이 보였다.

"아, 카리나……"

"케이트……?"

"크리스텔 짱?"

발빠르게 다가오는 페 일당을 저쪽도 알아차렸는지, 담소를 멈춘 3명의 시녀들은 이쪽에 조금 전과는 살짝 종류가 다른 미소를 지어 보였다.

웃고 있는 3명의 시녀들은 각자의 손에 든 막 구입한 옷감이나 작은 향유병을 자랑하듯이 흔들어 보였다.

대조적으로 페, 돌로레스, 레테의 '문제아 3인방'은 셋 다 떫은 표정이다.

한발 늦었다.

상인이 가져오는 물건 중에는 딱 하나뿐인 것도 많았다. 좋은 것부터 팔려 없어진다는 건 이세계에서도 마찬가지다.

만약 이번 상인이 '드물게 싸고 좋은 물건'을 가져왔다 하더라도 그것들은 이미 그녀들의 손으로 넘어가 버렸다는 얘기다. 그리고 그 승리를 과시하는 표정으로 판단하건대 그럴 가능성은 충분히 높았다.

　게다가 카리나 일행은 스쳐 지나가는 순간 슬쩍 검지손가락과 가운데 손가락을 세워 'V 사인'을 해 보이는 것이 아닌가. 물론 알파벳이 존재하지 않는 이쪽 세계에 'V사인'이라는 문화가 처음부터 있었을 리는 없다. 이런 사사로운 부분에 있어서도 시녀들에 대한 젠지로의 영향이 나타나고 있는 것이다.

　"크윽……!"

　동료가 승리의 기쁨으로 웃는 얼굴을 보고 컹컹 짖으며 덤비고 싶은 충동에 휩싸인 페였지만, 지금은 그런 짓을 하고 있을 때가 아니라는 정도는 이해했다.

　이미 장보기를 마친 동료를 물고 늘어지는 사이에 또 다른 동료에게 순서를 빼앗기기라도 한다면 바보도 그런 바보가 없을 것이다.

　"…… 서두르자, 돌로레스, 레테!"

　"아, 잠깐, 페, 아무리 안뜰이라고 해도 그렇게 달리고 있는 모습을 시녀장한테 들키면 큰일 날 거야!"

　"아이, 페 짱, 기다려!"

　작은 어깨를 들썩이며 폴짝폴짝 뛰어가는 페의 등 뒤를 쫓듯이 돌로레스와 레테도 속도를 내는 것이었다.

페 일당이 들어가자 넓은 방에서는 풍채 좋은 중년 상인이 붉은 양탄자 위에 책상다리를 하고 앉아 다종다양한 상품을 늘어놓고 붙임성 좋은 미소를 짓고 있었다.

색색의 옷감. 엄지손가락만한 크기의 금속 병에 든 향유. 그리고 반지나 목걸이 같은 액세서리 등.

"우와아, 멋지다."

그렇게 희색을 떠올린 페는 기세 좋게 상품 쪽으로 다가가다가, 순간적으로 벽 쪽에 앉아 있는 사람의 모습을 눈치 챘다.

"…………"

마치 빠직! 하는 소리가 들려올 것만 같이 강한 시선으로 이쪽을 노려보고 있는 사람은 다름 아닌 이 후궁의 총책임자인 아만다 시녀장이었다.

꼿꼿하게 등을 펴고 양탄자 위에 무릎을 모으고 앉은 그 모습은 변함없이 비인간적일 만큼 완벽했다. 이 중년의 시녀장은 앉아 있을 때 생기는 옷의 주름 하나하나조차 자신의 의도대로 만들고 있는 게 아닐까 의심스러울 정도였다.

평소에는 후궁 본관에서 시녀들 전원에게 지시를 내리고 젠지로의 생활을 쾌적하게 유지하는 일에 전심전력하는 아만다 시녀장이 어째서 여기 있는 것인가 하면, 상인들과의 절충과 감시 또한 그녀의 역할에 포함되어 있기 때문이다.

현재 이 실내에는 단창을 손에 든 근위병이 여섯 정도 있는데, 아만다 시녀장은 예외적으로 이 방에 있을 때에 한해 그들에게 명령

할 수 있는 권한을 가졌다.

후궁의 질서 유지에 목숨을 걸고 있는 시녀와, 그 시녀의 명령을 따르도록 지시를 받은 무장한 병사 여섯.

그런 엄혹한 시선과 칼날 앞에 그 몸을 노출시키고 있으면서도, 명랑한 영업용 미소에 빗금 하나 가 있지 않는 것으로 보아 이 살찐 중년 사내도 허투루 왕실 어용상인 일을 하고 있는 게 아닌 모양이었다. 그 담력만 봐도 보통내기가 아니다.

상인은 양탄자 위에서 책상다리를 한 채, 방금 막 들어온 페 일당에게 미소 지었다.

"이런 이런, 페 님, 돌로레스 님, 레테 님. 어서 오십시오. 이번에도 여러분의 마음에 꼭 들만한 물건을 준비해 왔습니다. 자, 손에 들고 골라 보십시오."

그렇게 말하고는 상품을 늘어놓은 양탄자 앞에 앉도록 권했다.

석 달에 한 번밖에 만날 수 없는 고객의 얼굴을 보고 즉시 망설임 없이 이름이 줄줄 나오는 것을 보면 역시 그는 수완이 좋은 상인이다.

상인의 미소에 이끌리듯이 페 일당은 양탄자 위에 무릎을 꿇었다.

저쪽에서 아만다 시녀장이 "후궁의 시녀로서 부끄러운 언동을 하면…… 알고 있겠지요?"라는 압력을 끊임없이 보내고 있기 때문에,

'문제아 3인방'의 본성을 발휘할 수는 없었지만, 그 압력을 이겨낼 수 있을 만큼, 이 석 달에 한 번 있는 쇼핑은 그녀들에게 커다란 즐거움인 것이다.

"어머, 이 옷감의 무늬는 처음 보는 거네. 좀 특이하지만 멋져."

"역시 돌로레스 님, 안목이 높으셔. 이건 요즘 수도에서 유행하기 시작한 무늬거든요. 인기에 비해서는 아직 희귀한 물건이라서 지금 재고는 그것뿐이랍니다."

"난 빗을 살까? 애용하던 빗이 얼마 전에 이가 빠져서."

"그러시다면 레테 님께는 이쪽의 빗을 추천합니다. 대모갑을 깎아서 만든 빗으로, 보기에도 아름답습니다만 빗살 하나하나가 고르게 만들어져 머리를 빗기에는 그만일 것입니다."

"나는, 으음. 뭘로 할까? 예쁜 반지나 목걸이도 좋지만, 일할 때는 할 수 없으니까……"

"페 님. 그러시다면, 이쪽의 머리띠는 어떠십니까? 반지나 목걸이와는 달리 일에 방해도 되지 않고 즐겁게 치장하실 수 있다고 생각합니다만."

늘어서 있는 상품 앞에서 눈을 반짝반짝 빛내며 들뜬 모습으로 구경을 하고 있는 페 일당에게 풍채 좋은 상인은 망설임이라곤 찾을 수 없는 말투로 세일즈 토크를 펼쳐 보였다.

머리가 살짝 곱슬거리는 레테에게는 빗살 수가 적은 빗을 권하거나, 짧은 머리칼의 페에게는 그런 머리에도 문제없는 카츄샤 머리띠를 자연스레 추천하거나 하는 부분을 보니 이 상인이 수완가라는 것은 분명해 보인다.

상인의 입에서 술술 흘러나오는 듣기 좋은 말에 넘어가 아만다 시녀장이 가해 오는 압력을 서서히 잊어버린 페 일당 '문제아 3인방'은 양손을 양탄자에 짚고 몸을 앞으로 내밀어 상품에 시선을 고정시켰다.

양탄자 위에서 네 발로 기는 것처럼 보이는 자세를 하고 잡아먹을 듯이 상품을 노려보거나 가져온 지갑을 열어 동전을 세거나 하는 행동은 '품위 있는 후궁 시녀'의 규범에서 상당히 벗어난 것처럼 보였지만, 아직까지는 아만다 시녀장이 벼락을 내리칠 기색은 없었다.

이러니저러니 해도 아만다 시녀장 역시 젊은 시녀들이 겁을 집어먹을 만큼 말이 통하지 않는 딱딱한 사람은 아닌 것이다.

이런 스트레스 발산을 위해 마련된 자리에서는 어느 정도 눈을 감아주는 융통성을 발휘할 수 있었다.

"얘, 어떤 게 어울리는 것 같아?"

다양한 옷감을 자기 몸에 대 보던 돌로레스가 들뜬 목소리로 페와 레테에게 그렇게 물었다.

"으~음, 난 그쪽의 파란 선이 들어간 것이 예쁜 것 같아~"

"응? 옷감으로서는 그쪽이 좋지만, 돌로레스가 입으면 좀 안 어울리지 않을까? 이쪽의 갈색이 돌로레스한테는 어울린다고 생각하는데."

정해진 예산 안에서 자신의 구매욕을 만족시킨다. 이 행위의 즐거움은 이세계라고 다르지 않았다. 오히려 예산 무제한, 원하는 건 뭐든지 실컷 가지고 가도 된다고 하면 쇼핑은 그렇게까지 가슴 뛰는 일이 아니게 될 것이다.

이윽고 고민에 고민을 거듭한 페 일당이 대략 쇼핑을 끝낸 그 때였다.

"예, 구매해 주셔서 고맙습니다. 그러면 이어서 이쪽을 봐 주십시오."

싱글싱글 웃는 얼굴을 거두지 않은 채 그렇게 말한 상인은 페 일당 앞에 은색으로 빛나는 작은 병을 늘어놓았다.

"그건?"

"향유, 인가요?"

"우와아, 예뻐~. 은제 향유병이라니, 나, 어머니가 물려주신 것을 하나 갖고 있을 뿐인데~"

은제 향유병. 그 존재에 젊은 시녀들은 눈을 동그랗게 떴다.

기본적으로 향유를 넣는 작은 병은 레벨이 낮은 순서로 나열하자면 나무, 구리, 은제가 있다. 목제 향유병은 대체로 일회용이고 서민용이기 때문에 하급 귀족의 자녀인 그녀들의 소지품이 되는 일은 거의 없다.

그러나 그런 그녀들의 가치관으로 봐도 은제 병은 두 말 없이 '고급품'에 속한다.

눈빛을 바꾸는 젊은 시녀들에게 수완 좋은 상인은 얼굴에 웃음 주름을 더욱 깊게 만들면서,

"자, 사양 말고 만져 보십시오. 내용물은 제가 준비한 특제 향유입니다. 한 병 한 병마다 전부 다른 향유가 들어 있습니다."

그렇게 말하고는 손바닥을 위로 향하며 어서, 어서, 하며 권했다.

"에, 하지만……?"

"이제, 돈이."

"응, 거의 다 써 버렸어……"

슬픈 듯한 표정으로 중얼거리는 그녀들에게 옆에서 말을 건 사람은 그때까지 줄곧 침묵을 지키고 있던 아만다 시녀장이었다.

"물건 값 걱정은 필요 없습니다. 그건 젠지로 님이 내리신 후의입니다. 마음에 드는 것을 하나 고르세요."

그 말에 대한 반응은 실로 극적이었다.

"에엑? 거짓말!?"

"젠지로 님의?"

"정말이에요?"

셋은 조금 전까지 풀이 죽었던 모습은 어디 갔는지, 다시 몸을 내밀어 집어삼킬듯한 시선을 양탄자 위에 늘어선 은제 향유병에 꽂

았다.

병들의 크기는 모두 엄지손가락 정도로 거의 같았지만 표면에 새겨진 문양은 각각 달랐다.

거미줄처럼 보이는 문양이 그려진 것. 당초무늬같은 것이 음각되어 있는 것. 그리고 고개를 쳐든 수룡을 얕게 양각한 것 등등.

"간단히 설명을 드리자면, 오른쪽에서부터 '가시장미', '온동백', '페퍼민트', '적백합', '감송', '향각룡', '무안사', '수룡석', '사향쥐'입니다."

"정말!? 향각룡?"

"수룡석은 내 거야!"

"아, 난 페퍼민트가 좋아~ 그치만 사향쥐가……"

시녀들의 인기는 동물성 향유에 집중됐다. 상인 입장에서 보면 예상대로의 결과다.

일반적으로 재배도 가능하고 채취도 간단한 식물성 향유에 비해 사냥에 위험이 따르는 동물성 향유는 고급품이다.

단순히 향에 대한 취향만 따지면 식물성 쪽이 좋다는 사람도 있지만, 평소에는 비싸서 좀처럼 사기 힘든 것을 공짜로 가질 수 있는 기회가 있다면 그 중에서 가장 비싼 것에 눈길이 가는 것이 인지상정인 것이다.

오히려 희소성이 높은 고급품과 자신의 취향에 맞는 일반품 사이에서 망설이는 레테 같은 소녀 쪽이 드물다.

아만다 시녀장은 젊은 시녀들의 속물적인 반응에 관자놀이를 움찔거렸지만, 일단 '이 자리'에서는 말을 하지 않기로 정한 것 같았다.

시녀장의 시선에 날카로움과 냉랭함이 늘어나고 있다는 것도 깨닫지 못하는 페 일당은 각각 마음을 정한 향유병을 하나씩 그 손에 들었다.

"좋았어, 향각룡!"
"수룡석, 꿈만 같아……"
"응, 결정했어요. 역시 페퍼민트로 할래요~"

들썩들썩, 울렁울렁, 웃음으로 가득한 시녀들을 보면 아만다 시녀장은 지금 이 순간은 '예의'나 '범절'에 대해 설교하는 것이 소용없다는 생각을 할 정도의 자비심은 갖게 되는 것이었다. 게다가 웬만큼 도가 지나치지만 않는다면 외부인 앞에서 부하를 다그치는 일도 그다지 좋을 것이 없었다.

잔소리나 설교를 하고픈 마음을 꾹 참으며 아만다 시녀장은 그 표정에 버금갈 만큼 감정이 실리지 않은 목소리로 쇼핑을 마친 시녀들에게 고했다.

"세 명 모두 그걸로 좋은 거지요? 그러면 젠지로 님에 대한 감사를 잊지 말고 소중히 사용하도록. 단, 그 중에 반은 목욕할 때 '비누'와 함께 사용하세요. 그 다음에 사용해 본 감상을 젠지로 님께 보고하는 거예요. 알아들었지요?"

비누. 그건 최근에 젠지로가 가장 힘을 쏟아서 만든 발명품이다.
가까스로 점액 상태의 끈적끈적한 비누를 정제하는 데 성공한 것이
지만, 그 수제 비누는 아직 어딘가 기름 냄새가 나서 그대로 사용하
기에는 조금 문제가 있었다.

그제야 고급 향유를 모두에게 선물한 이유에 대해 들은 문제아 3
인방은 3인 3색의 반응을 보였다.
"네에?"
"과연, 그런 뜻이었군요."
"어머~? 비누에 섞어서 써야 하는 건가요~ 아까워~"
그러나,
"알아들었지요? 응?"
단단히 다짐을 받는 시녀장의 차가운 시선에 위기감을 느꼈는지,
"네에."
"알겠습니다. 시녀장 님."
"알았어요. 아만다 님."
문제아 3인방은 자세를 바로잡고 동시에 머리를 숙이는 것이
었다.

젊은 시녀들이 나가자 실내는 갑자기 조용해졌다.

방의 네 귀퉁이와 입구 좌우에 선 6명의 근위병들은 원칙적으로 이 자리에서 아만다 시녀장의 지시 없이는 입을 열 수 없었다.

  사실상 이 방에 있는 사람은 아만다 시녀장과 중년의 상인뿐. 두 사람이 입을 다물면 그 침묵은 언제까지나 계속됐다.

  하지만 아만다 시녀장은 그 침묵을 지속할 생각이 없는 것 같았다.

  "다시 한 번 감사 말씀 올립니다. 고맙습니다."

  이것이 올바른 교본이라는 것처럼 완벽한 동작으로 머리를 숙인 아만다 시녀장에게 상인은 시커먼 수염 아래에 사람 좋은 미소를 지으며,

  "아뇨, 아뇨. 당치도 않습니다. 후궁에서 일하는 여러분에게 상품을 공급하는 것은 상인으로서 무한한 기쁨입니다."

  그렇게 말하고 아만다 시녀장의 말을 부정하는 것처럼 얼굴 앞에서 손을 저었다.

  "그렇습니까."

  상인의 말을 구태여 부정할 생각이 없는지, 아만다 시녀장은 그렇게 말하고 물러났다.

  하지만 아만다 시녀장이 감사를 표하는 것도 당연하다.

  이 사내는 이래 봬도 '왕실 어용상인'인 것이다. 신분은 평민이지만 그 몸값은 변변찮은 귀족은 발뒤꿈치에 미칠 수도 없는 대상인이었다.

  당연히 그가 취급하는 상품은 고급품뿐. 원래는 후궁의 젊은 시

녀들이 지닌 돈 정도로 살 수 있는 허접한 물건을 취급하는 사람이
아니었다.

현대의 지구로 예를 들자면 해리 윈스턴이나 까르띠에, 불가리 정
도 수준의 보석가게 점장을 집으로 불러 한 개에 만 엔도 안 하는
주얼리를 주문하는 것 같은 꼴이다. 그렇게 생각하면 수지가 맞지
않는 일이다.

하지만 상인의 웃음은 완전히 영업용으로 지은 것만은 아니었다.

"정말 신경 쓰지 마십시오. 사실 아우라 폐하도 정기적으로 저
희 가게에 주문을 넣어 주시기 때문에 적자가 될 일은 없습니다. 무
엇보다 젠지로 님과의 거래는 금화를 산더미처럼 쌓아 놓아도 가질
수 없는 귀중한 것을 가져다 주니까요."

젠지로가 상인에게 가져다 주는 것. 그것은 지구의 문명품이다.

예를 들면, 납작한 네 구멍 단추.

단추라고 하면 볼록 튀어나온 장식 단추같은 것밖에 존재하지 않
았던 카파 왕국에서는 구멍이 네 개 뚫린 단추는 작은 문화혁명을
일으킬 만한 잠재력을 갖고 있었다.

납작한 단추가 있으면 안쪽에 단추를 감춘 새로운 패션 스타일을
확립할 수 있을지도 모르고, 무엇보다 육체노동자들의 작업복에서
편평 단추의 가치는 '걸리적거리지 않는다'는 것 하나만으로도 상당
히 높은 것이다.

이 상인은 언젠가 편평 단추를 사용한 군복을 만들어 가까운 미

래에 군대에 납품할 계획을 갖고 있었다.

그밖에도 나사못, 페트병의 돌려 따는 뚜껑, 샴푸 용기의 펌프 구조 등도 구경했다. 모두 재현하는 데 큰 기술이 필요하다는 난점이 있었지만, 대량생산만 가능하게 된다면 획기적인 발명이 될 것이 틀림없었다.

장래에 그것들 중 하나라도 생각만큼의 결과를 낼 수 있기만 하면 그때까지 들인 투자 따위는 순식간에 회복할 수 있을 것이다.

"젠지로 님께 앞으로도 변함없는 성원을 받을 수만 있다면 더 이상의 기쁨은 없습니다, 예."

상인은 마음속의 그런 야심은 요만큼도 드러내지 않고 겸손한 말과 태도로 정중하게 머리를 숙이는 것이었다.

-------◆-------

시녀들의 불만은 젠지로가 목욕광이라는 것이다.

매일 목욕탕을 청소하거나 물을 데우는 것이 힘들어서 불만을 가진 것만은 아니다.

무의식중에 이세계인인 자신의 목욕 습관을 이쪽 세계 사람인 시녀들에게도 추천——사실상 명령——하고 있다는 이유도 컸다.

원래 습도가 높고 수자원이 풍부한 이 근방에는 '물로 몸을 씻는'

문화가 정착해 있긴 하지만 아무리 그래도 기온이 터무니없이 높다.

때문에 귀족 여인이라도 '목욕'은 하지 않고 '멱감기'로 끝내는 사람이 많다.

그런 문화에서 자란 아가씨들에게 매일 욕탕에 들어가는 일을 '추천'하면 다소 반발이 있을 수밖에 없다.

그렇다고 해도 그런 목욕 문화를 '추천' 당한지도 어언 1년. 목욕이라는 행위에 대한 시녀들의 인식도 조금씩 바뀌기 시작하고 있었다.

"후우, 겨우 오늘 일이 끝났다!"

"아~ 역시 아무도 남아있지 않은 것 같네."

"어쩔 수 없어. 벌써 이런 시간이니까."

늦은 밤, 캄캄한 탈의실에서 페, 돌로레스, 레테의 목소리가 울려 퍼졌다. 이 시간은 주인인 젠지로나 아우라는 물론 페 일당 이외의 젊은 시녀들도 모두 목욕을 끝낸 뒤였다.

당연하다면 당연하다. 오늘의 페 일당은 '욕실담당 시녀'니까.

요리사가 점심을 먹는 시간은 손님이 다 돌아간 늦은 오후가 되는 것처럼, 목욕물 데우기 담당인 사람이 탕에 들어갈 수 있는 건 다른 사람들이 목욕을 마친 다음이 되는 것이다.

"좋아, 그럼 서둘러서 끝내버리자."

"대충 하지 말고 제대로 씻어. 젠지로 님은 청결에 대해서만큼은 깜짝 놀랄 만큼 신경질적이니까."

"그래, 페 짱. 모처럼 하는 목욕이니까 천천히 즐기자~"

깜깜해도 대략적인 구조가 머릿속에 들어 있기 때문인지, 페 일당은 쓸데없이 투덕거리면서도 불을 때느라 그을음이 묻은 시녀복을 재빨리 벗어 던지고 눈 깜짝할 새 실오라기 하나 걸치지 않은 벌거숭이가 됐다.

게다가 맨몸이 된 다음에 돌로레스는 손을 더듬어 탈의실 구석에 설치된 'LED 랜턴'을 찾아내 스위치를 눌렀다.

"아마도…… 확실히 이 부근에, 아, 있다."

느닷없이 탈의실에 눈부신 백색광이 비쳤다.

"으앗"

"아, 그랬지. 얼마 전부터 젠지로 님이 우리도 이 불빛을 사용해도 된다고 말씀해 주셨더랬지."

어둠에 익숙해진 눈에 LED 랜턴의 빛은 조금 강하게 느껴졌지만, 레테는 쉴새없이 눈을 깜빡이면서도 기쁜 듯이 미소 지었다.

레테의 말대로 젠지로가 시녀들이 목욕할 때 LED 랜턴의 사용 허가를 내린 것은 최근의 일이다. 그때까지 시녀들은 호롱불의 약한 불빛에 의지해서 목욕을 했다.

전에는 충전지의 수명 문제도 있어서 사용을 극도로 자제하고 있었지만, 액체 비누의 시험 사용을 시녀들에게 부탁하게 된 다음부터는 그 판단을 뒤집지 않으면 안 되었다.

비누를 몸에 칠하고 나면 목욕탕 바닥은 그렇지 않을 때와 비교도 안 될 만큼 미끄럽다. 목욕탕에서 넘어지는 일은 의외로 대형사

고다. 충전지의 수명과 시녀들의 안전은 저울질해도 될 문제가 아니었다.

"그럼, 조명은 내가 들게."

돌로레스는 그렇게 말하고 한손에 든 수건으로 맨몸을 가리면서 반대쪽 손에 LED 랜턴을 들었다.

"아, 돌로레스. 향유병 잊었잖아."

"에휴, 그 정도는 폐가 좀 들고 가 줘. 난 양손이 자유롭지 않잖아."

"네, 네. 알았어."

마찬가지로 폐도 한손으로 수건을 잡고 다른 한 손에 작은 은제 향유병 두 개를 한꺼번에 쥐었다.

"아, 기다려~"

뒤늦게 레테도 그 뒤를 따랐다.

돌로레스가 한손에 든 LED 랜턴의 빛에 이끌리듯이 3명은 욕실 쪽으로 사라졌다.

탈의실 문을 열면 그 안쪽이 욕실이었다.

커다란 욕조에서 김이 모락모락 피어올라 욕실의 기온은 바깥보다 한층 높았다. 더구나 지금은 열대야가 이어지는 혹서기인 것이다.

"우엑."

하고 폐가 저도 모르게 얼굴을 찡그린 것도 무리는 아니다.

"아아, 정말. 더운 것도 더운 거지만 숨이 막히네. 후다닥 해치우고 후다닥 나가자."

그렇게 말하고 페는 잰걸음으로 두 개의 욕조 중 하나로 향했다.

"얘, 어쩌자고 곧바로 탕에 들어가려는 거야. 먼저 따뜻한 물로 몸을 닦아야지, 페."

벌거벗은 엉덩이를 이쪽으로 향하고 있는 페를 나무란 것은 돌로레스였다.

돌로레스는 벽의 선반에 LED 랜턴을 놓고, 자유로워진 손으로 나무 대야를 들고 다른 하나의 욕조를 향해 걸어갔다.

"그래, 페 짱. 제대로 하자. 따뜻한 물로 몸을 씻으면 기분이 좋아질 거야."

그렇게 말하는 레테는 아마도 후궁 시녀들 중 매일의 목욕을 가장 즐기고 있는 사람일 것이다. 후궁 시녀로 발탁되기 전부터 목욕을 좋아했던 레테는 젠지로의 '추천'에 대해 처음부터 아무런 위화감도 갖지 않고 적응한 극소수 중 하나였다.

"그래. 이 더운 날씨에 뜨거운 물이 웬말이냐는 페의 기분도 이해는 되지만, 찬물보다 온수 쪽이 머리카락이나 몸을 깨끗하게 해주는 건 사실이잖아. 그러니까 단념하고 이쪽으로 와."

한편, 좋아하지는 않지만 실용적인 면에서 목욕의 유효성을 이해하고 있는 건 돌로레스였다.

"어휴, 알았어. 아아~ 진짜, 이렇게 된 이상 싫은 건 후다닥 끝내버려야지! 그게 문제가 아니라 서두르지 않으면 시녀장들이랑 딱 마주치게 돼!"

페는 목욕을 지독하게 싫어했다. 원래 등목파인 데다가, 그것도 고양이 세수 수준인 페가 목욕 시간을 힘들어하는 것도 당연한 얘기다.

"그건 그래. 목욕탕에서까지 시녀장들의 얼굴을 보고 싶지는 않아."

페의 말에 돌로레스는 그렇게 말하고 맨어깨를 으쓱했다. 아만다 시녀장을 비롯한 각 부문의 책임자들은 업무가 많은 관계로 상당히 늦은 시간에 목욕을 하기로 되어 있었다. 평소처럼 목욕을 마친다면 목욕탕 안에서 상사와 딱 마주치는 불편한 상황에 빠질 일은 없을 것이다.

페는 액체비누가 든 나무통에 목제 바가지를 담가서 그 내용물을 퍼냈다.

"으~ 역시 냄새가 지독해, 이거."

"그러니까 젠지로 님께서 냄새를 없애라고 비싼 향유를 사주신 거잖아. 자, 얼른 시험해 보자."

"에헤헤, 나 '페퍼민트' 향기가 기대돼~"

셋은 각각 작은 바가지 하나씩에 액체 비누를 담고, 서둘러 오늘 받은 향유병을 열었다.

이렇게 가까운 거리에서 서로 다른 향이 든 향유병 세 개가 동시에 열리면 향에 까다로운 사람은 아마 눈썹을 찡그렸을 것이다.

하지만 그녀들 3명은 그렇게까지 코가 민감하지 않았다. 오히려 그 향기로 수제 비누의 기름 냄새가 옅어져 조금 표정이 누그러졌다.

"흐으음~ 이게 '향각룡'의 향기구나. 음, 음. 역시 고귀한 향기가 나네."

"이쪽도, 수룡석이야, 수룡석. 해안으로 밀려온 수룡석 한 덩이를 주운 어부가 그걸 팔아서 집과 배를 새로 만들었다는 일화가 있을 정도라니까. 아아, 이 한 병이 대체 얼마나 할까?"

"난 페퍼민트. 으음, 좋은 향기. 역시 난 이게 제일 좋아~"

뚜껑을 연 3명은 향유병을 얼굴 근처에 가져다 대고 먼저 그 향기를 마음껏 즐겼다.

"얘, 얘, 돌로레스, 그 수룡석은 어떤 느낌이야? 좀 맡게 해 줘."

"아, 나도 맡고 싶어~ 페 짱 다음은, 나~"

"좋아. 그 대신 너희들 것도 빌려줘야 돼."

3명은 각각 다른 것을 갖고 있었으므로, 잠시 교환. 그런 부분은 이세계의 시녀들도 일본의 여고생과 별반 차이가 없는 것 같았다. 패밀리 레스토랑이나 매점 같은 데서 자주 보는, "얘, 그거 한 입만."하는 것과 본질적으로 같다.

한동안 페 일당은 서로 향유병을 바꿔가며 세 개의 향유 냄새를 즐겼다.

욕실 의자에 벌거벗고 앉아 있다는 사실도 잊고 이쪽이 냄새가 좋다, 이건 내 취향이 아니다, 하며 무척 즐거워 보였다.

3명 모두 작은 수건으로 허벅지가 시작되는 부분을 가리고 있을

뿐, 양손이 자유롭게 움직였기 때문에 페의 다소곳한 가슴도, 돌로레스의 한없이 평탄한 복부도, 친구 두 사람 몫까지 빼앗은 것은 아닌지 의심스러울 정도로 풍만한 레테의 젖가슴도 홀라당 드러낸 채였다.

얼마 동안이나 향유의 향기를 즐기고 있던 것일까?

"어머? 우리 언제까지 향유를 갖고 놀 생각인 거지? 오늘의 목적은 비누의 냄새를 향유로 없애는 거였는데."

먼저 제정신을 차린 것은 언제나처럼 셋 중에서 가장 이성적인 돌로레스였다.

"아, 그랬지……"

"그, 그치만, 그치만, 이걸 비누에 섞어야 돼? 아까워~"

쫑알쫑알 쓸데없는 얘기를 지껄이며 지금까지 시간을 끈 것은 무의식중에 그 '아깝다'는 마음이 작동했기 때문은 아닐까.

"그 의견에는 나도 찬성이지만, 그래도 그렇게 하지 않을 수 없잖아. 자."

"으으, 알았어."

"처음엔 조금만 넣어도 되겠지?"

투덜투덜 하면서도 3명은 액체 비누가 든 나무 바가지 위에 은제 향유병을 기울였다.

똑, 하고 한 방울 떨어뜨리고는 섞고,

"안 돼. 향기가 거의 안 나."

한 방울 더 넣어서 섞는다.

"으음? 아직 조금, 모자란데?"

신중에 신중을 기해 조금씩, 소중한 향유를 섞다가……

"좋아, 이제 기름 냄새는 안 느껴져."

"음, 그런 것 같아……"

"아아, 단숨에 이렇게 줄어들었어……"

액체 비누의 기름 냄새보다 향유의 향기가 강해졌을 때쯤 향유병의 내용물은 10분의 1 정도 줄어 있었던 것이다.

귀중한 향유를 많이 써 버린 것은 시녀들의 마음에 애석함을 남겼지만 그 희생은 전혀 소용없지 않았다.

"음, 좋은 냄새."

향유가 들어간 비누로 몸을 씻고 바가지로 물을 끼얹어 깨끗하게 거품을 씻어낸 돌로레스는 자기 팔의 냄새를 맡고는 만족스럽게 웃었다.

"그건 그렇지. 그렇게 향유를 잔뜩 쓰고도 좋은 냄새가 나지 않는다면 울고 싶어질 거야."

한편 페는 아직 향유를 많이 써버린 것에 미련이 남아 있는지, 반만 웃는 표정이다.

"응, 하지만 역시 비누라는 것으로 몸을 씻으면 굉장해. 봐, 피부를 손가락으로 문지르면 뽀득뽀득거려! 향유를 넣어서 나쁜 냄새도 안 나고. 이거라면 나, 매일이라도 쓰고 싶은데~"

원래 목욕을 좋아하는 것도 있어서 향유가 들어간 비누에 완전히 매료된 레테는, 그렇게 말하고 기쁜 듯이 자기 피부의 감촉을 확인했다.

"자, 페 짱도 너무 신경 쓰지 않는 편이 좋아. 어차피 젠지로 님께서 하사하신 거니까 우리들 주머니 사정이 나빠지는 것도 아니잖아."

"그건 그렇지만, 아깝잖아. 내 주제에 살 수 없을 정도로 고급 향유란 말이야."

아직 미련이 뚝뚝 떨어지는 대화를 나누는 와중에도 몸에 묻은 비누를 깨끗이 씻어낸 3명은 다 같이 욕조로 향했다.

수영을 할 수 있을 만큼 넓은 욕조에 몸을 담근 3명의 시녀.

뜨거운 탕에 들어가는 것보다 찬물을 끼얹는 걸 좋아하는 페는 얼마 지나지 않아 옆에 있는 냉탕 쪽을 쳐다봤지만, 당분간은 다른 두 사람과 어울리기로 마음먹은 것 같았다.

똑바로 눕는 것처럼 욕조 가장자리에 머리를 대고 큰대자로 뻗은 다리를 품위 없게 차박차박 움직이면서 페는 문득 떠오른 의문을 입에 올렸다.

"아, 그나저나 카리나는 뭘 골랐을까? 그렇게까지 기세등등한 표정으로 V사인까지 한 걸 보면 굉장히 좋은 것 같던데. 너희들도 몰라?"

"아아, 그거라면 나도 슬쩍 주워들은 거지만, 확실히 '사향'이라고 들었어."

길고 곧은 머리카락이 욕조에 닿지 않도록 모아서 끈으로 묶고 있던 돌로레스는 아무것도 아니라는 듯이 그렇게 주워들은 소문을 전했다.

"에에엣!? 정말, 사향!?"

"그거, 북대륙의 그 사향~?"

그 말에 페와 레테는 동시에 놀라서 소리쳤다.

사향. 그것은 사향노루라고 불리는 사슴의 일종에서 채취하는 향료다. 동물성 향유가 식물성 향유보다 일반적으로 고급품이라는 건 주지의 사실이지만, 사향의 경우는 동물성이라는 점만이 중요한 게 아니다.

기본적으로 대형 파충류의 천국인 이 남대륙에는 대형 포유류는 거의 살고 있지 않다. 필연적으로 사향노루도 남대륙에는 없다는 이 야기다.

즉, 사향의 향유라는 것은 예외 없이 백 퍼센트 대륙간 무역을 통해 들여오는 물건인 것이다.

요즘도 10척에 1척은 배가 침몰한다고 하는 대륙간 무역으로 들여오는 물건에는 필연적으로 굉장한 가치가 붙는다.

페의 '향각룡' 향유나 돌로레스의 '수룡석' 향유와 비교해도 한 등급 위의 물건이다. 사교 파티 때 뿌리고 가면 그것만으로도 사사로운 화제를 제공할 수 있을 것이다.

"젠장! 카리나 녀석! 나중에 꼭 빌려달라고 해야지!"

흥분 때문에 더워졌는지, 페는 주먹을 꼭 쥔 오른손을 치켜들고 욕조 안에서 일어섰다.

"얘, 갑자기 일어나면 어떡해! 이쪽으로 물이 튀잖아. 뭐야, 벌써 나가려고?"

표정을 찡그리며 얼굴에 튄 물을 손으로 닦아내는 돌로레스에게 페는,

"설마. 더워서 냉탕에 들어갈 거야. 이대로 나가면 머리에 피가 몰려서 죽을걸."

그렇게 말하고 욕조를 나가더니 말한 대로 옆에 있는 냉탕으로 이동했다.

듣고 보니 돌로레스도 자신의 몸이 꽤 열에 들떠 있다는 걸 느꼈다.

이대로 목욕을 마치면 밤에 잠들기 힘들지도 몰랐다. 지금은 페를 본받아서 살짝 냉탕에서 몸의 열기를 빼고 나가는 편이 좋을까.

"레테는 어떡할래?"

페를 따라 일어난 돌로레스는 그 참에 또 한 명의 룸메이트에게 그렇게 물었다.

"응, 나도 냉탕에서 식히고 싶긴 한데…… 뭐랄까, 뭔가 까먹은 것 같은 느낌이 들어."

"까먹다니, 뭘?"

"그게 생각나지 않으니까 까먹었다는 거지~"

왠지 석연치 않은 표정으로 쉴 새 없이 고개를 갸웃하는——그때마다 수면에 떠오른 젖가슴을 흔드는——레테는, 그렇게 말하면서도 역시 열에 들뜬 몸 때문에 찬물의 매력을 거부하지 못하고 결국 돌로레스와 함께 냉탕으로 향했다.

"히야아, 차가워서 기분 좋아!"

"크으, 역시 이건 좋네. 그런데 페, 레테가 뭔가 잊어버린 것 같다고 하는데, 넌 짐작 가는 거 없니?"

"없어."

"야, 조금은 생각하고 대답해. 그보다 너 또 탕 안에서 개헤엄 치다가 그런 꼴을 아만다 시녀장한테 들키면 어쩔……"

거기까지 말했을 때 갑자기 뭔가를 기억해 낸 돌로레스는 얼굴이 굳으며 말을 멈췄다.

"아만다 시녀장……?"

"아하하…… 돌로레스 짱. 나, 나, 생각났어. 잊고 있던 거……"

"우연이네. 나도 방금 생각난 참이야……"

얼굴을 경직시킨 돌로레스와 마른 웃음을 지은 레테의 시선은 저절로 같은 쪽을 향했다.

탈의실로 이어지는 욕실의 입구로.

"뭐야, 너희들 이상한 소리나 하고."

한 사람, 아직 상황을 이해하지 못한 페는 여전히 차박차박 개헤엄을 치고 있었다.

탈의실로 통하는 문 건너편에서 작은 소리가 들려온 것은 기분 탓이 아닌 듯했다. 이미 동료인 젊은 시녀들의 목욕 시간은 끝난 지금, 그 소리에 대해 짐작 가는 것은 하나밖에 없었다.

이대로 있으면 페의 시녀 생명이 위험하다. 룸메이트에 대해 그렇게까지 비정할 수 없는 돌로레스는 한숨을 섞어 경고했다.

"페. 웬만하면 말 들어. 그만 헤엄치고 얌전히 있어. 이미 탈출은 틀렸으니까."

"뭐? 탈출?"

그렇게 말하며 욕조 바닥에 발을 댄 페가 이상하다는 듯이 고개를 갸웃한 그 때였다.

드르륵 하고 입구의 문이 열리며 몇 사람의 형체가 목욕탕 안으로 들어왔다.

"아이코야, 탈의실에 옷이 있어서 누군가 했더니 너희들이었구먼."

"정말이지 너희들은, 자유 시간에 뭘 하든 훈계하지는 않겠지만, 내일도 아침부터 바쁘니까 조금만 더 절도라는 걸 가져야 하지 않겠니?"

"괜찮지 않나, 이네스. 젊은 아이들과의 알몸 대화도 중요하니까. 자, 오랜만에 등을 밀어주겠니?"

시녀장인 아만다를 필두로 청소담당 책임자인 이네스. 조리담당 책임자인 바네사. 게다가 그 뒤에는 말없이 서 있는 정원담당 책임자인 에밀리와 욕실담당 책임자인 올라야.

후궁의 관리를 맡고 있는 상급시녀 전원이 모인 것이다.

"그, 그런가. 오늘은 비누도 그렇고 여러 가지 일이 있어서……"

겨우 상황을 파악한 페.

"먼저 실례하고 있었습니다."

재빨리 표정을 꾸미는 돌로레스.

"아하하…… 시, 실례하겠습니다, 시녀장 님."

그리고 어떻게든 그 자리를 벗어나려고 틈을 노리는 레테. 한 줄기 희망을 걸고 냉탕에서 일어난 3명은 꾸벅 머리를 숙이고 입구 쪽으로 향하려 했다.

그러나 그런 젊은 시녀들을 시녀장이 잠자코 보내줄 리 없고.

"기다리게. 모처럼이니까 제대로 몸을 씻었는지 한 번 보도록 합시다. 자네들은 언제 젠지로 님의 부름을 받을지 모르는 몸이니까 말이지요."

"그렇지요. 특히 페. 너는 몸이나 머리 손질을 귀찮아하는 경향이 있으니까."

"아, 그런 거군요. 몸을 단장하는 법은 젊을 때 배워 둬서 손해볼 것 없으니까, 각오들 하고 이리로 오렴."

상사들이 집단으로 그렇게 말하는 데에는 꼼짝달싹 할 수 없는 노릇이다.

"…… 네."

"알겠습니다."

"잘 부탁드립니다……"

크게 한숨을 내쉰 문제아 3인방은 각오를 굳히고 손짓으로 부르는 상사들 쪽으로 걸어갔다.

젊은 아가씨들만의 즐거운 목욕시간이 지나치게 늘어진 끝에 상사들이 지도하는 긴장감 가득한 목욕 지도 시간으로 완벽하게 변질된 것이었다.

이상적인 기둥서방 생활 ❸

초판 1쇄 발행 2014년 2월 28일
초판 3쇄 발행 2017년 7월 31일

저자 와타나베 츠네히코

발행인 원종우
발행처 (주)이미지프레임

주소 (13814) 경기도 과천시 뒷골1로 6, 3층
영업부 02-3667-2653 **편집부** 02-3667-2654 **팩스** 02-3667-2655
메일 edit01@imageframe.kr **웹** vnovel.blog.me

ISBN 978-89-6052-326-5 02830 **(세트)** 978-89-6052-269-5